青春蓝

武汉市消防救援支队 ◎ 编

群众出版社

图书在版编目（CIP）数据

青春蓝／武汉市消防救援支队编．—北京：群众出版社，2022.10
ISBN 978-7-5014-6118-9

Ⅰ.①青… Ⅱ.①武… Ⅲ.①散文集—中国—当代 Ⅳ.①I267

中国版本图书馆 CIP 数据核字（2022）第 108165 号

青春蓝

武汉市消防救援支队　编

出版发行：	群众出版社
地　　址：	北京市丰台区方庄芳星园三区 15 号楼
邮政编码：	100078
经　　销：	新华书店
印　　刷：	北京市泰锐印刷有限责任公司
版　　次：	2022 年 10 月第 1 版
印　　次：	2022 年 10 月第 1 次
印　　张：	10
开　　本：	880 毫米×1230 毫米　1/32
字　　数：	224 千字
书　　号：	ISBN 978-7-5014-6118-9
定　　价：	46.00 元
网　　址：	www.qzcbs.com
电子邮箱：	qzcbs@sohu.com

营销中心电话：010-83903254
读者服务部电话（门市）：010-83903257
警官读者俱乐部电话（网购、邮购）：010-83901775
文艺分社电话：010-83901330　　010-83903973

本社图书出现印装质量问题，由本社负责退换
版权所有　　侵权必究

目录

上编　青春无悔

护航与助力 …………………………………………… /3

他们是谁 ……………………………………………… /8

从火神山到社区 ……………………………………… /13

奋不顾身与力所能及 ………………………………… /20

军运安保背后的故事 ………………………………… /23

汉阳"火焰蓝"彰显担当 …………………………… /27

红钢城里的"火焰蓝" ……………………………… /31

江汉消防的故事 ……………………………………… /35

新洲消防助力辖区复工复产 ………………………… /37

在互帮互助中教学相长 ……………………………… /40

用脚步丈量每一寸土地 ……………………………… /44

消防救援站的擎旗人 ……………………………… / 47

一直在路上 ……………………………………… / 52

他们这样为武汉加油 …………………………… / 56

有人民群众的地方就有消防员 ………………… / 59

愿为你们多走每一步 …………………………… / 63

爱，一直在流芳 ………………………………… / 70

城市"火焰蓝"圆满交答卷 …………………… / 76

我们都是志愿者 ………………………………… / 79

奋战在医废转运战场的"火焰蓝" …………… / 81

成为首批"客人" ……………………………… / 84

人民医院的红色站点 …………………………… / 85

为群众撑起消防安全的一片绿荫 ……………… / 89

再次向白衣天使敬礼 …………………………… / 92

"90后"与"00后"消防员 …………………… / 94

群众的暖心人 …………………………………… / 100

用实际行动为百姓付出 ………………………… / 103

"守夜人" ……………………………………… / 107

隔壁的消防站 …………………………………… / 111

当好武汉脊梁 …………………………………… / 116

道一声珍重 ……………………………………… / 118

"蓝朋友"化身突击队队员 ……………………… / 120

三医院门口的那顿晚餐 ………………………… / 123

同样的坚守，别样的风采 ……………………… / 126

当好人民群众的"守夜人" ……………………… / 131

护送八旬老大爷救医 …………………………… / 135

我们并肩作战 …………………………………… / 137

关爱"最美逆行者" ……………………………… / 139

党员先锋车在路上 ……………………………… / 142

让我们来 ………………………………………… / 144

他们冲在了最前沿 ……………………………… / 146

他们去了哪里 …………………………………… / 149

89个日夜的守护 ………………………………… / 152

用脚步丈量 ……………………………………… / 157

下编　韶华不负

零距离守护 ……………………………………… / 163

苔花如米小，也学牡丹开 ……………………… / 167

奋斗的青春最美丽 …………………………… / 172

和母亲一起坚守到最后 ………………………… / 176

有困难，找小程 ………………………………… / 178

奔走在医院的付站长 …………………………… / 180

逆行记录者 ……………………………………… / 184

他是"守山人" …………………………………… / 187

用初心和行动践行铮铮誓言 …………………… / 190

相隔百里，同心奋战 …………………………… / 192

职业精神的传承 ………………………………… / 195

守着119电话的800多个日夜 ………………… / 198

勇当先锋擎战旗 ………………………………… / 202

当志愿者的那些小事 …………………………… / 205

为这个城市多做一些贡献 ……………………… / 209

不同的战场，同样的坚守 ……………………… / 212

能为医护人员保驾护航倍感荣幸 ……………… / 216

人家过节，我们过关 …………………………… / 218

守护一方的"火焰蓝" …………………………… / 220

在消防宣传线上奔跑的鲁老师 ………………… / 223

滚石上山战险峰 …………………………………… /228

我守护平安，你守护健康 ……………………… /232

消防器材的"好医生" …………………………… /234

功成不必在我 …………………………………… /238

不归零，坚决不回营 …………………………… /242

在江夏，遇见了青松 …………………………… /246

守护医院的"急先锋" …………………………… /252

打赢这场仗就来娶她 …………………………… /255

摆渡人 …………………………………………… /258

老班长的日记 …………………………………… /261

为梦想选择二次入伍 …………………………… /264

讲好"火焰蓝"的故事 …………………………… /267

团长小夏的故事 ………………………………… /270

血是热的，心是烫的 …………………………… /273

两份炙热的申请书 ……………………………… /276

请一个都别少 …………………………………… /280

让她做最美的新娘 ……………………………… /284

交上一份合格答卷 ……………………………… /286

用行动践行消防誓言 ………………………………… / 289

为武汉"加鱼"的消防员来了 ……………………… / 291

再烫,我也不会放弃 ………………………………… / 293

享受帮助群众的快乐 ………………………………… / 296

青年担当,五四力量 ………………………………… / 300

少年阿琛在消防 ……………………………………… / 302

敬畏生命,敬畏职责 ………………………………… / 308

青春无悔

湖北消防
武汉支队

上编

护航与助力

2020年4月8日零时起,湖北省武汉市解除离汉离鄂通道管控措施,有序恢复对外交通,离鄂人员凭湖北健康码绿码安全有序流动。

这标志着受新冠肺炎疫情影响封城76天的武汉市正式解封,也标志着武汉的经济和社会活动全面重启。作为同老百姓贴得最近、联系最紧的队伍,武汉市消防救援支队始终奋战在疫情防控最前沿。如今解封后,人流、物流日益密集,他们继续发挥职能优势,及时投身消杀交通枢纽、检查复工复产企业消防安全、整治消防通道等各项工作,全力护航武汉解封,助力江城重启。

紧跟形势精准研判　　全力服务城市解封

随着疫情防控形势好转,武汉市各行各业逐渐复工复产,城区地铁、公交陆续开通,各大商业体、商家也逐个营业。再度漫步在武汉街头,虽不是昔日熙熙攘攘、车水马龙的景象,但过往车辆、行人已明显渐多。

各行各业复工复产,消防安全不得滞后。武汉市消防救援支队按照省、市决策部署，坚持疫情防控和安全生产两手抓，加强复工复产复市期间消防安全工作，全力服务疫情防控和经济社会发展大局，下发了《关于进一步做好复工复产复市企业消防安全工作的通知》，要求在消防安全工作中做到"六个一"：开展一次形势分析研判、推动一次行业提示提醒、发动一次隐患自查自改、督促一次设施检测维保、举办一次全员消防培训、组织一次重点熟悉演练。

与此同时，支队还持续开展119涉疫勤务服务，全面受理疫情期间社会单位和广大人民群众涉及人员转送、物资转运、洗消杀毒、排水排涝、紧急送水、高空救助等各项求助，最大限度为政府分忧、为人民解难。

武汉零点解封　"火焰蓝"现场守护

8日零时，百年江汉关敲响钟声，武汉75个离汉通道管控卡点同一时间全部撤除，武汉正式解封。当天，在武汉东收费站开展涉疫勤务的东湖高新区消防救援大队18名"119党员突击队"队员格外忙碌，因为当天是疫情发生以来，出城人员和车辆最多的一天，他们要对所有出城人员进行体温测量，对车辆进行洗消。自3月2日以来，他们就驻扎在武汉的"东大门"，设立洗消执勤点，每天三班倒，全天候不间断地开展离汉车辆洗消和人员测温工作，同时还协助现场指挥部开展物资搬运。截至当天，他们累计洗消离汉车辆6万余辆，检测体温约18万人，搬运各类物资70余吨，应急救援处置9起。

随着离汉离鄂通道管控的解除，18名队员也完成了自己的使命，在圆满完成当天离汉车辆洗消和人员测温工作后，撤离了武汉东收费站。

科学消杀交通枢纽　　助力城市复航复运

为了做好武汉解封准备工作，早在3月24日，武汉消防就对已关闭两个月的武汉火车站开展了全面消杀。

当天上午9时，80名"119党员突击队"队员配备防护装备，分为8个组，在12名中央指导组防控组驻武汉市环境卫生与消毒专家工作人员的指导下，按照"1+2"消毒勤务联动机制，以"1支119党员突击队+1名卫生防疫专家+1名环保专家"联合消毒模式进行科学消毒。整个消毒工作持续了2个小时，消毒面积近8万平方米。

3月25日，应武汉地铁运营公司请求，15名"119党员突击队"队员又对武汉轨道交通2号线洪山广场站进行科学消杀，在疾控中心人员指导下，队员们对地铁站内的客座椅、电梯扶手、售票机等乘客易接触区域进行科学消毒。截至3月27日，支队对武汉轨道交通117座重点地铁站进行了全面科学的消毒。

解封之日，武汉天河国际机场国内客运航班将恢复运营。为营造安全健康的乘机环境，做好全面复航准备，4月3日，武汉市消防救援支队160名队员，又对机场T3航站楼进行封闭式卫生防疫消杀作业，作业面积近57万平方米。

20支党员突击队　护航企业复工复产

复工复产初期,每天都要对燃气管道、油烟管道进行检查和清理。3月30日,在武昌区万达广场购物中心商业综合体内的一家餐馆,支队防火监督员石峰提出服务意见。当天上午,2名防火检查党员突击队队员来到武昌区万达广场购物中心开展对复工复产企业的服务指导工作。

为有效消除复工复产复市企业的火灾隐患,支队组建了20支防火检查党员突击队,上门帮扶企业安全生产,解决消防安全难题,降低和消除火灾风险。支队还成立了由60人组成的消防专业技术志愿者团队,义务为企业开展电气和固定消防设施检测、消防设施故障抢修等服务。

在销品茂购物中心,武昌区消防救援大队防火检查党员突击队向单位发放《致全市复工复产单位的一封信》和《复工复产企业消防安全自查登记表》,联合消防专业技术志愿者团队对销品茂购物中心的固定消防设施进行检查与维护,对消防控制室值班人员进行岗位技能培训。

与此同时,党员突击队还按照"一场所一预案一演练"要求,集结徐东路消防救援站和销品茂购物中心微型消防站6辆消防车、34名指战员,针对销品茂购物中心重点部位进行演练,对中心80余名员工进行消防安全培训。

据统计,支队共对全市2074家复工复产企业开展了实地和线上指导,整改风险点1970个,开展灭火技能培训和应急演练1774次,张贴、发放宣传资料20余万份。

整治生命通道　确保小区消防安全

武汉解封后，机关、团体、企事业单位陆续复工复产，务工人员大量返城，人流、物流集中。为加强住宅小区消防车通道管理，支队又开展消防车通道集中整治，确保复工复产期间生命通道畅通。

4月1日，东湖高新区消防救援大队左岭消防救援站联合街道、物业全面清理整治占用消防车通道行为。在整治过程中，消防员实地检查住宅小区消防车通道，现场清理违规停放占用、堵塞消防车通道的电动车和杂物，指导小区物业在小区划出消防车道，贴上警示标志。

蔡甸区建新农贸市场即将解封并投入使用，针对该区域消防车通行难和市场消防升级改造问题，蔡甸区消防救援大队与建新村、市场管理三方进行专题研究讨论解决问题，并要求建新村和市场管理加强岗位人员消防培训，抓细消防设施维护，及时更换老旧电线，为复市后的消防管理提前把好安全关。

与此同时，为提高企业员工的消防安全意识，支队还组织防火宣传队到企业开展消防安全宣传、培训和演练，利用电视、广播等主流媒体，微博、微信等自媒体平台发布消防安全宣传提示，向有需要的企业免费提供宣传资料。

阴霾终将散去，阳光依旧温暖。长江之滨、黄鹤楼下，落英缤纷、笑语渐起，武汉这座生活着千万市民的城市正慢慢回归常态。解封之际、重启之时，正是有了"火焰蓝"的全力以赴、精心守护，江城人民才感受到了更多平安和温暖，增添了更多信心和希望。

他们是谁

在湖北武汉，有这样一群年轻人，赴汤蹈火、逆险而行是他们矢志不渝的特质初心，有灾必救、有难必帮是他们向人民群众作出的庄严承诺。

无论是火场中冲锋陷阵、灭火救援，还是危难时刻攻坚克难、救民助困，哪里有困难他们就出现在哪里，哪里有危险他们就战斗在哪里，他们用青春与汗水、忠诚与奉献，书写着"逆行者"的职业荣光和赤胆忠心。

特别是在新冠肺炎疫情防控"武汉保卫战"中，他们主动请缨、临危受命、不惧生死，充分发挥综合性优势和专业性特长，全力以赴投入抗击疫情斗争中，让"火焰蓝"始终熠熠闪耀在抗疫一线。他们，就是武汉市消防救援支队医疗废弃物转运党员突击队。

白天黑夜与病毒零距离同行

在抗击疫情的战斗中，执行转运医疗废弃物的任务可以说危险性极高。武汉市消防救援支队主动向防疫指挥部请战，抽调特勤大队12名消防员，紧急成立了医疗废弃物转运党员突击队，分为3个小分队，承担起武汉市主城区40个街道、95家医院的医疗废弃物的转运任务。截至3月29日，已转运医疗废弃物6225桶。

"今天要跑的医院比较多，任务有点重儿，大家要抓紧。"突击队队长、临时党支部书记李沈军对队员们说。李沈军是武汉市消防救援支队特勤大队搜救犬站站长。

这12名队员中，年龄最大的40岁，最小的24岁。他们参加过无数次大大小小的灭火救援行动，但是承担转运医疗废弃物的任务还是第一次。

他们当然知道这些医疗废弃物与生活垃圾不同，含有大量病毒微生物，稍不注意就有可能被感染。1985年出生的特勤大队三班班长黄锐带领着3名"90后"消防员，承担着武汉市江岸区33家医院及社区医疗废弃物的转运工作。他说："在处理有毒有害物质方面，消防员是有一定经验的。眼下生态环境部门人手紧缺，我们能发挥作用觉得很光荣。"

每次转运，队员们都要穿好全套防护装备，包括防护服、防护鞋、护目镜、面罩、口罩、头套和手套，将医疗废弃物从医院储存间一袋一袋搬出来，放进黄色转运桶内。对废弃物种类、重量等逐一登记，全面消毒后，再转运到处理站。

一桶医疗废弃物轻的有20多公斤，重的超过80公斤。普通人穿着密不透风的防护服，即使站立不动都会不停地冒汗，队员们还要把一桶一桶的废弃物搬上车，运到三四十公里外的处理站，再一桶一桶卸下来，体力消耗可想而知。

累还只是其次，最大的考验是与"看不见、摸不着"的病毒零距离接触。尽管他们防护很到位，工作时也小心谨慎，但险情仍然时有发生。

3月18日，在武汉市第四医院转运医疗废弃物时，特勤大队一站站长助理陈建的防护服不慎被破损的转运桶划开了一条长口子。战友们及时找来医护人员为他进行了专门消毒，陈建又更换了防护服，避免了一次可能被感染的风险。

穿着严实的防护服，经常要连续工作三四个小时，甚至五六个小时，其间还不能上厕所，队员们只好不吃不喝。消防员李茂群说："想想白衣天使每天都这样，这对我们来说不算什么。"

队员们每天天还没亮就起床出发，一直忙到天黑。一天下来，有的队员手被消毒液泡白了，有的队员脚上磨出了血泡，但是没有一个人喊苦，也没有一个人喊累。"说不怕那是假的，但这就是我们的职责和使命，我只想在抗击疫情中多做点儿力所能及的事。"突击队员夏涵说。

蓝色和白色在多战场闪耀

早在转运医疗废弃物之前，队员们就参加了物资转运、洗消杀毒、转运病人、紧急排险等涉疫任务，不管是身着蓝色消防作训服，还是白色的医用防护服，他们的身影在抗疫一线多个战场闪耀，成为人民群众心中温暖的保护色，也彰显着共产党员为人民服务的本色。

"疫情发生以来，每名队员都先后向党组织递交了三次请战书。他们业务素质过硬，全是'多面手'，而且做起事来非常踏实。"提起这支突击队的队员们，特勤大队政治委员周永成赞不绝口。

2月27日，武汉市消防救援支队特勤大队接到去武昌区搬运医疗物资的任务。当天，他们就转运了消杀药剂13.5吨、医疗器械150台、床铺200张、紧缺物资2410箱、防护用品11000余件……

"现在天气越来越热，很容易出汗，出了汗也不敢用手去擦。"消防员唐龙飞说。"多亏你们帮忙，这么大的工作量不到一天就干完了，消防队就是有战斗力。"现场医护人员对满头大汗的消防员唐龙飞和张运成竖起了大拇指。

当得知辖区内多家定点医院、方舱医院即将承担新冠肺炎患者医疗救治任务后，曾参加全国消防救援队伍大比武并荣立二等功的突击队队员舒涛和他的战友柯宁，带着队友们深入开展消防安全上门服务，完善灭火救援预案，组织消防知识技能培训。

每一阶段的任务都不一样，哪里最危险、最艰苦，队员们就去哪里。患者出院之后，还需要到康复驿站医学观察14天。这时，队员们又主动领受了转送患者的任务，大大小小的定点医院、方舱医院都留下了他们的身影。579名患者被安全转运，每名患者平安的背后，都有队员们的汗水与付出。"看着他们康复出院，一切辛苦与付出都是值得的。"这是队员们的共同心声。

别样青春在急难险重任务中绽放

在抗疫战场，他们是勇士；在平常的急难险重任务中，他们同样是英雄。

在这支医疗废弃物转运党员突击队中，很多人都参加过各种重大抢险救援任务，甚至经历过生死考验。有的队员参加过"5·12"汶川地震、"6·1"东方之星沉船、"8·12"天津滨海爆炸处置等大型救援行动，有的参加过中华人民共和国成立70周年大庆、第七届世界军人运动会等重大活动的消防安保任务。

虽然年龄、经历不同,但他们作为"逆行者"的初心和使命相同,赴汤蹈火、逆向前行的决心和信心相同。把最美的青春奉献给党和人民、奉献给新时代消防救援事业,是他们共同的信念。

"爸爸,我和妈妈祝你生日快乐!"3月6日晚上,忙碌了一整天的陈建刚坐下,一阵手机铃声响起,7岁的儿子打来电话为他送上祝福。这时,他才想起今天是自己40岁的生日。因怕家人担心,他一直没有告诉家人自己在抗疫一线执行任务。生日当天,在妻子的再三追问下,他才说出实情。"父亲的病你放心,我能照顾好,家里的老人和小孩儿你不用担心,保护好自己,我们等你安全回来。"妻子给了他更多的理解和支持。陈建说,家里人都知道他的职业很危险,但一直都很支持,家人是他20多年来干好这份工作的坚强后盾。

突击队员秦义是山东人,他的母亲是残疾人,父亲身体也不好。他推迟了原定于3月举行的婚礼,一门心思扑在抗疫工作上。秦义是转运司机组组长,每天都将运输情况详细记录在笔记本上。3月12日,他做了这样的记录:转运3.3吨生活物资、178箱医疗物资,为263名康复患者分发药品……

从火神山到社区

在日夜奋战的战场上,他们许下简单的愿望——愿山河无恙,人间皆安。

衣服被一层层脱下,先是最外层的隔离衣,之后是防护服,李长春这才发现,最里一层的手术服已被汗水打湿并和皮肤粘连在了一块儿。李长春是武汉火神山医院消防救援站站长助理。在医院污染区工作了5个小时后,李长春已经全身湿透,鼻子、耳朵被口罩勒得很疼,哪儿都不舒服。上述场景发生在2020年3月11日和12日,李长春和消防队员们正在为分布在火神山医院的1167个烟感探测器作重新标定。自1月底,李长春带领7名消防队员参与火神山医院的建设,并组建消防站。

在武汉,自新冠肺炎疫情发生以来,有数百名消防员像李长春一样,出没于各大医院、康复驿站、小区和街巷,除了防火灭火,还从事病人转运、物资搬运、社区洗消等本不在其职责范围之内的涉疫工作,消防员成了这座城市不可或缺的一支抗疫力量。

预案加巡查让火神山无火

火神山医院位于武汉市蔡甸区,是此次疫情期间首个参照北京小汤山模式而建的传染病专门医院,建筑面积达 3.39 万平方米,可提供 1000 张床位。2020 年 1 月 24 日上午,火神山医院正式开建,短短 10 天便正式建成使用。这个过程中,既有多家建筑和设计单位的辛苦作业,也有消防人员的幕后努力。李长春向《新京报》记者回忆,1 月 31 日,火神山医院交付前两天,他和 7 名消防员接到组建消防站的任务,赶赴火神山。一切几乎从零开始。后来的消防站当时还只是间废旧的超市,没有包括灭火器在内的任何灭火防火设备。李长春带着队员将超市改造为消防站,同时给院区安装了 1000 具灭火器和 1100 多个烟感探测器,他们几乎两天两夜没有合过眼。

待消防站正式建成,火神山医院接治病人后,消防员们依旧不敢松懈。李长春告诉《新京报》记者,作为一家专门收治新冠肺炎患者的传染病医院,火神山医院一旦失火,形势远比普通医院复杂。住院的重症患者往往戴着供氧设备,或者插着管,如火势蔓延需转移病人,必须确保这些生命维持系统在转移时不会中断。医院内有严格的污染区、半污染区、清洁区分区,如果在救援过程中破拆不当,有可能造成院内污染甚至整座医院停摆。而对于消防员自己,在疏散人员时还得注意避免被感染。2 月 10 日,武汉市青山区一居民楼发生火灾,青山区武丰消防站派员救火。起火的单元楼里有多名确诊和疑似病人,由于防护服不防火,消防员只能依旧穿着灭火战斗服进楼灭火。火情消除后,消防员们进行了全面消毒，所幸没有人员发生感染。因此，在火神山医院，避免出现上述种种麻烦的唯一办法就是，不发生任何火情。李长春和队员们花费两周多制作了 115 份应急预案。因为不便频繁进入隔离病区，他们用无人机从高空拍下医院的三维实景图，再制成电子沙盘，在上面反复推演。"每个区域、每个通道、每个点都要把它想得细之又细。"尤其在病患疏散环节，消防员们的营救需要医护人员的配合。他们会和院方讨论。"在这个点位上，我需要 5 位医护人员协助，到时候他们能不能给我协助？如果他们只有 3 个人，那么我们怎么办？"他们反复细致推敲，一旦发现现实和原预案有出入，李长春和队员们会继续优化。

2 月下旬，火神山医院决定在全院区加装坡屋面。李长春告诉《新京报》记者，火神山医院是板房结构，尽管墙是防火材料，但连接缝内填充的聚氨酯为易燃物，加装坡屋面时的焊接作业有可能带来火灾隐患。为此，李长春带着同事和运行指挥部反复商讨，制订现场保卫方案。施工期间，8 名消防员悉数出动，紧盯每一处施工现场，保证了这一工程的安全完成。

每日的巡查也必不可少。队员们在院内不断巡查，以保证安全出口、疏散通道随时畅通，还要给分布在院区的 9 个消火栓测压，保证水压符合安全要求。自雷神山医院投用以来，江夏区消防救援大队队长彭青松也一直坐镇。他告诉《新京报》记者，2 月 16 日，雷神山消防救援站的队员巡查时发现，强电间内的一个配电箱用塑料布蒙盖着，如果碰到电气故障等就可能酿成火灾。这一问题后来被反映到了雷神山医院运行保障指挥部的例会上，塑料布被迅速撤下，每间配电房内增设了超细干粉灭火器，还加放了一卷防火的阻燃布备用。在周密的预案和日常巡查下，火神山、雷神山医院迄今为止没有发生过任何火情。其实，这两家医院只是一个缩影。3月17日，武汉市消防救援支队有关负责人告诉《新京报》记者，自新冠肺炎疫情发生以来，除了在火神山、雷神山医院派驻消防员以外，武汉市还成立了57支消防专业技术服务队，全程做好"五类场所"（医院、集中隔离点、医护人员住地、防疫物资生产企业以及防疫物资储存场所）的消防服务工作。截至目前，武汉市消防共摸排建档"五类场所"980家，驻守9家定点医院、7家康复驿站、7个集中隔离点，整改风险点15138个，捐赠灭火器12000具、火灾报警器2171个，实现了定点医院（发热门诊）、方舱医院和集中隔离点等场所零火灾。

背着几十斤重的消杀壶跑十几栋楼

在当时的武汉，消防员不只是要和火灾打交道。一位消防员告诉《新京报》记者，消防员平时的工作就十分琐碎，除了公众印象中的防火灭火、抢险救援外，消防员还要摘马蜂窝、高空取物、捕蛇，甚至群众养的宠物鸟飞到树上也得负责给抓回来。新冠肺炎疫情来袭，诸事纷杂，消防人员的工作范围也进一步扩大了。武汉市消防救援支队负责人表示，自新冠肺炎疫情发生以来，119报警服务台全天候24小时受理涉疫报警求助，抽调骨干力量组建20支650人的"119党员突击队"，主动承担病员转送、医护接送、洗消杀毒、物资转运等勤务工作。

武汉市江夏区的"119党员突击队"有32人，其中12人专事人员转运，姜恒是这个小分队的队长。姜恒告诉《新京报》记者，他们转运的主要是密切接触者和治愈出院但须继续隔离的人员。这些人员上车前，队员们需要对他们作全身消杀。而消防员自己也不能掉以轻心，每天出站前，姜恒和队员们都会听从医护人员的建议，穿上防护服，佩戴护目镜，戴两层口罩、两层防护手套，脚上套上两层鞋套，保证全身无任何皮肤裸露。每转运完一批人员，消防员和车辆都要做一次全面消杀。他们和医院建立起信息沟通机制，一旦他们转运的密切接触者在医院查出肺部病变，医院会将信息告知负责转运的消防人员。姜恒会紧急要求队员们就地消毒，更换防护服，"这也是对下一批病人负责"。在青山区，消防队员是老旧社区洗消杀毒的中坚力量。翟帅是青山区"119党员突击队"的副队长，他告诉《新京报》记者，由于青山区老旧小区多，物业管理落后，区政府指定由他们对73个老旧社区开展消杀工作。翟帅介绍，消杀完全依靠人力，背着几十斤重的消杀壶，有时一名队员一上午就得跑十几个楼栋，用掉五六壶消毒水。武昌区消防救援大队教导员张拓向《新京报》记者回忆，3月初，武昌区的"119党员突击队"接管了武昌火车站附近一家酒店改造的康复驿站。有的康复患者认为自己已经治愈不需隔离；有的嫌弃酒店条件差；还有些老人患有基础性疾病，但当时驿站尚未派驻医护，他们担心自己得不到照护。大家你一言我一语，提出五花八门的要求。

消防队员们只好反复解释人力、物资紧缺的现状，安抚有基础性疾病的患者，承诺他们一旦发病队员们将立即协助送医。就在当天深夜，一位老人心脏病犯了，消防队员迅速联系了一家医院，给老人做了检查，开了药。随后几天，他们根据康复患者们的需要，陆续补进医疗用品和药物以及各类生活物资，包括剃须刀、指甲剪、卫生巾这些日用品。有位患者反映在房内呼吸不畅，消防员们还通过协调要来一台制氧机。如此一来，康复患者们的情绪逐渐稳定下来。在翟帅看来，和平时灭火、抢险的任务比起来，这些涉疫任务虽然简单琐碎，但是这半个多月下来，他觉得把这些关乎民生的小事做好也很有意义。数据显示，截至3月13日，武汉市消防救援支队共出动指战员13182人次、执勤车辆2749辆次、转送病员8154人、接送医护人员1975人次、洗消杀毒764.6万平方米、转运物资7224.5吨。

愿山河无恙，人间皆安

面对新冠肺炎疫情，在执行任务时，消防员们也不免有些担心。据翟帅回忆，在青山区居民楼火灾发生时，队员们和往常一样依照事先确定好的战斗编程，冲进住有确诊和疑似病例的楼里灭火、疏散，还救下了一名婴儿，救援全程历时一个多小时。虽然在这个过程中并没有直接接触确诊和疑似病例，但救援完成后，翟帅还是有些后怕，毕竟冲进楼里救援的队员没有穿防护服。在队员们监测体温的那些天里，翟帅每天都提心吊胆的："会不会有人因此被感染，我一直在担心这件事。"但这些担忧有时能被更强大的力量消解。翟帅回忆，有一回他和队员们完成任务后到加油站给车加油，突然不远处传来一声"武汉加油"。他抬头望去，发现一个老奶奶正拿着手机拍他们，这时有队员回喊了一声"武汉加油"。那一瞬间让翟帅很感动："她可能并不知道我们在干什么，或许只是因为我们穿着制服就给了她信心吧。"

有时，这种力量也来自被他们守护着的医护人员。有一天在火神山医院巡查时，李长春看到一名女军医在隔离病区出现身体不适后被紧急换下。疲惫不堪的女军医满脸的愧疚，她一边脱防护服一边连声说："不好意思，真丢人。"李长春很感慨："她都（累成）那样了，还觉得不好意思。"这两天随着病患救治压力的减轻，不少援鄂医疗队陆续撤离，武昌区消防员们的任务栏里又多了一项：护送医护人员返程。消防队员曾鸣记得，3月17日上午，武昌区消防队开往机场的大巴车内热闹了一路。青海的医护人员欢迎他们到青海吃羊肉、看青海湖，队员们则邀请对方疫情过后再来武汉，吃热干面、看樱花。

不久前，雷神山医院A区走廊的涂鸦在网上大火。从全国各地来援助雷神山医院的医护人员，在繁重的工作之余，在原本空无一物的白墙上，画卡通版的医生和护士，画各自家乡的美景和心心念念的美食……在日夜奋战的战场上，他们许下简单的愿望：愿山河无恙，人间皆安。在某个角落，雷神山消防救援站的一位年轻队员也画了涂鸦，那是一名消防员和一名护士的身影，一左一右伸出的两只手合在一起比画出了个心形。彭青松说这画里有话："他们（医护人员）在守护病人、救治病人，我们既在守护病人，同时也在保卫他们的安全。"

奋不顾身与力所能及

位于武汉市江汉区国际会展中心的方舱医院前不久正式启用，开始接收新冠肺炎轻症患者。而这座方舱医院被命名为"江汉方舱医院"，床位数1600张，院区内的医疗团队由国家医疗队和武汉医疗队共同组成。

新冠肺炎疫情期间，全国各地数以万计的医护工作者离开了自己的故乡，从四面八方赶赴武汉，为武汉人民打赢这场疫情阻击战而投身一线。共同守卫武汉的消防人，他们也利用自己的专业知识为战斗在一线的医护与病患们保驾护航。

每当看到前线的医护人员面罩下的印痕、护目镜里的汗水、疲惫的身躯时，消防队员们都很心疼。此刻，一线医护工作者们都在竭尽全力地为感染新冠肺炎患者的康复而努力，像方舱医院这样人员密集场所的消防安全他们无法兼顾，为了减轻前线医护工作者的压力和负担，消防队员们选择挺身而出为白衣天使和病患们做点儿什么……

这一天，武汉市消防救援支队的消防监督员们又来到江汉方舱医院，对院区开展例行消防安全体检，也为医护工作者和轻症病患送上一堂疫情期间消防安全普及课程。

在做好严格的防护措施下，消防监督员们进入了江汉方舱医院。在进入院区前,他们在自己的防护服上写下了"消防"二字。对于一支国家级消防救援力量而言,"消防"不只是一个人员属性的标志,更代表着在疫情期间武汉所有消防人保障医护与病患拥有一个良好的消防环境的责任和使命。

"对于初期火灾的扑救,手提式灭火器能够起到一定的作用,我们首先要确保罐内的压力值正常,还要检查它是否合格。"

进入院区后,消防监督员们首先对医院内的灭火器、消火栓等消防设施逐个进行了巡检,确保遇到突发情况时消防设施能正常工作。

"这是一些我们日常的消防安全知识类海报,包括拨打火警电话、使用灭火器和消火栓以及火场逃生的方法,希望能用这样灵活的方法让这里的病患和医护们更容易记住这些常识。"

在检查完院区内消防设施之后,消防监督员们在院区的走道和墙壁等醒目位置张贴消防安全知识海报和宣传标语,提醒居住在院区内的患者和医护人员注意身边的消防隐患。

巡检途中,消防监督员们与一名来自海南的医护工作者就方舱内容易产生的消防安全隐患交换意见,同时就疫情期间需要关注的消防安全风险点展开交流。

"这个是我们的联系方式,如果遇到消防安全方面的疑问欢迎向我们咨询,谢谢你们从天南海北来武汉支援,向你们致敬!辛苦了!"

"这是我们应该做的,你们也辛苦啦!武汉加油!中国加油!"

即便穿着密不透气的防护服,但那一声声"加油"却依旧清晰,这是两个来自不同领域的战士在同一场阻击疫情的战场上的互相鼓励,共同表达了希望人民群众健康平安的美好愿望。

此刻，我们是一家人。在院区大厅前，消防监督员们为戴着"江汉管家"袖标的轻症病患中的志愿者们上了一堂简单的消防常识课，现场教授大家如何使用灭火器、发生火灾时如何自救、发现火灾隐患时如何处理。尽管大家都戴着口罩，谁也看不清谁的脸，但是每一个人都想为疫情早日结束做点儿什么。

军运安保背后的故事

重温筑梦之路,细数赤子之心。时间倒转,时光逆流,第七届世界军人运动会在湖北武汉隆重闭幕。

这场世界级的军人体育赛事,不仅展现了中国这个屹立于东方的大国的风范,更彰显了武汉这座城市的办赛水准和"每天不一样"的城市革新力量。

如果说这场盛世之约对于武汉而言是一场梦,那么武汉消防的全体指战员就是这条圆梦之路的护梦人。

武汉市消防救援支队副支队长陈劲松代表支队受邀参加了中央电视台《生命线》栏目的访谈。在访谈中,他与电视机前的观众朋友们一同踏上武汉消防军运安保的时光之舟,揭秘那些鲜为人知的故事。

红砖灰瓦下的"火焰蓝"

军运会开幕前夕,除了涉赛场馆和接待酒店的消防安保工作外,社会面的火灾防控工作任务也特别艰巨和繁重。

为了军运会期间不发生有影响力的火灾事故,早在 2017 年 4 月,军运会消防安保力量就已介入,并对军运会第一批新建、改建的场馆开展消防建审和验收。

对于武汉市老城区里面的老旧居民区开展火灾防控工作，辖区防火监督员一直走在最前列，他们身体力行地开展大量基础性的工作，实实在在地将隐患遏制在萌芽阶段，确保社会面火灾情况的稳定。

在武汉，人们看惯了高楼大厦，反倒是红砖灰瓦令人难以割舍。位于江岸区的新华里就是武汉老城区的一个缩影。在新华里，大部分房屋都是具有百余年历史的红砖灰瓦的老建筑，房屋为砖木结构，而且巷道很狭窄，消防车无法进入。

面对这样一个消防设施薄弱、人员密集的老旧居民小区，辖区防火监督员潘婉和她的战友们一家一家地敲开门，走街串巷地对片区住户进行防火教育宣讲，协助他们清查家庭火灾隐患。通过对以往火灾案例的普及和宣讲，辖区居民对消防安全逐渐重视起来。居民们从与防火监督员们打游击战，到心甘情愿地配合消防隐患整治工作，这一点一滴的改变正是消防人和居民朋友们共同努力的结果。

你看，在红砖灰瓦下，不仅蕴藏着老武汉的市井人情，更留下了那一抹抹"火焰蓝"的亮丽身影，以及那一颗颗为守护千家万户的消防安全而奔波在路上的初心……

为万米灯带添"新衣"

军运会开幕式上一个又一个精彩的节目无疑震撼了每一个人。这令世人惊叹的舞台效果，也有王锋欣和他的开幕式消防安保团队的付出，正是因为有了他们的坚守与保障，这场视觉盛宴才得以精彩呈现。

舞台上呈现出的科技与美感，靠的是台下错综复杂的近万米的发光灯带和密密麻麻的配电柜、升降机。开幕式前夕，导演组为了加快主舞台的建设工期，没有对舞台下方近万米的强、弱电线进行分离。在得知这一情况后，军运会主场馆消防安保团队便扎根舞台底下，监督舞台施工方实施电线穿管保护。

对近万余米的发光灯带实施电线穿管，并固定电线的拐角处，仅仅是军运会开幕式主舞台消防安保工作中极小的一部分。正是因为有了消防人的这份坚守，才让开幕式当晚的演出万无一失。

9月的武汉闷热、潮湿，舞台下方光线极差。但消防员们一次又一次手握测温仪穿梭在舞台下方，甘愿成为舞台下最牢固的那颗螺丝钉。

为了满足开幕式现场的舞台效果需求，开幕式导演组在舞台上方设置水槽并引入活水。彩排期间，消防安保团队发现舞台上方的水滴会掉到舞台下方的电器设备上，这给消防安保工作带来不小的挑战。

虽然在舞台下方的设备上盖塑料袋可以避免水滴浸入其中，但运行的电气设备内部的温度却在不断攀升，一旦温度过高将会产生安全隐患。

为了确保开幕式期间安全稳定，消防安保团队与导演组、供电公司磋商，在舞台下方安装隔离层，将渗入舞台下方的水与电气设备分离，从而达到根治隐患的效果。

在这个面积相当于80个足球场大小的开幕式主舞台下方，正是这一群"火焰蓝"用扎实的工作作风和严苛的工作态度，让这个给世界带来惊喜的舞台变得坚不可摧。

秘密武器助力军运

在栏目中，武汉市消防救援支队副支队长陈劲松还对军运会期间消防指战员们执勤灭火使用的秘密武器——蓝马甲，做了展示与讲解。

这样一件外形简单的蓝马甲内配备有消防指战员们平日里在军运会涉赛场馆以及接待酒店内执勤所使用的水基型灭火器、测温仪等执勤装备。水基型灭火器外形小巧轻便，适合随身携带，对于一般的电气火灾的初期扑灭发挥着不小的作用。

红外线探测仪可以对一些电器线路上的温度进行探测，对于变电柜、电缆井、电线等不容易分辨的器材进行温度监测，确保消防指战员们在工作中能够迅速找到隐患所在。

参加主场馆内执勤的消防指战员们每天要穿着这样一件 5 公斤重的蓝马甲巡查近 2000 个点位，相当于每天行走十几公里的路程。

即便武汉的天气如火炉一般，在闷热、漆黑的舞台下方，消防员们仍然忠诚履行着自己的使命，为军运会安保贡献着自己的每一份力量……

汉阳"火焰蓝"彰显担当

汉阳因位于古汉水之阳而得名,是武汉这一城市的起源地。汉阳区消防救援大队担负着汉阳区 108 平方公里、80 余万群众的消防安全保卫任务,辖区共有 11 个街道、112 个社区、385 家重点单位、1276 家"十小场所"。

汉阳区消防救援大队作为全国消防救援队伍"党建和正规化建设工作"试点大队,近年来涌现了一批先进个人,其中 1 人荣立一等功,100 余人分别荣立个人二、三等功。

疫情防控期间,聚焦汉阳主战场,全力奋战在人民群众最需要的地方,为此,《消防进社区》栏目组特意走进了汉阳区消防救援大队进行报道。

当时,辖区火灾防控压力明显增大,汉阳区消防救援大队紧盯疫情发展态势、复工复产企业消防安全管理能力,主动上门服务企业,发动社区群干、网格员、物业公司、志愿者等力量开展消防安全宣传教育,确保全区火灾形势平稳。

疫情防控期间,定点医院(方舱医院)、集中隔离点、医护人员集中住宿场所、防疫物资生产企业和储存场所简称"五类场所",湖北消防重点为他们提供消防安全服务。

华美达酒店从 2020 年 2 月 3 日起陆续接待了河南、海南、甘肃三个省的医疗团队，总计入住两百多人。汉阳区消防救援大队多次进行消防宣讲和培训，使酒店的员工以及入住的医护人员得到了很好的保护。

针对类似汉阳华美达这样的场所，汉阳区消防救援大队14名消防监督员组成了"防火检查党员安全突击队"，进行点对点的技术指导。

截至2020年5月13日，汉阳区消防救援大队累计建档"五类场所"88家，共开展实地消防检查1607家次、远程督导5845家次。

他们用一次次的检查、实地指导、宣传提示，全力守住疫情阻击战中核心战场的每一道防火门，实现了零起火。

汉阳区消防救援大队对华美达酒店开展了一周一次的实地检查，主要针对酒店安全制度落实的情况、消防控制室和人员值班执勤的情况，以及日常消防自查排查的落实情况进行检查。

为了确保医护人员入住酒店的消防安全，汉阳区消防救援大队对有医护人员入住的酒店每天通过微信、短信以及电话进行安全提醒。

随着疫情防控进入常态化，社会生产生活秩序逐渐全面恢复。企业复工，消防先行，武汉市汉阳区消防救援大队的消防监督员们积极上门服务，为企业安全复工复产护航。

辖区内一家大型酒厂迎来了复工，汉阳区消防救援大队的刘洋主动对接企业，利用假日为他们做消防体检。

在黄鹤楼酒厂，刘洋主要对名人酒窖和酿造车间进行了检查。他认真测试消火栓，检查空调线路，询问工作人员灭火器的使用方法，同时讲解了检查结果。

黄鹤楼酒厂的工作人员表示，3月18日复工后还是以疫情防控为主，因为很多设备设施长时间停用，可能存在一些安全隐患。

汉阳区消防救援大队平时经常到厂区做应急拉练，他们熟悉所有的安全线路。他们还经常结合酒厂的实际困难进行安全培训，为企业的安全生产保驾护航。

虽是暮春，但是一轮检查下来，刘洋已满身汗水。已过不惑之年的他，忙于消防检查，甚至忘了当天是他的生日。

武汉市汉阳区消防救援大队是全国消防救援队伍"党建和正规化建设工作"试点单位，七里庙消防救援站是大队的轮训基地。

墨水湖消防救援站为政府专职站，刚刚完成了人员调配。他们正在开展第一个全员合作的消防演练：模拟加油站油库发生火灾，消防员用泡沫进行灭火。这时，墨水湖消防救援站外，突然来了一位求助人。很快，消防员帮求助人顺利剪开了卡住手指的戒指。

王淼是退伍军人，18岁报名成为武汉市第一批专职消防员。每次将被困群众解救出来，那份油然而生的职业自豪感，让王淼觉得当消防员非常值得。

晴川消防救援站，作为湖北最早的一批消防站，也在健民药业开展了一场消防演练。

汉阳区举办了琴断口社区消防队比武，检验社区扑救初期火灾的能力，在火灾初起阶段，利用室外消火栓快速出水，实现"打早打小"的作用。

七里庙消防救援站站长郭海涛表示，今天部分社区队员还有不足，后期还要组织社区工作人员到中队进行指导训练。社区比武告一段落，因为长时间未进行系统训练，暴露了不少社区义务消防队需要提高的地方，消防员们已经开始着手准备后续对社区的训练。

七里庙消防救援站消防员余清兵的爱人已怀孕9个月，同时还要照顾9岁的大女儿，虽然他所在的七里庙消防救援站离他家只有不到300米，但因为疫情防控的需要他一直未回家。

妻子的支持，给了余清兵前行的动力。20年间，余清兵获得了无数荣誉。作为站内最年长的消防员，为了更好地参与灭火救援战斗，他比站内其他人付出了更多努力。在2019年个人体能比赛中，余清兵名列全站第一。余清兵对消防事业的热爱，也感染了他的女儿，小姑娘曾写过一篇题为《我的爸爸是一名消防员》的作文。

当消防员的爸爸是女儿的骄傲，保家园平安则是年轻消防员们心中的骄傲，而每一位坚守者都是这座英雄之城的骄傲！

红钢城里的"火焰蓝"

5月里繁花似锦,绿荫如海,一切都显得那么热情洋溢、生机盎然。街上的车辆逐渐增多,人们脸上的笑容逐渐灿烂,商铺也越来越热闹,我们的城市越来越好。

随着武汉市在院新冠肺炎患者全部清零,人们的生产、生活秩序将有序回归。湖北疫情防控向常态化转变,青山区消防救援大队在做好火灾防控和执勤备战的同时,还将为辖区内的企业和学校的复工复产复学保驾护航。

2020年2月初,新冠肺炎疫情来势汹汹,武汉市全面着手将会展中心、体育场馆等改造为方舱医院。为确保方舱医院顺利使用,武汉市消防救援支队组建了一支"方舱医院防火监督专班"。青山区消防救援大队的刘江得知情况后,第一时间交上了自己的请战书。

4月26日,随着武汉在院新冠肺炎患者清零,刘江交出了"方舱医院零火灾""武汉新冠肺炎定点医院零火灾"的完美答卷。从方舱医院到康复驿站,再到新冠肺炎定点医院,刘江一步步见证了武汉重启的全过程。

刘江结束"方舱医院防火监督专班"的全部工作后,在指定隔离点进行医学隔离,从大年三十到隔离时他已经有100天没有见到家人了。

在武汉市青山区有多家大型企业,在疫情期间为保障国计民生一直没有停工。青山区消防救援大队主动作为,为企业做好服务,时刻保障企业消防安全。

武钢气体公司,从疫情开始一直满负荷运作,从1月1日起到4月22日,累计向包括金银潭医院、火神山医院、雷神山医院在内的武汉市及周边县市共计85家医院供应医用液态氧气。青山消防救援大队的胡尚每隔一天就会到武钢气体公司进行消防安全检查。除了检查消防控制室的固定消防设施是否完好有效外,胡尚还要到厂区内检查工人冲装可燃气体是否合规,是否做好了防火防爆等措施。

在武钢炼铁厂,冶炼生铁的主要设备是高炉。高炉里焦炭燃烧会产生2000℃以上的炽热还原性煤气,一旦操作不当就有可能出现失火、爆炸等事故。为了方便设备检修,武钢厂区的所有管线都被埋在地下,形成管线胶囊。由于被深埋于地下,那里面又潮又闷,消防员们在里面进行检查时非常不方便。武钢由于厂区面积大,消防重点部位又多达200个,每次检查完,胡尚都累得筋疲力尽。

在武钢,除了进行消防检查外,还要督促武钢专职消防救援队积极开展消防演练。虽然工作很辛苦,但是胡尚没有怨言,因为当一名消防员是他从小的梦想。他的父亲曾经为守护万家灯火而逆火而行、奋不顾身,现在的他也经历了大大小小的火灾数千起。他决心要扎扎实实、一步一个脚印地做好自己的工作,因为既然选择了这份职业,就要对得起这一身"火焰蓝"。

为进一步提升突发事件应急储备能力，加强企业消防应急联动，中韩（武汉）石化有限公司正在进行一场高处泄漏应急实战演练。演练模拟中韩石化炼油二部 2 号催化装置第 10 层出现管线腐蚀泄漏。中韩石化专职消防队和武汉市青山区红钢城消防救援站接到报警后，迅速出动，赶赴现场。经过 30 分钟的紧张救援，现场火势被扑灭，泄漏被成功遏制，险情最终被排除。

中韩（武汉）石化有限公司，是湖北省最大的能源化工合资企业，疫情期间持续生产油品、民生液化气和口罩、防护服等市场急需医疗卫生物资。作为消防安全重点单位，中韩石化公司与青山区消防救援大队一直保持联防、联勤、联动的良好协调机制。

"火焰蓝"不仅要护航企业、助力复学，更要时刻关注社区消防安全防控。从 2 月初，张亮就一直在各个小区进行消防安全巡查驻守，并对居民投诉进行核查。

在工作中她是消防员，在家里她是两个孩子的妈妈，1 月 23 日返岗的消息传来，还在哺乳期的张亮顾不上只有 5 个月大的小儿子，将两个孩子安顿好之后，毅然站在了抗疫一线。

张亮的爱人也是一名消防员，新冠肺炎疫情期间，夫妻二人都奋战在抗疫一线。为此，他们错过了大儿子的生日，张亮心中满是愧疚。张亮终于迎来 85 天以来第一次休假，忙完了工作来不及换下工作服的她，急着想给大儿子准备惊喜。父母不在家，这个才 9 岁的孩子，俨然成了家里的小小男子汉。可见到了妈妈，孩子收起了所有的坚强，对妈妈诉说起了 80 多天来的想念。

曾经以为，我们和团圆的距离不过是一张返程车票，疫情之下才懂得，世间的团圆大都来之不易。

阴霾终将散去，阳光依旧温暖。解封之际、重启之时，正是有了"火焰蓝"的全力以赴、精心守护，才让人们感受到更多的平安和温暖，增添了更多的信心和希望。致敬每一位勇敢的人，愿你们平安！

上编　青春无悔

江汉消防的故事

消防队伍作为同老百姓贴得最近、联系最紧的队伍，持续奋战在一线，以"火焰蓝"的炙热，传递春天的温暖。

这次《消防进社区》栏目的关注对象是荆楚"火焰蓝"，栏目组走进武汉市江汉区消防救援大队。

随着疫情形势不断好转，企业商户逐步复工复产，江汉区消防救援大队对辖区内企业提前开展消防安全检查和消防演练，强化社区消防安全宣传，哪里有需要，哪里就有荆楚"火焰蓝"。

说到"火焰蓝"，人们脑海中常浮现铁骨铮铮、勇往直前的伟岸身影。其实，"火焰蓝"也有春风化雨的温情，也有巾帼不让须眉的坚韧，她们被亲切地称为消防"蓝玫瑰"。一早，江汉区消防救援大队的"蓝玫瑰"石培培开始了一天的消防监督检查。日均1万步，60多天300余公里的丈量背后，是无数次的询问、无数次的探访、无数次的核查与督改，是女承父业刻到骨子里的职业热爱。

同样为了服务辖区企业早日复工，易继伟正带着队员进行消杀工作。因为长时间未营业，商场餐饮消杀难度超过预期，40斤重的喷壶一次次喷完，装满，再喷完。"火焰蓝"和"战疫白"在偌大的商场里十分醒目。消杀之后，这里将迎接员工的归来、好友的相聚，甚至可能会有小孩儿调皮的打滚。今天消杀时多一分仔细，明天来这里的人就多一份放心。

为了让企业安心复工复产，沈杰已开始了另一种战斗。他觉得在复工复产前进行消防演练十分必要，再苦再累都值得。

敬佩，是人们对消防员最常见的评价，也是发自内心的赞美。武汉市江汉区泛海消防救援站消防长许毓恒，是一位从业20年的老消防员，在社区大家都亲切地称他为"老许"。像"老许"这样扎根社区的"火焰蓝"，泛海消防救援站共有9名，像泛海这样的消防救援站，江汉区消防救援大队共有8个。他们以社区为家，把人民的平安放在心上；用真挚的付出将群众的事当自己的事办；用居民听得懂、听得进的语言，普及消防知识；为复苏的武汉，共同构建社区防火墙。

接到群众报警，一人行道树上有个马蜂窝，消防员闻警出动。从接警到出车库不到一分钟，群众有需要，身为特勤队战斗班班长的徐珺梁总是第一时间赶到现场。在疫情防控期间，徐珺梁曾多次到华南海鲜市场开展涉勤任务。

因为疫情防控需要，各地进行了封控管理，许多人由于各种原因滞留在了江城，江汉区的"蓝朋友"用实际行动，让他们感受到了亲人般的温暖。

2020年4月8日，随着离汉离鄂通道的解禁，安置点部分滞留旅客准备返回家乡。天未亮，罗继银已早早起床，根据收集好的信息，按照不同求助者的需要，做着送别前的准备。这样的送别，已经成为罗继银和队员们工作中的一部分。

因为无数勇敢而可爱的人，让武汉的这个春天格外美丽，向每一位逆行而上的你，致敬！

新洲消防助力辖区复工复产

城市终于重启,武汉市疫情防控整体工作迎来新的考验。如何做好"全面管控"向"常态化防控"的转变,是摆在消防队伍面前的一道难题。而处在远城区的这一簇"火焰蓝",用自己独特的温暖,给了我们一份答卷。

《消防进社区》栏目这次记录的对象依然是荆楚"火焰蓝",栏目组走进武汉市新洲区消防救援大队。

在"一手抓疫情防控,一手抓消防安全"的指引下,武汉市新洲区消防救援大队严格执行各级的防疫指令,充分发挥消防救援主力军和国家队作用,较好地完成了各项防疫工作任务。

紧邻长江,背靠武汉市场,新洲交通发达,有着良好的区位优势。作为远城区,这里有着为数众多、占地颇广的物流企业、码头等,在新冠肺炎疫情期间,对码头和各大企业的消杀,成为新洲区消防救援大队的重要工作之一。而疫情过后,逐步复工复产,开展消防安全检查和熟悉演练,成为接下来工作的重心。

4月上旬的一天,杨副大队长带队开展了一次例行消防监督检查。杨副大队长检查得很仔细,在物流园的厂房、泵房和监控室悉心地查看,将复工复产的消防隐患消弭在萌芽之中。

检查还在进行中,在一旁的新洲区消防救援大队阳逻站的消防员们，已经开始了新一次的熟悉演练，模拟厂房着火的消防应急处置。

而在附近另一个物流园厂房内，几名消防宣传员正在打包点忙碌着。

新冠肺炎疫情期间，家家户户隔离在家，以往在社区内向居民直接宣传和聚众宣传的方式变得不合时宜，新洲区消防救援大队消防宣传员开动脑筋，利用辖区内物流企业比较多的特色，他们陆续和美团外卖、京东物流达成合作，将消防宣传单张贴或置入包裹，让外卖小哥和快递小哥变身消防宣传员，让消防知识随着快递包裹到达辖区居民手中。

新洲区消防救援大队下辖的三个消防救援站如同一个铁三角，其中最为偏远的是仓埠站。这里乡镇特色明显，人员密集，有较多的老人、孩子等留守群体。仓埠站消防员一方面要做好大队要求的各项防疫任务，另一方面要不断地想在前面做在前面，还要定期开展消杀工作。带队的娄队长是仓埠站的消防长，他考虑到辖区内还有4家养老福利院，便主动和福利院联系，带着年轻的消防员去福利院认真地完成消杀工作。其实，抗疫期间还有很多小细节和小故事，比如这副被磨破的手套就是娄队长带着消防队员们抢运几十吨洋葱时留下来的纪念品。

在辖区当地的农户家中，很多老人在屋内设立香坛，这是当地所秉承的祭祀先辈、慎终追远的传统。但是，这种做法也构成了火灾隐患，这就需要消防队员们更加耐心细致地工作，并组织健全社区或村委的联防联控网络。

在日常社区宣传中，上门扶助弱势群体的事例也层出不穷，新洲区消防救援大队宣传队几个女队员在一次社区宣传中得知一位姓罗的婆婆最近摔伤卧病在床，就时不时地前去探望。

在刚刚过去的这个严酷的冬天里，在新冠肺炎疫情的冲击之下，指战员们依然在扶助弱势群体、关爱人民群众中展现着光和热。在日常，他们忙碌于社区内张贴宣传海报、提醒社区网格员强化"十户联防"机制、确保"一户有难，九户联动"制度真正落到实处等工作。

新冠肺炎疫情期间，新洲区消防救援大队阳逻站的指导员杨蒿负责站内工作，其中包括站内人员的防疫以及日常辖区灭火任务。武汉军运会期间，杨蒿的女儿出生了。杨队长从2020年1月18日起连续奋战了3个月，一直没能见到妻女，每天只能通过视频聊天以解相思之苦。

在这个特殊的时期，很多消防员有着类似的经历，比如仓埠站的吴班长。他们选择默默地付出，无怨无悔。

新洲消防可爱可敬的消防员们，用一点一滴的奉献为新洲人民的平安保驾护航。他们用每一分光、每一点热、每一日的实际行动，诠释着消防工作的初心和使命。

在互帮互助中教学相长

"喂,您好。下周消防联合演练,明天我们想对医院再熟悉一次……好的,那就明天下午三点。"

雷神山消防救援站内,正打电话跟雷神山医院消防负责人联络的是江夏区消防救援大队大队长彭青松,作为应收尽收治疗新冠肺炎的主战场之一,雷神山医院内的消防安全牵动着站内消防指战员们的心。

江夏区消防救援大队组织雷神山、纸坊、大桥三个消防救援站联合雷神山医院开展一次大型消防演练。在演练之前,他们需对院区内部情况再进行一次实地熟悉。

2020年2月26日下午,江夏区消防救援大队的4辆消防车和25名指战员代表如约来到雷神山医院。

"医院昨晚开会的时候商量过了,由于咱们的消防站与雷神山医院仅一墙之隔,而且大家在抗疫期间面临着对医院内消防安全的守护和巡检,经常进入院区开展工作。为了让大家避免被感染,今天我们也想为大家进行一次专业的医学防护知识培训。"

听到这个消息,一旁的消防员们欣喜不已。他们每日在医院进行巡逻、宣传消防安全知识、熟悉消防通道和消防设施,这样近距离地面对新冠病毒,大家难免会有些担心。于他们而言,多学习一些防疫知识，便多了一份安全保障。

这场临时安排却精心准备过的培训课是由王医生主讲的，她提前针对消防员灭火作战时的防护需求做了功课，还带来了病区的内部结构图。

王医生说："之前消防员们为我们雷神山医院的医务工作者进行消防知识和器材培训，这一次换作我们为大家讲述医疗防护知识，希望大家无论是从消防安全还是医疗防护上都能提高自我防护意识。"

"我们分不同区域对消防员着装防护进行讲解，雷神山医院分为污染区、半污染区、清洁区三个区域，首先从防护等级最高的污染区开始。"王医生边说边小心翼翼地拆开一件医用防护服，"这里有一个塑料贴，使用时需要撕掉，注意拆封时不要被尖锐物体划破……现在我需要一个志愿者来试穿。"

"队长，让我来吧。"来自贵州的21岁消防员李长勇举起了手。在王医生的指导下，李长勇很快穿好了下装，但在穿上装时由于衣服较紧他显得有些吃力，不得不依靠医护人员的帮忙。

另一位医护人员在一旁讲解："我们的消防队员在火场有专用的灭火服做防护，但在进入疫区灭火时，一定要提前按照医护标准着装、戴好手套、扎好袖口，只有做好防护，确保自身安全才能拯救他人……"

讲解完防护服的穿着注意事项后，王医生对灭火作战任务完成后的脱装步骤同样讲解得很仔细，她再三强调："一定要注意脱装的顺序，对脱下的防护服要进行消毒、焚烧处理。"

"今天非常开心，同样作为危难中的'逆行者'，'天使白'今天为'火焰蓝'披上了一层'铠甲'，愿大家早日打赢这场阻击战!"王医生最后总结道。

十来分钟的授课中,王医生为大伙儿解答了心中的不少疑问。培训结束后,王医生主动要求陪同消防员们进入医院内部。"这是配电房,这是护士站……"一路上王医生热心地为消防员们作介绍。

巡检途中,病区走廊内不仅整齐地摆放着灭火器,还有全国各医院支援武汉医疗队的队旗、标语,甚至有对联、漫画。"愿山河无恙,人人皆安",这样令人感动的语句随处可见。

"哇,阿消,'火焰蓝'!"当大家进入A1病区时,人群中的一声欢呼声将大家的目光吸引了过去。原来,是一位正在值班的白衣天使。彭青松笑着对她说:"你好,'火焰蓝'是大家对我们的称呼,连这个你都知道啊!"对面的护士看着面前的"火焰蓝"说:"当然知道啦!你们去年才从'橄榄绿'换成'火焰蓝',我在人群中一眼就认出你们了。"

说完她兴奋地拿出手机,打开微博关注,满屏的"消防"字样。她关注的微博公众号,从中国消防到辽宁消防再到盘锦市消防……

"我是辽宁盘锦人,来自辽油宝石花医院。我平时非常关注消防队伍,经常在网上看关于你们的新闻,特别是你们蜕变成'火焰蓝'之后我就看得更多啦。我家里有好几名军人,所以对你们相对了解得比较多。你们是没有枪的兵,是离人民群众最近的消防卫士,你们是我的偶像。"

"日常的消防应急培训你们做得怎么样?你们离病区这么近,万一病区发生火灾怎么办?"

"我第一时间拨打119,用灭火器灭火,然后疏散病人啊,昨天下午你们还对我们进行培训了呢!"

"你觉得你们这个医院有什么安全隐患吗?"

"就是不知道这个材料安全不安全?"护士扭过头指了指病房的墙体。

"这个材料我们在建设初期就检查过,里面采用的是不燃的岩棉,这个请放心。我们一定竭尽所能保证你们的消防环境安全,让你们安心抗击病魔!"一旁的彭青松掷地有声地说道。

雷神山有白衣天使,还有蓝装阿消,在阻击新冠肺炎疫情的战场上我们共同抗击病魔,在专业知识的海洋里我们在互帮互助中教学相长。

用脚步丈量每一寸土地

"我们现在所处的位置是雷神山医院隔离病区 B3 栋东入口处，这条道路上共有市政消火栓 3 个，现在我们对水压进行逐个测试，宋佳保，你负责绘图并做好标记。"

这是 2020 年 2 月 23 日上午，雷神山消防救援站党员突击队日常工作中的一幕，对雷神山医院隔离病区进行例行检查并熟悉地形。

说话的人叫曾雄飞，他是雷神山消防救援站党员突击队队长。他们每天的日常工作就是对院区内的建筑结构、水源、通道、消防设施等进行排查整治。

在检查完消火栓的压力后，曾雄飞和队员们穿越一条 55 米长的洁净走道，来到隔离病区前的医护通道。这条蜿蜒狭长的通道与 28 个病区互通，虽然前面有安保人员领路，但是这迷宫似的路径还是让他们不免有些担忧。

曾雄飞不自觉地放慢了脚步，过两三个路口就要对照平面图确定实时点位，他还不时地转过身叮嘱身后的队员仔细查看周围环境。

从 B 栋到 A 栋再到 C 栋，他们花了近一个小时的时间，看着曾雄飞紧皱的眉头，副队长杜杰察觉出了他的担心。

"队长，请放心，我们一会要用最短的时间熟悉这条生命通道。"杜杰说道。

"是的，病区内的通道如此复杂，我们要尽快熟悉。现在时间紧、任务重，大家一起加油。"曾雄飞认真而又严肃地说道。

来到 C 栋的感染科通道，他们在印有两面旗帜的白墙前停住了脚步。两面鲜红的党员突击队的旗帜和医护人员的勉励标语旗帜交相呼应，仿佛在给大家打赢这场抗疫阻击战以力量。

队员们驻足良久，默默地注视着红旗，没有人说话。直到队长曾雄飞的一句"我们继续前进吧"，大家才回过神来。队员们彼此看了一眼，暗下决心：一定要保护好这些可亲可敬的白衣天使的安全！

下午，雷神山消防救援站党员突击队队员们在营区内按比例模拟构建了病房、安全出口、病员通道、医护通道等基本元素，营造出了"身临其境"的感觉。

队员们在模拟演练中很快找到了状态，每个人对实战中容易忽视的问题提出了自己的看法，通过研讨、磨合、再研讨、再磨合，对整个作战行动加以完善。

到了晚上，队长曾雄飞与突击队员们逐一谈心，倾听大家对目前工作的建议，了解每名队员的真实想法，并对下一步工作的开展部署方案。

23 岁的水枪手陈大波来自贵州黔西南，当问到他有什么困难时，他说："进入医院核心区时一点儿不害怕是不可能的，但这就是我们消防员的使命，我们必须守住阵地！"

27 岁的队员姚声宇是"消二代"，他的父亲姚移华参加过"89 长江油驳火灾"的扑救。2011 年，姚声宇接过父亲手中的水枪，光荣地成为一名消防员。他说："我是班长，又是一名党员，在这个时候就要带头冲锋在前。"

自雷神山医院开建以来，雷神山消防救援站党员突击队的9名队员每天行走在这片近8万平方米的区域中，累计开展"六熟悉"37次，制作灭火救援预案70余份，开展实战拉动演练15次，用实际行动守护着白衣天使和患者们的安全。

消防救援站的擎旗人

新冠肺炎疫情正处于胶着对垒状态，党中央、国务院高度重视。习近平总书记在调研时指出："湖北和武汉是疫情防控的重中之重，是打赢疫情防控阻击战的决胜之地。"在湖北武汉火神山消防救援站，消防指战员们庄严承诺："坚决讲政治、听指挥，在贯彻上级决策部署中践行初心使命。坚决顾大局、做表率，在积极完成防控任务中砥砺能力。坚决当先锋、打头阵，在自觉弘扬优良传统中展现作风与形象。" 8位"火焰蓝逆行者"，在决心书上签下了自己的名字，带着全省消防指战员的信心和决心，驻勤在火神山，同全国人民一起打赢这场没有硝烟的战争。

初心不改

进驻火神山消防救援站的第一天，政治指导员周晋杰就带着7名战友一同面向"党旗"和"国家消防救援旗"重温了曾经许下的誓言，即便是在刚刚建立的消防站里也能感受到被时间洗涤过的一颗颗未曾动摇的初心。

整理衣物，把所有灭火装备检查一遍，通过监控实时排查医院内的安全隐患……火神山消防救援站政治指导员周晋杰和队员们一起，开始了一天繁忙的工作。

为了加强防护，防止非战斗性减员，周晋杰每日还要承担起全体队员的测温、做饭、营区消毒、防疫物资发放等日常工作，带领全体队员模拟疫区出警防化洗消流程。

周晋杰说："我们的任务才刚刚开始，我们要驻守在这里直到最后一名患者出院。怎样把兄弟们带过来就怎样带回去，这是我对自己唯一的要求。"

消防铁人

有着 21 年党龄的李长春被誉为"消防铁人"，他原先在江汉路消防救援站担任站长助理，入队 24 年来，他一直坚守在"荆楚消防第一消防救援站"，一直冲锋在灭火救援一线，守护着武汉市最繁华的商业街区。

已经 41 岁的他，是火神山消防救援站里工作年头最长的消防员，曾无数次出入火场的他说："党员要带头干，所以我来了。我曾经进过很多次火场，经历过许多次生死，但对于这一次全新的挑战，我们都是初学者。"

向榜样看齐

梅磊同李长春一样，是汉江胡消防救援站的一名消防员，2014 年入党。他目睹老班长李长春交了请战书，自己也写了一份请战书。获批后，在火神山消防救援站担任驾驶员。

榜样的力量是无穷的，梅磊说要向老班长这样的榜样看齐，他说："我是一名党员，没有理由不上。"

多面手

火神山消防救援站在组建时，根据战斗编程和人员结构需要一名通信员兼无人机飞手，"多面手"何金雄在了解此情况后，主动请命，成为最早一批入驻火神山消防救援站的成员之一。

入驻当晚，他便完成了站内各通信系统的安装与调试工作，确保了站内的接出警、指挥视频调度及办公系统的正常运作。他凭借过硬的通信技能完成了火神山医院无人机三维图像的采集，制作出火神山医院首个三维实景图用作火神山医院电子沙盘。站内及各级指挥部人员可通过医院实景三维图，对医院内部道路、水源及建筑结构进行熟悉与推演。

在实行人员进出管控的火神山，何金雄的另一门手艺也受到了战友们的欢迎，他会在空余时间为大家理发，让战友们轻松上阵。

严守防疫底线

解方方，原武汉市消防救援支队特勤大队一站供水班班长，作为有洗消专长技能的消防员，在得知要成立火神山消防救援站时，他第一时间报了名。家人得知他主动请战到一线，表示非常支持，叮嘱他一定要做好个人防护。

作为火神山消防救援站洗消员兼班长,他的主要任务是做好现场洗消和归队后的洗消工作。此次疫情的特殊性,要求洗消必须细致入微,任何的细微之处都关乎防疫大局,小到一名人员的脚底板,大到整个现场的洗消处置,人员、器材、车辆、场地都必须经过严格的洗消程序,确保全员平安健康地归队,以保证火神山救援站的战斗力。他说:"医护人员冲锋在抗疫的最前沿,我们必须严守防疫底线,守护好阵地,与医护人员一起携手打赢这场攻坚战!"

不畏惧的斗士

陈昆,原新农消防救援站战斗一班班长。入队 8 年来,他一直在灭火救援一线,从一名普通的战斗员一步一步成长为战斗班班长,经历过无数次水与火的考验,这次自愿请战成为武汉市消防救援支队火神山消防救援站中的一员。家人得知后有些担忧,他说:"尽管知道当下驻守火神山意味着什么,但我还是要来。这里是我的家乡,我要为家乡贡献一份自己的力量。"

在危难时刻,他不惧凶险,要做冲锋在最前面的水枪手,守护好火神山医院内所有的医护人员和患者。

家乡的骄傲

火神山消防救援站里年纪最小的是 1997 年出生的李晨阳,入队 4 年的他,在新农消防救援站担任战斗员。这一次能加入火神山消防救援站让他十分激动。他的父亲对他说:"儿子,我以你为荣,你是家乡的骄傲,在一线一定要好好干!"

有人问:"来到疫区最前线执行任务,你害怕吗?"他说:"这时候我们多做一点儿,人民群众就会少一分风险,前线的医生就会少一分辛苦!虽然我年纪最小,只是一名团员,但是我也要用共产党员的标准要求自己,完成好这次驻勤任务。"

专职消防员

32岁的战斗员张云曾经是湖北消防的一名消防员,2013年入党,退伍4年后他再出发,成为一名政府专职消防员。他是火神山消防救援站里唯一的一名政府专职消防员。他说:"这次能来火神山让我感到很光荣。"

在新冠肺炎疫情防控的攻坚时刻,8位"逆行者"甘为先锋、扛起责任、直面艰险、踏疫前行,以实际行动践行了习近平总书记的重要训词精神,把疫情防控作为践行初心使命的主战场,与全国人民一起共同打赢这场疫情防控阻击战。

一直在路上

不远处，雷神山医院的建筑工地上传来此起彼伏的施工声。在武汉市江夏区黄家湖旁，雷神山医院工地上一派繁忙的景象，大型吊机和运土车交替错落在曾经的军运村停车场内，四周的建筑工人们默默地在自己的岗位上追赶着工期，犹如一粒粒黑白子般守卫在即将完工的星盘上。

2020年1月25日，武汉为了抗击新冠肺炎疫情，决定除蔡甸火神山医院外，半个月之内再建一所"小汤山医院"——武汉雷神山医院，新增床位1600余张。

昔日驻扎在军运村内的武汉市消防救援支队军运村消防救援站恰好毗邻雷神山医院，成为保卫雷神山医院及周边辖区消防安全的攻坚力量。

无论是在2019年第七届世界军人运动会中护航军运的"蓝马甲"，还是在抗击疫情的最前沿，与人民群众贴得最近、联系最紧的"火焰蓝"从未缺席。

我是党员跟我上

自新冠肺炎疫情发生以来，有关疫情的新闻牵动着站内每一名消防救援人员的心。

作为承担武汉雷神山医院消防安保的责任队，为了不影响战斗力，军运村消防救援站实行封站管理，全员24小时留守站内驻勤。

就在雷神山医院投入使用前夕，武汉市消防救援支队在军运村消防救援站成立了抗击疫情"119党员突击队"，9名党员突击队队员面向党旗庄严宣誓，并在表决书上签字。

这一次，他们将和火神山消防救援站一样，为保卫前方医疗工作者拥有良好的消防安全环境而踏上出征之路。军运村消防救援站配有3辆消防车，以及常规灭火救援装备、防疫洗消装备，主要参与日常火灾防控，确保雷神山医院及周边辖区的消防安全。

防控就是责任

在疫魔肆虐的当下，对于军运村消防救援站内的消防员而言，每一场演练都是实战，每一次出警就是迎接战斗。

日常进行防疫洗消作业的演练是大家每日的必修课，洗消作业规范成为在未来战场上充分发挥消防救援的关键作用。

"防疫洗消作业开始。"随着指挥员一声令下，党员突击队开始了日常的防疫洗消作业演练。驾驶员发动车辆后下车跑向车尾打开水泵阀门，装配手迅速支起洗消管架，一旁的战斗员随即进入洗消池进行全身360度洗消……"报告"，约3分钟后洗消完毕的战斗员走出洗消池。

阻击疫情期间，像这样的防疫洗消演练不仅仅是在毗邻雷神山医院的军运村消防站内开展，全市驻守在城市一线的消防救援站内几乎每天都进行着同样的训练。对于他们而言，出警归来后才是与疫魔真正较量的开始。

随着雷神山医院的每日建设更新与逐步交接，江夏区消防救援大队和军运村消防救援站对医院及周边的内、外部构造和涉及消防安全的因素进行消防安全风险评估，针对雷神山医院的风险隐患点制定预案，为后期雷神山医院正式投入使用奠定了基础。

在风雨中砥砺初心

迎难而上，"火焰蓝"始终出现在人民群众最需要的时候。

随着2019年第七届世界军人运动会在武汉举办，军运村消防救援站于去年夏末秋初正式进入大众的视野，他们曾为军运村内消防安全贡献了自己的一份力量，让世界看到了一个不一样的中国。

在这一次阻击新冠肺炎疫情战役中，他们无怨无悔地成为雷神山医院的一部分，与其说是他们选择了雷神山，不如说是雷神山选择了他们。

"90后"的曾雄飞是军运村消防救援站站长，也是这次"119党员突击队"的队长，入党7年的他将要带着整个站的兄弟守卫在雷神山医院及周边辖区的最前沿。他说："雷神山医院作为全市接收肺炎病患的医院，我们感到使命光荣，也深感责任重大。我们站作为护航军运而生的消防站，经历过军运村的安保，这一次为了投入这场全新的战斗成立了这支突击队，不仅鼓舞了站内的士气，还从思想上拧紧了螺丝，我们有信心打赢这场疫情阻击战。"

担任党员突击队队员的姚声宇在军运村消防救援站内任班长，入党 5 年的他也经历过军运会安保任务，他在武汉消防工作了 9 年，是一名驾驶员。姚声宇说："当在网上得知雷神山医院在这里开建，站里的党员自发地聚集在一起商量着写决心书。我们想一如既往地延续保卫军运会的精神，为武汉做点儿事。作为党员就是要比平常人多做事，在关键时期不能只顾着自己，要多替大家考虑。"

在党员突击队里年纪最小的陈大波今年 24 岁，是贵州丰县人。2019 年在军运会安保期间因表现优异火线入党，担任突击队战斗员。"在旁边看见许多建筑工人没日没夜地干让我很感动，作为一名新党员和消防员我们更要加倍努力，服从站里的安排，完成好出警任务，为保卫雷神山医院出一份力。"陈大波表示。

2019 年 10 月 27 日第七届世界军人运动会在武汉闭幕，与军运村消防救援站"119 党员突击队"成立相隔 101 天。从护航军运到阻击疫魔，他们重新出发，一直在路上……

他们这样为武汉加油

正如 14 岁女孩儿孙婉清在写给抗疫一线的父亲的信中所说,"没有一个冬天不可逾越"。是的,冰雪终能消融,阳光终会普照,春天终将到来……

抗击新冠肺炎疫情,流芳一直在行动。自新冠肺炎疫情发生以来,武汉东湖新技术开发区流芳消防救援站全体指战员以高度的工作使命感和责任感,共克时艰、全力抗疫,用实际行动践行湖北消防精神。

政治引领

认真贯彻习近平总书记的重要指示精神,充分发挥党组织的战斗堡垒作用,流芳消防救援站组织召开"阳光下的支部会",迅速成立党员突击队,制订临战方案,定人定岗,压实责任。

流芳消防救援站组织全体消防救援人员重温习近平总书记授旗训词、入队誓词,并宣誓抗击新冠肺炎疫情;组织全体党员重温入党誓词,撰写决心书、请战书,提高全员思想政治站位,凝心聚力,坚定抗疫信心。

严阵以待

封站以来,流芳消防救援站严格贯彻落实上级各项工作指令,全面封站,严格控制人员外出;每日三次体温血氧测量,做到营区无死角消毒;坚持餐前便后洗手,全员佩戴口罩,营房勤开窗通风,出警做好防护、归队前全面洗消等一系列防疫措施。对出现感冒咳嗽等症状人员,立即实施隔离观察。

与此同时,通过钉钉、微信等软件及时传达并组织学习上级文件,做好每日提醒工作,持续强化全体指战员的防疫意识。

暖心帮扶

流芳救援站党支部从"暖心、帮扶、心理"三个方面出发,结合实际积极开展"阳光下的读书会"、"阳光下的交心谈心""阳光下的摄影学习"、"武汉加油"个人感言视频拍摄,以及与家属视频交流等活动,动态掌握队员思想状况,及时疏导他们的心理压力,引导队员树立正确的人生观、价值观,弘扬正能量。

组织全体指战员通过钉钉软件在线观看中德心理研究院的李先富教授和清心心理咨询中心的冉阳教授的讲座,掌握自我调节心理和自我干预心理的方法。实时掌握站内隔离和站外居家队员的身体状况及思想波动情况,关爱队员及家属,解决他们生活上的困难。

面对新冠肺炎疫情,更要有一颗炽热的心,做到彼此关爱。

流芳消防救援站的全体消防员向战斗在抗疫一线的科学家、医务工作者们致以崇高的敬意，用自己的责任和担当作为保障，让他们全心全意地投入战斗之中，没有后顾之忧。让大家携手共进，一起为武汉加油！

有人民群众的地方就有消防员

庚子年前夕，一场猝不及防的新冠肺炎疫情席卷了整个武汉，作为武汉这座城市守护人中的一员，我们和大家一样感到心痛。

随着城市被按下暂停键，人人都自发地戴上了口罩，每一根焦虑的神经都在期盼着好消息的到来，以便能有个借口打开那扇久违了的房门。

从早到晚，微博的推送一条接着一条占据了你每天的生活，朋友圈里的分享一遍又一遍让你没有片刻思考的余地。和大多数人一样，在灾害面前你才突然发现生命竟如此渺小而脆弱。

时间轴开始慢慢平移，钟南山院士带着防疫团队来了，李克强总理带着关切和希望来了，全国各地驰援武汉的医务工作者们冒着被二次感染的风险从四面八方相继而来……"隔离病毒，但不隔离爱。"春晚的节目那么多，你还记得白岩松说过的这一句吗？

从 2020 年 1 月 29 日武汉消防召开全市动员部署会征集前往火神山消防救援站的驻勤队员到 2 月 3 日武汉火神山消防救援站和火神山医院同期正式投用，武汉消防人在这场和病毒厮杀的战役中勇敢地走出了一步。

我们相信"天助自助者"，我们也相信在党的领导下武汉一定能打赢这场生命守卫战,我们更相信身后的伟大祖国和 14 亿同胞。因为,爱,比病毒蔓延得更快。

小站不小,大有可为

为了有效守护火神山医院及周边的消防安全,8 名"逆行者"带着全市 3600 余名消防救援人员、政府专职消防员的希望和决心踏上了驻勤火神山之路。

由于特殊时期,火神山消防救援站实行封站管理,除了正常参与备勤的队员,社会外来人员一律禁止入内,这样既是为了保证队员们不会因外部因素被感染,又能确保执勤期间的战斗力。

在这个看似并不大的消防站内,灭火救援和防化装备一样都不少。室内储物架上依次摆放着轻/重型防护服、泡沫型皮肤消毒剂、医用消毒酒精、洗消帐篷工具组……

除了必要的防化洗消装备外,站内还配备了各类防火宣传海报以及便携式水基、干粉两种灭火器,确保火神山医院及周边辖区内的居民提高消防安全意识和处置火情的能力。麻雀虽小,五脏俱全。让奋战在前线的医务工作者们有一个良好、安全的消防环境,为他们战胜疫情贡献武汉消防人的一份力量是大伙儿共同的心愿。对于这场战"疫",每个人都做好了打持久战的准备。

每个人都做好了打持久战的准备

保障物资到了,大伙帮忙卸下物资。随着正式投入执勤,保障火神山消防救援站队员的物资也相继送到了前线。特殊时期他们告别了美味可口的饭菜选择了速食食品，方便面、火腿肠、速冻饺子成为大伙儿餐桌上的简餐。

火神山消防救援站共二层，一楼是大伙工作执勤的地方，二楼是他们住宿的地方。30 余平方米的房间里整整齐齐地摆放着 8 张床铺，他们在这儿朝夕相处，早就成了"一家人"。

寝室的门板后面贴着"勤消毒、勤洗手、勤通风"字样的提示语以及日常出警的方法和步骤。这样的"土方法"是他们工作时的"护身符"，在确保火神山医院及周边辖区的消防安全的同时，队员们用这样的方法做着自我保护。保护好自己，才能保护一方百姓，才能打赢这场耐久战。

我是党员，跟我上

进驻火神山消防站的第一天，火神山消防救援站指导员周晋杰就带着 7 名战友一同向着党旗和国家消防救援旗重温了曾经许下的誓言，即便是在刚刚建立的消防站中也能感受到被时间洗涤过的一颗颗未曾动摇的初心。周晋杰 2012 年入党，原先是三金潭战勤保障站的指导员。经过层层选拔，最后由他带领着大伙儿一同完成火神山的驻勤任务。不管在哪里，有党旗的地方就有共产党员。

火神山消防救援站里年纪最小的是 1997 年出生的李晨阳，参加工作 4 年的他在原单位新农消防救援站就担任战斗员，这一次加入火神山消防救援站仍然担任战斗员让他十分激动。"虽然我年纪最小，只是一名团员，但是我也要用一名共产党员的标准要求自己，完成好这次驻勤任务。"

32岁的战斗员张云曾经是湖北消防的一名消防员，2013年入党，退伍4年后重新回到灭火救援的事业中，成为一名政府专职消防员。他说："这次能来火神山让我感到很光荣，作为一名政府专职消防员，我觉得其实我们和消防员一样，都在保卫人民群众。"

李长春是一名老党员，党龄21年，之前在江汉路消防救援站担任站长助理。1月29日晚的一份请战书，让他作为工作年头最长的消防员加入了火神山消防救援站。他说："党员要带头干，所以我来了。"

同李长春一样来自江汉路消防救援站的梅磊曾是一名装备技师，2014年入党。见老班长李长春交了请战书，梅磊便也写了一份请战书。他现在是火神山消防救援站的一名驾驶员。梅磊说："我是一名党员，没有理由不上。"

苟利国家生死以，有人民群众的地方就有消防员！

愿为你们多走每一步

关山麓畔,常青藤旁,驻扎着一支平凡的消防中队——关山中队。

人行道边,合欢花开得正旺。从远处眺望,五层楼的钢筋混凝土之上耸立着"对党忠诚 纪律严明 赴汤蹈火 竭诚为民"十六个大字。

跟着海华去"汽发"

在中队干了4年通讯员的海华是湖北大冶人。24岁时,他离开了大冶,背井离乡来到武汉。

"从加入武汉消防这个大家庭的那一天起,我就倍感荣耀。"海华边走边笑着说。一大早,海华吃完早饭就带着我们一起去辖区内重点居民住宅小区"查业务",从中队出来途经西班牙风情街,一行人来到关山大道旁。路上一边是红砖堆砌的老围墙,一边是新修的有轨电车,电车应着车鸣声而来。

才9点钟,马路上就开启了碳烤五花肉的模式,阳光将车身细长的影子印在了泥红色的围墙上,红底黑影的围墙此时显得格外打眼。

沿着关山大道笔直地向前走约两公里，来到一个十字路口，海华示意停下来。他打开了随着携带的文件夹，拿出了工作日志，朝着室外消火栓蹲了下来。

"我平常的主要工作就是记录辖区内的可用水源，一旦发生火情，我要第一时间将供水员带到水源地取水，水源就相当于我们的'子弹'。"海华说。

拍照、检查、测压、登记，一套记录流程下来海华的背上已经隐约地印出了汗渍。

离开十字路口后，我们向前走了大概一公里之后左转，海华带着我们穿过一条巷子。"这里就是汽发社区。"他指着前面的老式居民楼说道。

浮现在眼前的是一栋六层高的混凝土建筑，木质的对开推窗挂在咖啡色的墙内，从阳台上偶尔会伸出几根硕大的晾衣竿，从楼顶向下衍生出很多布满红锈的排水管道。

"汽发社区是辖区内的老旧居民小区，这里火灾隐患不少，住在这里的居民有时候喜欢乱停电动车充电，蛮容易阻塞消防通道并引发火灾事故。"海华一边说着一边写着工作日志。

"电动车火灾真的蛮吓人的，可能你没有经历过。车子一旦烧起来，30秒就能让楼道布满浓烟，而且这些电动车车身都是塑料做的，烧出来的都是毒烟，如果不及时逃生就有可能送命。你把电动车停在楼道既阻塞了消防通道，还危及自己和邻居的生命安全。"在跟着海华"查业务"的时候，他对着一位在楼道内停放电动车的年轻男子说道。

"不好意思，车子才停一下，我马上推走，下次会注意的。"眼前这位推着电动车准备离开的年轻人难为情地说道。

可能对于年轻人而言只是将电动车停在了楼道一会儿，但对于海华而言这样做会危及其他居民的生命和财产安全。

"我是一个眼睛里揉不得沙子的人，看到了就要说出来，不管说出来有没有用，至少我要对得起这份职业。"海华笑着说。

在社区里的石凳上休息的片刻，海华跑过来告诉我们旁边有栋楼的居民在"飞线充电"。

跟着海华的脚步，一行人来到"飞线充电"的电动车旁，抬头顺着电线往上望，四楼窗沿旁放着一个插线板。

"这样充电要不得，一旦碰到下雨天或者线路接触不良会出大问题的。"海华决定上四楼去找电动车车主，告诉他"飞线充电"的危害。

爬到四楼，奈何铁将军把门。"师傅，屋里有没有人？"海华边敲门边连着问了几声。屋内一直没有人回应，海华只好下楼。楼梯墙壁上密密麻麻地印刷着各式各样的家政服务电话。

"屋里没有人，我下午再来一次吧。"由于住户不在，海华只能先离开。下楼后，海华直接把停在一楼窗沿旁正在充电的电动车的电源插头拔掉了。电动车上的充电灯熄灭了，但我们一行人的心却亮了起来。

"战斗"在九峰山上的男人们

从繁华的光谷步行街驱车15分钟，我们一行人来到九峰山国家森林公园。中队按计划准备开始进行日常的枪炮协同灭火操的科目训练。

从九峰国家森林公园大门穿过一片茂密的树林是一条柏油马

路，那是中队开展日常专业训练的"训练场"。

由于中队建在繁华的闹市区，没有足够空间进行专业科目训练，每次开展枪炮协同灭火操训练便会来到这个人烟稀少的"模拟战场"。

前方，斜坡侧面上站着手握秒表计时的中队指挥员老李。老李今年36岁，2002年年底加入消防救援队伍，至今已经干了16年。

"是什么样的动力让你一直从事消防这份工作？"对于这样一名工作年限较长的消防员，我们不禁好奇地问道。

老李看着我们说："每当我们把受灾被困的群众从生死边缘挽救回来时，我会觉得我们的工作十分有意义。"

专业科目训练需要负重40斤防护装备，室外地表温度接近40℃，每一位战斗员需要穿着厚重的灭火战斗服、背着空呼奔跑在这条他们熟悉得不能再熟悉的柏油路上。

柏油路旁，树木成荫。从起点到终点共150余米。"预备，开始！"只听老李朝着队员们喊出了口令。发令的声音还没落下，他手中秒表上的字符便开始跳动起来。队员们提着水带奔跑时脚上的防火靴与地面的摩擦声整齐而又显得急促。只有一步又一步地跋涉，才有最后的凯旋。

到达指定地点后，既定的战斗员开始出枪"进攻"。

"灭火服左臂上标着'班长'两个字的那个小子，就是小果。"老李指着前面一位年轻人对我们讲道。"他是2012年年底来的，18岁就加入了消防这支队伍，是我们中队战斗一班的班长。"老李说这句话的时候仿佛格外自豪。

小果拿着两盘水带一次又一次地从我们眼前跑过，重复着接水枪、出水的动作。灭火服内的汗一直往身体外涌出，让人完全分不清究竟是汗还是水。

穿过刚训练完布满水雾的柏油路的尽头，我们发现了一道彩虹。斯人若彩虹，遇见方知有。

"训练很残酷，但火场更残酷。现在不流汗，日后就要流血。我宁可练在平时，也不愿悲剧发生。"休息间隙，小果脱下厚重的灭火服在一旁说道。

珍珠般大的汗水密密麻麻地爬满了他的整个后背，头发之间闪着银色的光，仿佛水龙头最后一下没有拧紧滴出的水滴。若不是亲眼见到，很难想象这是一个1994年的"孩子"所承受和经历的。

柏油路旁，阳光丝毫没有收敛。头顶上的树叶被风带到了路的两旁。

一旁的环卫大妈趁着队员们小憩的间隙拿着扫把走到队员们身边后竖起了大拇指："你们真的了不起，我儿子也是当兵的，你们训练要注意安全啊！"

队员们从草地上应声而起向环卫大妈回道："谢谢您，您也辛苦了！"顺手将自己手上还没来得及拧开的矿泉水递给了环卫大妈。

平凡孕育伟大，岗位不分贵贱。人和人相处所饱含的善良与真诚或许就体现在刚才的一幕。

慈不掌兵，情不立事。"1分35秒，你们还要更快点儿！你们能不能进到1分30秒内？"随后老李便公布了刚刚一轮的训练成绩。片刻之后，队员们又开始了下一轮的训练。

穿梭于城市之中的"先锋"

下午3时,一场阵雨突如其来。

车库旁,阿军准备发动车辆检查性能,我们不禁凑上前去。

"您觉得驾驶消防车最重要的诀窍是什么?"

"我觉得应该是胆大心细吧。"驾驶室内阿军边打着方向盘边轻声说道。

阿军说今年是他在消防工作的第14个年头。从2005年入职学车到如今成为正驾驶,他一直都在消防救援的这条大路上穿梭。

从阿军身后的背椅间隙中看着他从容地驾驶着"大力"向前方驶去,每当要踩油门和打方向盘的时候他都很小心。

"车子大责任也大,出警是为了救人嘛,还是要稳中求快。"简单的一句话是他十几年安全驾驶无事故的心得体会。

作为消防车驾驶员的阿军觉得工作中最让自己感动的还是每逢出警遭遇堵车时,堵在马路间的私家车主们都自发地挪车子,给阿军让出一条生命通道。

"我觉得现在的市民素质都提高了。"这么多年穿梭在武汉车水马龙之中,阿军感受到的武汉每天都不一样,武汉人的素质也在发生改变。

32岁的阿军除了是中队的驾驶员,还是一位"红门白大褂"——装备技师。

平日里除了保证每日正常的出警通勤外,余下的时间他都会和各式各样的消防装备"过日子",清洗、除尘、检查装备性能……

"功夫要用在平时,不然哪天这些老伙计万一罢工了,影响了其他队友的正常发挥，降低了出警效率那就不好了。"阿军一脸严肃地说道。

"您知道从第一次踩着油门驾驶消防车到如今共走了多少公里吗？"

"至少有 3 万公里吧。"阿军沉思了片刻后告诉我们。

读万卷书不如行万里路。日复一日，年复一年，阿军就这样将自己的青春奉献给了曾经的初心……天渐渐灰了下来，夕阳下的九峰上空浮现出一片浅橘色的晚霞。

海华在二楼电话班里等待着下一个报警电话的响起；老李带着小果和队友们从山上蹬车归队准备开饭；阿军驾驶着"大力"穿梭在辖区每一寸土地上……他们每一次的出发，每多走一步都是为了你我更好的明天，都是为了守望平安。

后来，小果打开了那天运动 App 的记录，从早上 6 点起床到晚上 10 点熄灯，他和战友们一共徒步了 51470 步，累计 87 公里。

"你们难道不累吗？"我惊讶地望着小果问道。

小果笑着说："我愿为你们多走每一步。"

爱，一直在流芳

"我真的相信有些东西如果我不拍下来就没人能看见。"被誉为摄影界凡·高的黛安·阿勃斯（Diane Arbus）这样说过。其实，我们大多数人始终相信生活能带给自己足够的美好，只要用心经营它，就能获得随之而来的幸福感。

将生活中有趣、美好、真实的事物记录下来，试着分享给自己的朋友、家人或者熟悉的人，这样做真的妙不可言。

对摄影充满热爱与执着

"大家都叫我橙子，你就叫我橙子吧。"面前侧身坐着的是一个腼腆的大男孩儿。

橙子是流芳消防中队一名普通的驾驶员，名副其实的"95后"，平时喜欢摄影。六年前为了实现儿时的梦想他加入了武汉消防这个大家庭，穿上了如今这身"火焰蓝"。

"小时候我就觉得消防员很酷，他们驾着云梯飞云直上，拿着水枪冲入火场。或许每个男孩儿小时候都憧憬过长大以后的自己成为一名消防员的样子。"橙子坐在一辆"泡沫车"左侧的驾驶室里聊道。

方向盘下侧的板子上放着一架康佳 Eos 750D 照相机。"这是支队配发给我们中队的，因为我平常比较喜欢拍照片，所以这个老伙计就一直跟着我。"

"加油！加油！"循着声音放眼望去，离车库不远的训练塔下面传来一片沸腾的加油声。

跟着橙子一起绕过中队大厅沿着水泥地往前走到训练塔前，是一幢四层楼高漆红色的砖瓦建筑。还没走几步，橙子就一溜烟地从训练塔的楼梯口爬到了四楼。

从楼下顺着漆红色的墙壁向上搜寻橙子的身影，四楼窗台角落里，他双手端着那架"老家伙"对着楼下向上攀爬的战友。

"每一滴汗水都应该被尊重，我想替他们记录下来。"不经意间，橙子将快门调到 1/125，对焦楼下的身影按下了快门。

日晒三竿，修理工老徐坐在中队石阶上，脚下躺着各式各样的工具。围着他环绕一圈的是橙子的战友们，老徐拿着小扳手对着水阀塞左右开弓，周围一圈人聚精会神地看着他。橙子小心翼翼地绕开"包围圈"找到属于自己的那块"根据地"之后蹲了下来，偷偷地按下了快门。

"咔嚓，咔嚓"，身前的一群人仿佛忽视了橙子的存在，而橙子在一旁也很庆幸，像在寻宝过程中发现了什么宝贝似的。

"每个人看到的东西都不一样，但只要自己喜欢或者适合自己那就是最好的。"随后他站起身，继续和大伙一起听老徐讲维修常识。

从老徐那儿离开后，橙子带着我来到中队训练塔下的一棵小树旁。

"多多是一次出警救援时偶然间遇见的，把它从下水道救回来后就一直放在训练塔下养着。"橙子指着一条通体乌黑的田园犬讲道。一旁的多多看见橙子一个劲地摇尾巴,好似遇见亲人那般。橙子俯下身体解开了拴在多多项上的项圈一把抱住它。

"摄影对于我而言是工作和生活的常态吧,我想把自己看到的记录下来和大家分享,虽然我没有系统地学过专业知识,但是因为热爱我会用业余时间去学习。"不知道怀中的多多是不是听懂了橙子的那番话,突然兴奋地朝着橙子撒起欢来……

其实,如橙子一般喜欢摄影的大男孩儿在流芳随处可见,比如下文要说到的阿鑫。

心之所向,行之所至

转眼到了晌午,中队照常开饭。只有阿鑫没有出现在队列之中,后来得知他因为支气管发炎去了离中队 1.5 公里的诊所挂点滴。

跟着导航的指引来到诊所前,当看到阿鑫坐在诊所第三排靠椅上时,已是中午 12 点半。偌大的诊所里只有阿鑫和另外一个年轻人靠在翠色的座椅上等待着悬在头上的吊瓶变成空瓶。

阿鑫泛黄的脸稍显苍白,嘴唇上布满干皮,坐在吊瓶下面仿佛浑身上下没有一丝力气。

"你怎么没去吃中午饭?"

"支气管发炎,想着早点儿打完针可以早点儿回中队。"

"还要打多久?"

"起码两个多小时吧,不一定。"

和阿鑫简单寒暄几句后,我便坐在他的身旁陪着他挂点滴。

下午 2 点半,哨声响起,阿鑫准时出现在了中队部的办公桌前。比橙子大三岁的阿鑫去年冬天加入消防救援的事业,是一名专职消防员,他平时喜欢拍摄和剪辑一些小视频记录自己和战友们的工作和生活。

他熟练地打开电脑 D 盘,反复观看这周"一期一会"的视频素材,娴熟地在编辑器内操作着。

阿鑫说:"因为大部分时间我们都在中队留守备勤不能回家,所以我会把平时大家在中队里工作和生活的样子拍摄成小视频,然后选取合适的片段做成视频发给大家的亲人们看。"

不一会儿,阿鑫指着手机里刚刚剪辑好的视频说:"这个我给它取名《我们的一天》,是刚刚做好的'一期一会'视频。晚饭过后会发到中队家属群里面,之前有几位家长在群里喊话都说等了好几天'一期一会'了,我觉得他们应该是很想看看自己孩子最近的状态。"

平滑的鼠标上平放着阿鑫两个半小时之前打完点滴的右手,细小的针眼虽已不那么明显,却还是印在了他的皮肤上,像是被一只饥饿的蚊子刚刚亲吻过。

尽管隔着中队部的门窗,还是能听到他那微弱的咳嗽声。或许,这种执着就是源于热爱吧。

老照片筑造不一样的队史馆

在中队大厅踱步片刻,沿着扶梯向上走。紧靠着墙左侧的是大伙儿的寝室,右边则密密麻麻地排列着一大片照片墙,猛地一看像是在海滩边上打盹的贝壳。

右侧墙壁上一共安装了六扇窗,窗户与窗户之间的墙壁是中队当下的"稀缺资源",布满了照片。从训练到出警、从学习到开会、从生活到留念……不同的脸庞相互辉映,不一样的造型标志着一个时代的过去和另一个时代的到来,但一样的是大家为人民服务的初心。

"不忘初心 方得始终 初心易得 始终难守",墙壁上的这句话格外显眼,让人有一种从走道中路过便会忍不住想多看一眼的欲望。

从楼道头慢慢走到底,细数着墙壁上的相框,20 余米长的走道上悬挂着 98 篇"老故事",它们就像一个个沉默的守护者,无言地诉说着过往的点滴。真希望有人能将这些故事一一道来。

"家长"与家长之间的第一次会晤

天色渐晚,训练塔上空慢慢地泛起一层层粉霞。

忙碌了一天,大伙儿晚餐过后开始休整,但有一个熟悉的身影却逐渐消失在夜幕之中。

霓虹灯下,老李双手拎着刚刚从一旁水果摊上买来的水果大步走在佛祖岭 C 区的街前。

"等会儿准备上去探望一个新下队不久的专职消防员阿超的父母,因为离单位近,也算顺道家访了。"老李走在小区的石头路上讲道。

面前一脸随和的老李是流芳中队的中队长,今年 36 岁的他已经在消防工作了 17 年,是一位名副其实的老大哥。

老李走到一位正在社区广场上跳广场舞的大妈面前停了下来:"您好,请问 C 区 1 单元怎么走?"大妈停下舞步随手指着不远处的一栋楼说:"笔直走右转就是。"老李回了声"谢谢",然后按照大妈指的路线来到了阿超家楼下。

电梯在三楼停了下来,老李走到过道里面那家门口停了下来上去敲门。"您好,我是阿超的中队长,今天代表中队过来探望一下你们。"

阿超妈妈一脸喜悦地将老李迎进家门。一旁的阿超听见队长老李的声音后便跑了出来:"队长好,您怎么来啦,快请进!"

"这次主要是来看看你的父母,了解一下你下队以后家里人对你的工作有啥意见,什么都可以和我讲。我还把这周的'一期一会'的视频带过来和你的家人一起分享哩!"老李笑着对跟前的阿超和阿超妈妈说道。

阿超妈妈听老李讲完,说道:"我在家属群里看过您发的视频,很好,很真实。希望阿超在中队努力工作,您日后要好好锻炼他!"

在屋内休息的阿超爸爸闻声打开了房门,说道:"您好,李队长。这么晚了你们还过来,辛苦了!"

老李笑着说:"您客气了,阿超既然加入了我们消防这个大家庭,您就是我们的家人,我们来看您是应该的。"

畅聊正酣,老李把阿鑫下午刚剪辑好的'一期一会'的视频拿给阿超的家人看。

"超儿,这个是你。"阿超妈妈指着屏幕里面那个正在给战友们打饭菜的身影说道。

"不错,长大了,会照顾人了。"父亲边看边称赞道。阿超听到父母表扬自己后羞涩地笑了,一旁的父母也跟着笑了起来……

对于消防员而言,有时候幸福其实很简单,哪怕只是来自家人的赞赏,哪怕只是收到百姓的一句"谢谢"。

城市"火焰蓝"圆满交答卷

武汉市消防救援支队面对疫情防控和火灾防控的大战大考，在市委、市政府的坚强领导下，坚持一手抓防控，一手抓服务。在做好涉疫勤务和消防服务工作的同时，保持了全市火灾形势和队伍安全双稳定，实现了火灾零亡人、涉疫重点场所零火灾。

积极主动做好消防指导服务

支队成立5类（消防技术指导专家组、防火监督检查党员突击队、方舱医院防火监督专班、消防专业志愿队和防火宣传队）57支消防技术服务队，按照"一周一轮巡"的频次对涉疫"五类场所"开展指导服务。

截至2020年4月8日，已累计实地检查16991家次、线上督导54786家次、整改风险点23456个，赠送灭火器、报警探头、灭火逃生瓶等1.6万余件。

对"生命线"保障单位和民政服务机构指导服务2318次，对居民小区开展实地消防服务和宣传培训4246场次。

组建10组、60人的消防专业技术志愿者服务队，提供上门服务981家次；369名指战员62辆消防车持续驻守47家"五类场所"。

全力做好复工复产企业消防安全服务保障工作，出台复工复产企业单位消防服务指导要则，支队党委委员带队、全市防火监督员齐上阵，服务对接 3722 家、实地检查 2173 家。

拓展职能发挥党员突击队作用

支队紧密对接市疫情防控指挥部，出台主动服务疫情防控大局十项举措。

组建 20 支、650 人的"119 党员突击队"，拓宽职责任务范围，主动承担病员转送、医护接送、洗消杀毒、物资转运、医疗废物转运等工作。

将援汉力量 330 人编成 1 个突击大队、7 个分队，分配至武昌、江汉、硚口、汉阳、洪山、江夏 6 个区开展服务工作。

与中央赴鄂消毒技术指导组、市指挥部消杀工作组建立勤务联动机制，开展武汉火车站、武昌火车站、武汉轨道交通 117 座地铁站点、宏基客运站和公安监所等重点场所杀毒工作。

截至 2020 年 4 月 8 日，武汉消防"119 党员突击队"累计接受工作任务指令 4133 条、出动指战员 26681 人次、出动车辆 5691 辆次、转送病员 11965 人次、接送医护人员 6831 人次、洗消杀毒 1427.6 万平方米、转运物资 12209.7 吨、转运医疗废弃物 9574 桶。

党建引领强化担当作为

支队成立 47 个临时党支部、113 个党小组，先后召开 8 次党委会、3 次办公会调整防疫工作部署。

落实遂行政治工作"四条措施"：广泛政治动员、强化组织功能、严守群众纪律、保持队容队纪。

下发 52 份防疫工作指令，对执勤备战、队伍管理、站内站外"两条线"运行、卫生防疫、物资储备等方面从严要求，支队党委班子下沉一线开展督导帮扶，确保队伍时刻保持战时状态。

我们都是志愿者

2020年4月1日上午,来自青山区某企业的30名防疫志愿者满怀感激之情来到青山区消防救援大队,向新冠肺炎疫情期间依然坚守执勤一线的指战员们致以亲切的问候。

看到昔日"战友"的到来,青山区"119党员突击队"队员们脸上洋溢着灿烂的笑容。

庚子年初,疫情突然发生。武汉市委、市政府全力以赴开展疫情防控工作,武汉市消防救援支队为抗击疫情开通"119服务热线",成立"119党员突击队"。

疫情就是命令,防控就是责任。各区救援大队迅速响应,成立"119党员突击队"分队,发出"有灾必救,有难必帮"的铮铮誓言,并迅速投入涉疫服务的一线。

2020年3月初的某一日,青山区消防救援大队接到区防疫指挥部电话,称有10吨新鲜蔬菜急需分发到居民手中。青山区"119党员突击队"迅速出动,前往目的地配合转运、分发蔬菜。

那是志愿者与"志愿者"的第一次相遇。"1、2,1、2……嗨哟,嗨哟。"一支身着蓝色制服的"志愿者"队伍吸引了企业志愿者们的目光。

"你们是什么队伍?有你们帮忙速度真是快了不少,我们本来还担心人手不够不能按时分完菜呢。"

"我们是119党员突击队。"

"原来是消防员啊，辛苦你们了！对了，我们企业购买的蔬菜不少，全区我们都要送到，青菜堆久了恐怕不利于保鲜，以后如果有需要能找你们帮忙吗？这也是为了辖区内在家隔离的群众能吃到新鲜蔬菜呀。"

"没问题，看我们的！"

就这样，两支队伍交换了联系方式，随后的一个月，他们多次相遇，在这个特殊时期建立了特殊的友谊。

"1、2、3，你们辛苦了，向你们学习！"操场前，志愿者手捧鲜花，整齐划一地站成一排，纷纷将手中的鲜花送给消防员。

"国家和人民遇到危难时，你们就会挺身而出，那整齐的步伐、严明的纪律、团结一致的协作精神总是能战胜一切困难，你们是一支深受人民群众信赖和爱戴的优秀队伍。"一声感谢、一束鲜花、一次问候，温暖着现场每一名消防员的心。

消防员们必定会将这份关心与厚爱铭记于心，化作为人民服务的无穷动力，为维护社会消防安全形势的稳定贡献自己全部的力量。

奋战在医废转运战场的"火焰蓝"

2020年3月15日,武汉市江岸区消防救援大队"119党员突击队"临时党支部根据任务需要,建立由杜强、柯长、朱雪亮、陈海兵4名消防员组成的医疗废弃物转运分队,接管两辆医疗废弃物转运车,开展医疗废弃物转运工作。

与转运分队之前转运患者和隔离人员不同,转运医疗废弃物是一项全新的、充满挑战的任务。新冠肺炎疫情发生以来,武汉市医疗废弃物产生量大幅增加,若不及时处理,存在二次感染的危险,医疗废弃物转运分队成为离传染源最近的群体之一。

从汉口医院、普仁医院、市中心医院等20个院区到青山北湖云峰医疗废弃物处理点;从百步亭街、金桥街、丹水池街等10个社区卫生服务中心到江岸区兴盛路医疗废物暂存库;从武汉二桥、二七长江大桥到寒气逼人的严西湖隧道、搓板一般的吴沙路,行驶3000公里路程、转运882桶医疗垃圾记录了突击队员们近半个月的工作实况。

"小伙子,这桶不是这样上车的!你这样费力气,还容易受伤。"这是医疗废物转运分队第一天在市精神卫生中心往车上装桶时听到的院区工作人员的提醒。

杜强与突击队员们第一次干这活儿着实有些不适应,一不小心还弄破了最外层的防护手套，柯长马上拿来备用手套与酒精，为其消毒并换新手套。

见他们做这些工作有些生疏，旁边一位50多岁的工作人员亲自给他们示范："你看这样！上面站个人提着桶上的把手、倚着车，下面的人扶着桶沿，两人一起使劲儿，这不就上去了。要不就容易划破手套，危险！"工作人员的关心与提醒让队员们知道这项工作并没有想象中那么简单，多做才能熟能生巧。不知道从第几桶开始，队员们已经能单手提桶上车，动作一气呵成。

青山北湖云峰医疗废弃物处理点，突击队员们每天都会往这里转运医疗废弃物。初春的武汉，气温上升很快，加之密不透气的防护服，杜强和陈海兵感觉异常燥热。

2020年3月20日10时，到达北湖云峰医疗废弃物处理点，杜强将转运车停靠在距离焚烧炉3米左右的位置，打开车厢门，他和陈海兵一起将装满医疗废物的垃圾桶往下卸。紧邻高温的焚烧炉，全身瞬间就湿透了，汗水顺着裤管和里层鞋套流到了鞋里。

他俩冒着高温把满车的垃圾桶卸下来，赶紧又装15个空桶上车。归途中路过严西湖隧道，杜强问陈海兵："你知道到云峰转运医疗垃圾后，路过严西湖隧道是什么感觉吗？"

杜强接着自问自答道："这种感觉就像是大夏天在灼热的操场上负重跑完5公里之后喝到一瓶冰镇雪碧般酷爽！"杜强的形象比喻得到了陈海兵的认可。的确，队员们全都很享受这一段"酷爽"的旅程。

"谢谢，谢谢！请问你们什么时候能再来拉一趟？"

"等这车医疗废物送往暂存点，换上新桶，我们就过来。"

"谢谢，谢谢了！"

这样的对话，杜强和柯长再熟悉不过了，他们每去一个地方，都会提前打电话提醒对方单位负责人提前做好准备。

3月21日，柯长与朱雪亮前往艾格眼科医院转运医疗废弃物。在快到达医院时，他们远远就看见医院门口的保安与一名工作人员向他们招手，生怕车停错了地方。到场后，工作人员说："医院的医疗废弃物有点儿多，得花点儿时间。"

工作虽然辛苦但是大家也收获了众多谢意，队员们认为能为武汉市防疫工作做点儿实事，这就值了。

江岸区兴盛路的医疗废弃物暂存库是队员们来得最多的地方，在这里负责的是魏玉大姐。每次卸桶装桶时，她都会很仔细地问清楚，几号车、装了几桶医疗废物、卸了几桶、带了几个空桶。

突击队员们第一次来这里时，当她看到车上的"消防救援"四个大字时吃惊地问："怎么是你们来干这个活儿，不用灭火了吗？"

杜强解释道："大姐，我们江岸区消防救援大队成立了'119党员突击队'，按照区防疫指挥部统一部署，专门负责医疗废弃物转运任务。"

"你们辛苦了，我之前在长江新城康复驿站就看见你们用大巴在转运人员，现在又来转运医疗垃圾，消防员真是无所不能啊！"魏大姐由衷地赞叹道。

3月盛开的樱花是武汉美丽而短暂的记忆。江岸区消防救援大队"119党员突击队"医疗废弃物转运分队，用那一段段里程、一桶桶的医废、一声声"谢谢"，记录了这段艰辛而又具有挑战性的过往。对于队员们来说，这段转运经历就是自己心中最美的樱花，象征着自豪与荣光。

成为首批"客人"

2020年3月23日上午,东湖风景区消防救援大队"119党员突击队"接到区防疫指挥部指令,对治疗新冠肺炎的定点医院梨园医院进行内部消杀,为全面恢复医院正常运行保驾护航。

本次消杀的梨园医院北楼,是新冠肺炎疫情期间的重点医疗大楼,建筑面积10000余平方米,其中包括重症ICU病房12间,峰值期患者达200人。

随着疫情逐步好转,梨园医院原有患者除ICU病房重症患者外已全部分批转出,医院恢复工作进入关键阶段。

接到指令后,东湖风景区消防救援大队"119党员突击队"高度重视,与梨园医院相关责任人就消杀范围、使用药剂、防护等级等细节进行认真细致的交流并制订了消杀方案。

进入院区前,中国疾控中心援鄂专家现场指导队员个人防护配备、药剂配比及弥雾机使用注意事项,并为进场人员提供更加专业的防护装备,确保本次消杀任务顺利完成。

经过近2小时奋战,"119党员突击队"圆满完成本次消杀任务,得到疾控专家和梨园医院领导的高度肯定。

据悉,自东湖风景区消防救援大队"119党员突击队"成立以来,按照区防疫指挥部要求,承担梨园医院环境消杀及医护人员接送和康复人员转运服务工作。

人民医院的红色站点

武汉市东湖新技术开发区消防救援大队"119党员突击队"执守于湖北省人民医院（东院）的咽喉地带，一抹红色看起来既显"忠诚"又十分"显眼"。那里地处院区三岔口的中心点，从左往右，由上至下，来往人群络绎不绝。去往医院食堂、各科室病区、院区宿舍的医护工作者，途经此地都会停留片刻。

这是王浩一行进驻人民医院（东院）的第12天，从日海方舱医院转战此地的他们，容不得丝毫调整，重整行囊，迅速投入紧张的驻勤工作中。

当然，这是他们的职责和义务，他们也为自己是武汉市东新区消防救援大队"119党员突击队"的一员而感到骄傲。

王浩是武汉市东湖新技术开发区流芳消防救援站副站长，如愿请战加入"119党员突击队"。他在日海方舱医院日行3万步张贴消防宣传海报和标语，只为在提高工作人员消防安全意识的同时，给日海方舱医院披上一层"温暖色彩"。到人民医院后，王浩带领突击队员们创新服务举措，凝聚服务力量。

"巡查的时候，来了2名援汉医护人员，说自己的孩子特别喜欢消防员，拍了一张大合影。"王浩笑着说道。这里的消防执勤点就这样成了医护人员茶余饭后的"打卡之地"。

"看,一会儿等她们拍完照,我们也过去一起合影呗。"一旁的护士小姐姐们腼腆地商量着。

"很荣幸和你们合照,我们是比'耶'还是比'赞'……"

安全之地

晚 10 时,医院病区(洁区)灯火通明,与寂静的街道大相径庭。

受季风气候的影响,3 月的偏北风呼啸而来,把一旁的洋槐树吹得沙沙作响,只有把泛黄的树叶全部吹散,大树才会更加绿意盎然。正如所有人民所期盼的"只有疫情彻底结束,才算真正胜利"!

在医院的 ICU 和 CCU 仍有很多新冠肺炎重症及危重症患者正在救治,医护人员白衣执甲,李兰娟院士挂帅出征,带领医疗团队日夜奋战,他们真正在用生命守护生命。

晚上 11 时,医院部分科室病区已经熄灯了。王浩和突击队员们轮番站哨。"12 点是医护人员的换班时间,我带领 A 组组织今晚最后一次巡查,B 组检查一下器材装备是否完整好用,岗哨人员注意观察,医护人员如果携带大件物品抓紧上前帮忙。"

早上 7 点半,王浩操作的无人机准时上空,对院区进行"早查"。他说:"这样做既能提升巡查效率,又能更准确地熟悉院区各个紧要通道和室外水源分布的情况。"

"昨天医院东南角堆放的彩钢板和杂物已经清理完毕了。刚刚发现篮球场附近堆放了多箱物资,一会儿我去询问一下医院保卫处什么时候分发,好去帮忙!"

除了每日 4 次对院区进行巡查，做好消防宣传工作也是确保安全的一项重要举措。

由于医院防疫任务的特殊性，做消防培训很难辐射到所有的工作人员和医护人员，除了安排一周 3 次消防培训外，王浩一行组织队员拍摄了 5 部消防小知识系列短片，转发至医院各微信群，让医院所有人员更深入、细致、全面地了解消防知识，掌握火场逃生技巧。正如一名突击队员所说："我们突击队员所到之处，应皆是安全。"

保障之地

穿过铁架门，就是医院的篮球场，这里相对空旷，到医院的防疫和生活物资几乎都是在这儿下货，这里也成了突击队员的"体能训练处"。

"刚刚，医院保卫处来求助，今明两天有近 6000 箱矿泉水、水果等物资需要我们搬运和分发。"王浩情绪激动地给队员们加油鼓劲儿。

队员们合理分配着位置，你前我后，你上我下，相互交替，看着码放整齐的堆箱，他们俨然已成为装卸老手。

当然，后续的保障工作也得到位。来领物资的大多是女同志，她们身单力薄，于是从篮球场到医院宿舍门口到科室病区、食堂，再到住院部，都有队员们扶弱助困的身影。

为全面做好服务保障，这群橙色"棒棒军"在整个院区来回穿梭、乐此不疲。

李护士长是队员们的老熟人了，每次帮她运送完东西，她都要送来一些物资，但都被队员们婉拒了。

"以前我每次都是把物资拉到楼梯口，然后再一箱一箱地搬上去。现在，你们帮了我的大忙，真是感谢你们，有你们在真好！"李护士长连声谢道。

李兰娟院士的办公区距离红色驿站不到 50 米，为了给国家医学紧急救援队的医护人员创造更好的医疗环境，队员们每日对他们的办公楼进行一次消杀，每周对整个院区开展一次全面洗消。

黄昏时分，医院部分工作人员相继下班，突击队员们开始着手洗消准备，合理规划洗消方案。

从通道、走道、地下室到院区内垃圾桶、路灯、指示牌等固定设施，对所有地方进行全面无死角消杀，确保彻底安全洗消。

突击队员们每天肩负着重达 60 多斤的消毒装备穿梭于院区的每条街道、每个病区（洁区），路过的医护人员纷纷对他们竖起大拇指，并拿起手机记录这些瞬间。

一名国家医学紧急救援队的医护人员对王浩一行说道："你们来了，我们就有了主心骨，消防员辛苦了！"

"这是我们应该做的，保障你们的安全，就是保护我们的安全。"

为群众撑起消防安全的一片绿荫

战疫打响以来,武汉市消防救援支队机关党员突击队立足岗位、担当作为,深入抗击疫情一线,连续作战50余天,为确保特殊时期全市消防安全持续稳定贡献了一份力量,为人民群众撑起了消防安全的一片绿荫。

勇做"绿芽":带头破冰谋方法

2020年1月28日,湖北省消防救援总队发布《关于加强疫情防控特殊时期火灾防控工作的通知》,武汉市消防救援支队党委第一时间组织防火监督处和重点保卫处党员骨干研究制定线上抽查和实地督导消防检查要点,拍摄制作《线上消防安全云检查示范片》,指导基层开展消防安全检查。他们闻讯即动,深入火神山、雷神山医院和第一批方舱医院施工现场进行消防安全指导服务,并从外地购置灭火器、独立式感烟探测器、防烟面罩等设施器材免费配送,发送消防工作提示函加强与建设、卫健等部门的沟通协调,为后期工作对接奠定基础。支队迅速成立机关党员突击队,专司建成投用后的消防指导服务、监督检查和火灾防控工作,在疫情防控初期播种下武汉消防"忠诚践行初心使命、坚决打赢防疫阻击战"的坚韧绿芽。

甘当"绿叶"：辅助先锋护方舱

前期，武汉市 1 个月内共建成方舱医院 35 家、投用 16 家，收治病患 1.2 万余人，并呈现出分布广、数量多、人员密、疏散难、管理忧、设施缺等突出问题。支队成立党员先锋队深入方舱医院内部开展检查指导。两支队伍分工不分家，以方舱医院的建成投用为交接点，分工协作。在建设阶段，党员突击队逐一上门，从源头把关、遏制先天隐患，指导院方明确消防安全责任，健全消防安全制度，累计消除各类隐患 200 余处，为 35 家方舱医院的绝对安全奠定基础。同时，还将实地所见与专业理论有效融合，编写了《临时改建方舱医院消防安全要求》《方舱医院消防安全要则》等规章制度性文件，为上级决策部署、基层单位开展工作提供技术支撑，彰显了"功成不必在我、功成必定有我"的绿叶精神。

愿为"绿荫"：退居幕后强帮扶

机关党员突击队不仅深入一线"破坚冰"，全力做好方舱医院消防重点保卫工作，更带动基层齐发力，指导各大队做好辖区"五类场所"和"生命线"工程消防排查治理。通过 200 余次的督导，全市消防监督实地检查工作量从 2 月初的日均 38 家提升到日均 400 余家。受理涉疫救助后，突击队迅速调整工作思路，采取抽查、代查、帮查等方式协助指导大队做好辖区火灾防控工作。其间,还编写了《新型冠状病毒肺炎应急救治医院消防监督检查要点》《"五类场所"消防安全风险等级判定标准》等规章制度性文件,检查各区"五类场所"和"生命线"工程224次、支队级列管火灾高危单位34次,指导基层圆满完成"3·10"重大勤务安保,在实现从幕前到幕后、从督导到帮扶转变的同时,持续发挥绿叶精神,坚守在党和组织需要的每一个角落。

再次向白衣天使敬礼

2020年3月17日16时许，东湖新技术开发区消防救援大队"119党员突击队"武东收费站执勤分队欢送援鄂江西国家医疗队返程。

简单的返程仪式上，江西医疗队向整齐列队的突击队员们赠送了防疫防护用品，并与现场的队员们合影留念、互道珍重、互诉情谊。

欢送现场的最后，消防员们向援鄂江西国家医疗队致以崇高的敬意，目送他们平安返程回家。

武汉东收费站位于武黄高速武汉东段，连接沪渝高速、福银高速，是辐射武汉城市经济圈、连通全国的重要交通枢纽，日均车辆通行能力达2.5万辆。

新冠肺炎疫情发生以来，武汉东收费站作为武汉的东大门，成为全国援汉防疫物资和人员进出的重要通道，也是武汉疫情防控要塞。

得知武汉东收费站因疫情防控需要急需对进、离汉车辆进行洗消后，东新区消防救援大队"119党员突击队"充分发挥消防专业优势，主动领受任务。

据突击分队队长李强介绍，这支由18名消防员组成的"119

党员突击队"进驻武汉东收费站后,根据疫情防控指挥部护城河组工作安排,迅速在进、离汉通道设置洗消帐篷和洗消点,成立洗消服务站,发挥专业优势。

该执勤点每天3班24小时运转,全天候不间断对进、离汉车辆进行洗消,同时协助指挥部做好现场体温检测、物资搬运等工作。

自3月2日进驻武汉东收费站以来,突击队日均洗消进、离汉车辆500余辆。

"90后"与"00后"消防员

随着武汉市方舱医院陆续休舱，治愈出院的康复人员需统一转入定点的康复驿站进行隔离观察。武汉市消防救援支队"119党员突击队"主动请战，近百名消防员进驻康复驿站执勤服务。这群大多是"90后"或"00后"的年轻消防员，承担起了康复人员接转入住、一日三餐配送、生活物资采购、环境卫生清理等一系列保障服务任务，成为忙碌在康复驿站的全能服务员。

开心：我们接您回家

"同志们，今天上午又有52名康复人员需要转送到普安山康复驿站，时间紧、任务重，大家互相搭把手，动作麻利点儿。"正在给队员鼓劲的是江夏区消防救援大队"119党员突击队"的姜恒。

"刚开始，我们是把确诊、疑似人员转送到医院或者隔离点。现在是把人员从医院接到康复驿站，心情是不一样的。虽然我们连续作战，但看着他们康复，高兴之余感觉有使不完的劲儿。"1992年出生的姜恒带领12名队员已完成人员转运勤务36次，转运人员746人次。

"我们不但要把康复人员安全送到,更要让他们有回家的感觉。"姜恒和队员是这样说的,也是这样做的。在一次转运结束后,消防员徐宁波发现一位年过七旬的老人站在门外久久不愿入内,细心的小徐立即前去询问情况,原来老人患有严重恐高症,不能住在高楼层。小徐立即联系现场工作人员,协调把老人安排在一楼住宿。"只有他们安心地住进去,我们才能放心地离开。"

"楼上有个爹爹腿脚不便,能不能帮帮忙?"有人问。消防员王磊、宋康二话不说,立即上楼,一路背着老人上车,到了康复驿站,又特意嘱咐医护人员照顾好老人。"看到康复人员露出满意的微笑,我们的一切辛苦付出都是值得的。"姜恒说。

"我们回家啦!"3月14日,湖北大学康复驿站第一批170名康复隔离人员结束了14天的集中隔离观察安全、健康回家。"看到这么多康复人员开心地回家,我们和他们一起分享着战胜病魔的喜悦,这让我终生难忘。"在现场参与执勤服务的北京市森林消防救援机动支队援汉消防员王刚动情地说。

贴心:有困难找消防

1991年出生的程炼是武汉市汉阳区消防救援大队"119党员突击队"的一名队员,也是长江工程职业技术学院康复驿站里最忙碌的人。他每天至少会接到40多个求助信息,一班下来手机的满格电都消耗殆尽。

"你帮我买的香蕉和橘子已经收到,非常感谢!"李阿姨向程炼道谢。原来64岁的李阿姨患有低血糖并伴有身体缺钾症状,医生建议多吃一些香蕉等水果来补充糖分和钾。这一下难坏了不会网上购物的李阿姨，她尝试着向小程求助，很快8斤香蕉、6斤橘子就送到了她的手上。

罗振华是江苏宿迁市消防救援支队的一名二级指挥员，因春节回武汉探亲而滞留下来，他第一时间加入由300多名消防员组成的应急管理部援汉突击大队，在华夏理工学院康复驿站负责勤务保障服务工作。

71岁的李婆婆行动不便，因床上的垫背太薄，腰疼得受不了，自己手机充电器也不小心遗失在医院，老人着急得哭了起来。罗振华立即拿来了自己的手机充电器并找来了两床垫背送到老人手中。他将自己的手机号码存在了老人的手机上，备注成"消防员"，这样李婆婆有困难就可以给他打电话，由他来帮她解决。

罗振华在驿站建立了"消防管家"微信群，在消防员与康复人员之间架起了一座暖心的沟通桥梁。他说："这样我们就能随时掌握他们的需求，服务就会更及时、精准、顺畅、周到。"

汉阳区消防救援大队的闻杰是长江工程职业技术学院康复驿站的负责人。第一天送餐时，细心的闻杰发现严婆婆、黄婆婆因患有糖尿病不能喝含糖的酸奶，他立即把自己和队员手里的纯牛奶收起来，送到婆婆们的手中。随后，统计出整个驿站共有8人需要纯牛奶，闻杰联系配餐公司协调解决。"他们很快就给我们更换了纯牛奶，在这里感觉比家里还温暖、周到。"提起这件事，黄婆婆激动地说。

"在驿站里，随时会遇到门窗、水管损坏的情况，能修理的就顺手把它修好。"消防员何骏每天上岗时都会随身携带一个小工具箱，担负起驿站的小件维修任务，最大限度地给她们提供方便。

"我们消防站共有15个人在这里执勤，其中'90后'有11

个,'00后'有2人,平均年龄不到24岁,很多人在家人眼中还是个孩子,但他们工作起来认真又热情,一点儿也不娇气。"闻杰说。

"有困难,找消防",已经成为驿站里最实在和管用的一句话。

暖心:我们都是一家人

在康复驿站,康复人员由于刚刚经过新冠肺炎的折磨,难免会情绪失落、心情忐忑。执勤的消防员从火场上不怕死的"逆行者",变成了暖心的疏导员。他们用贴心服务,把驿站变成了温暖大家庭。

"沁沁,别哭,马上就可以见到你爸爸啦!"武昌区消防救援大队的张伟,抱着两岁的小女孩儿沁沁一边安慰一边上楼。

3月6日晚,武昌火车站汉庭酒店康复驿站迎来一位"特殊小朋友"沁沁,她的爸爸、妈妈先后确诊新冠肺炎进入方舱医院接受治疗,她和外婆因密切接触进入隔离点观察,可没想到外婆也被确诊,两岁大的沁沁无人照顾,指挥部决定将沁沁送到已经康复的她父亲身边。

康复驿站每天吃的是统一的盒饭,张伟就主动协调送餐公司,给小沁沁专门定制了蒸鸡蛋、面条等儿童餐。"刚刚来到陌生的环境,小沁沁经常哭闹,我们就凑钱买了小狗玩具、彩色铅笔、一大箱子零食和水果送给她。"张伟说,"小孩子很可爱,希望她在这儿度过一段快乐的时光。"

长江工程职业技术学院康复驿站的李女士因精神焦虑而难以入睡,在短短的1个小时内连续给程炼打了5次求助电话。她说自己的焦虑症发作了，总是担心病还没有治好，吃了4颗安眠药还是无法入睡。

"我就在电话里不断地安慰她不用担心，要相信医生和科学，病毒已经没有了，现在是隔离康复期。"程炼说，"和她唠唠家常，通过转移她的注意力让她缓解紧张情绪。"因为情况特殊，程炼第一时间向指挥部和现场医生报告了情况，经和家属沟通，将这名人员进行了妥善安置。

74岁的彭婆婆患有严重的阿尔兹海默症，日常生活不能自理，经常大小便失禁，对她的日常照料工作就落在了武昌区粮道街如家酒店康复驿站执勤的唯一女同志、武昌区消防救援大队的消防文员李婷婷身上。

"彭婆婆就像一个老小孩儿，喂饭、换衣服都要哄着她。"李婷婷每天细心地给彭婆婆清理大小便，更换床上用品和贴身衣物，送水喂饭。"我就把她当成自己的亲人，这样一切都变得自然了。"

"刚开始来康复驿站时还是有些害怕的，一天会量好多遍体温。"李婷婷笑着说。李婷婷的家就在康复驿站附近，倔强的妈妈强烈要求隔着封闭小区的木板缝看一看女儿婷婷，亲自确认她一切安好才放心。

细心：守护好驿站平安

"您不能在房内吸烟啊，不但影响自己的健康，还可能引发火灾。"武昌区消防救援大队的孙德辉在收送外卖时，发现王先生购买了一盒香烟，他就通过打电话和上门反复劝说。最终，王先生决定戒烟。

"大家要待在自己的房间里，不要串门，要安全用电，防止引发火灾。"同在长江工程职业技术学院康复驿站执勤的朱良琛时刻不忘自己是一名消防员。1997年出生的他，大学一毕业就来到了武汉消防工作。"我们把年轻人组织起来，教他们灭火器材的使用方法及如何组织疏散逃生，这样遇到特殊情况，可以第一时间处置。"

在康复驿站执勤的每一名消防员都像朱良琛一样，定时开展消防安全巡查。他们认真检查每一件消防设施是否完好，每一个消防通道出口是否畅通，每一名康复人员是否有违规用电、吸烟用火的行为。

"驿站的公共部位每日早晚各开展1次消毒。"执勤期间，朱良琛和队友们严格执行着防疫要求。"我们按照'进站前全面消毒、住站时每日消毒、出站后终末消毒'的原则，对驿站进行科学环保精准的消毒。确保康复驿站消防、防疫双安全。"朱良琛说。

康复驿站是康复人员战胜病魔后开启健康新生活的第一站，是新希望开始的地方，每一名参与执勤服务的消防员都倍感责任重大、使命光荣。

康复驿站里充满着家的温馨、爱的暖意和重生的力量，这群"90后"与"00后"的年轻消防员，在康复驿站里补上了20多年没做过的家务活儿，完成了一名消防员应尽的职责和使命，也展现了新时代青年人该有的奉献和担当。相信每一名在这里战斗过的消防员，都会因为曾是康复驿站里的一名"服务员"而感到骄傲和自豪。

群众的暖心人

在疫情防控武汉保卫战中,活跃着一支由650人组成的"119党员突击队"。其中,有的深入医院、康复驿站、隔离点转送人员、转运医疗物资、照顾隔离病人,有的下沉社区搬运分发物资、防疫洗消杀毒、解决居民生活困难。消防员们怀揣着一颗滚烫的心,为疫情中的人民群众带去"火焰蓝"的暖心服务。

最艰难的时刻体现最忠诚的担当。武汉市东西湖区消防救援大队"119党员突击队"成立之初,吴家山站副站长张亦超和他的队友主动请战,沉入一线,默默坚守。

"我们辖区面积太大了,力量不够,所以我们都是融入社区,和志愿者们一起工作。"张亦超说,"哪里有需要,我们就朝哪边跑,也许今天在这个小区洗消杀毒、明天在那个小区搬运分发物资。"

"我的钱包不见了。"3月15日下午,77岁的栗芳玉老人惊慌地说道。老人是突击队协助社区刚从径河卫生院康复转运至泰康医院的患者,由于年纪较大,一直是重点照顾对象。"怎么了,什么东西不见啦?"面对老人疑惑的神情和比画的手势,突击队员孙安连反应过来,老人可能听不见。他立刻找来纸笔,一笔一画地写下一行行大字和老人交流着。"您确定钱包还在楼上?""请稍等,我帮您问一下。您别着急,有我们在会帮您找回的。"一行又一行朴实的文字,记录着这次平凡而有意义的寻包之旅。最终,来回两趟,历经3个小时,孙安连终于在径河卫生院里找到了老人的钱包。

"有没有人啊?帮帮忙吧!我没有口罩了,不敢出门,家里没菜了。"3月4日上午9时,武汉市江岸区消防救援大队"119党员突击队"在堤角小区展开防疫洗消过程中,在一个单元楼楼道里隐约听到有人在呼喊。

"老人家,您怎么了?"突击队员康靖在四楼找到了声音的来源。"我不敢出门,家里的菜都吃完了。"老人年纪在70岁左右,子女均不在武汉,家里没有防护用品他不敢出门,生活物资已经消耗殆尽。

见此情况,康靖将随车携带的50个口罩和两瓶酒精送给老人,并教授老人使用方法。随后,通过社区团购群帮助老人购买蔬菜、肉等生活物资,老人拉着他的手连声说:"小伙子,你们真好!"

"社区里,独居老人的信息获取渠道比较窄,他们不知道社区可以派发物资。"康靖及时把老人的情况反馈给了社区。社区开始每日给老人家派发物资。康靖说:"我们是消防员,只要老百姓需要,我们就会尽力帮忙。"康靖所在的"119党员突击队"已对9个社区、33个小区、543个单元楼开展防疫洗消,为社区搬运生活物资10余吨。

"各位居民,大家好!新冠肺炎疫情形势严峻,请大家尽量不要出门……"杜义才是河南省消防救援总队鹤壁支队浚县大队政治教导员,作为一名滞留湖北的消防人员,他总想为家乡疫情防控尽些微薄之力。接到援汉号召后，右腿因战致残的他，第一时间向组织请战，深入疫情严重的社区与战友们一起并肩作战。杜义才每天带领班组队员携带小喇叭步行巡逻已成为小区一道亮丽的风景线。

"前几天，从咸宁送来一批活鱼，社区老人多且不少人行动不便，他们突击队就一户一户地送，送了近4000户。"社区干部说。自"119党员突击队"融入社区开展工作以来，短短几天，突击队搬运分发生活物资40余吨，劝阻疏导聚集人员1700余人，张贴温馨提示2000余份。

3月11日，汉南区消防救援大队"119党员突击队"队员像往常一样在社区分拣居民采购的物资，分队长的热线电话又响了："我们小区有个老人摔倒了，90多岁了，现在需要将她送到女儿家。"

家住汉南区纱帽街紫薇轩小区的独居老人李婆婆在家突然摔倒，喊声惊动了正在巡查的网格员。网格员立即拨通了119求助电话。

接到求助后，突击队队员迅速赶到现场，看到李婆婆脸色发白，表情痛苦，躺在地上不停地呻吟。队员小心翼翼地将老人抱起来，慢慢挪到轮椅上，合力将老人抬着送到了和她住同一个小区的女儿家。

返程时，温暖的阳光照耀在队员们身上。疫情虽然残酷，但是只要众志成城，一定能共渡难关，就像这阳光一样，照亮心间。

用实际行动为百姓付出

2020年3月9日,武汉市消防救援支队通过市防疫指挥部接到市环保局的求助,称由于承担医疗废弃物转运的襄阳某公司工人因长时间工作,需要轮换休息,现在没有合适人选进行轮替。

了解到相关情况后,武汉市消防救援支队当即派出搜救犬消防救援站"119党员突击队"6人联合特勤二站2名驾驶员组成医疗废弃物转运小组前往增援。

防疫就是命令,防控就是责任。当天晚上,转运小组便在组长李沈军的组织下召开了网络视频动员会议,针对转运物资的特殊性质,组织所有成员重新学习了各项洗消、防护程序,同时强调了站外工作纪律和请示汇报制度。

同时,根据防疫工作需要,这支"119党员突击队"的8名消防员被分为江汉区和江岸区两个工作小组开展工作。

队员们纷纷表示将严格落实"对党忠诚、纪律严明、赴汤蹈火、竭诚为民"的总要求,希望能在此次抗疫工作中发挥出消防救援队伍为人民服务的初心职能。

3月10日上午,在市环保局的组织下,襄阳市某环保公司与"119党员突击队"医疗废弃物转运小组在市儿童医院展开了转运车辆交接工作。

由交接方对"119党员突击队"进行了一对一的安全防护常识讲解，同时将医废转运车辆的操作规程和要求对驾驶员进行了细致的讲解和示范。完成各项交接工作后，医废转运小组迅速进入工作状态，当天下午即开始了紧张有序的转运工作。

摆在队员们面前的第一个问题出现了，那就是克服对医疗废弃物转运的恐惧感。新冠病毒的传染性强，面对一桶桶包含新冠肺炎病患使用过的针头、注射器、防护服等的医疗废弃物，眼前的传染品、危险品标识让转运队员们不禁有点儿发怵。

在搬运过程中，通过与医护人员了解新冠肺炎病毒防护措施，队员们逐渐对医疗废弃物转运工作有了初步的认识。在保证二级防护的情况下，只要防护手套和防护服不破损，就不会有任何感染风险。

队员们逐步放下了悬着的心。由于当天刚投入转运工作，随着对转运、消杀、处置程序和运输路径的熟悉，当天下午转运小组成功将2车36桶医疗废弃物转运至指定地点焚烧处理，其中包括20桶新冠患者所产生的医疗废弃物。

3月11日，摆在转运小组面前的第二个问题出现了。由于涉及医废转运的单位众多，除了大型医院以外，还有社区医院。有的社区因为隔离，需要绕很远的路，甚至连转运车辆都无法到达。但如果医疗废弃物不及时转运走，就存在很大的交叉感染风险，拖着转运桶在社区行走也容易导致地面大面积接触污染物，甚至有污染物掉落地面的风险。

转运小组成员当即决定，采用最原始的方式运输转运桶——背负式运输法。由一名队员背起转运桶，另一名队员在后方抬起，防止行动过程中转运桶刮破前方队员的防护服。这样既达到了转运的目的，又不会造成二次污染。在整个小组的不懈努力下，当日完成了 72 桶的转运量，其中新冠患者医疗废弃物 39 桶。

3 月 12 日，鉴于江汉、江岸两区卫生防疫要求和 60 多家单位的医废转运需求，为了不影响转运进度，转运小组决定放弃午餐继续开展转运工作。花 10 分钟吃完午饭后又需要重新按程序穿好另一套防护装备，这样一脱一穿加上吃饭可能就要耽误 1 个小时。

为了提高清运医疗废弃物的工作效率，转运小组天还没亮就起床出发，前往最远的一个转运点，等到达后天刚亮，然后找值班人员开门后自行按照规定数量搬运医疗废弃物。

在高强度的工作模式下，转运小组 4 车一天跑遍江汉、江岸两区至各处理点，总行驶里程近 900 公里。转运医疗废弃物 227 桶，其中新冠患者医疗废弃物 88 桶。

晚上，队员们躺在床上，利用休息的时间问候家人，但是没有一个人敢告诉家人在"119 党员突击队"承担医疗废弃物转运任务，他们都怕自己的家人过度担心，全都统一口径跟家人说自己在帮助社区处理生活垃圾。善意谎言的背后，是他们为城市抗疫所默默付出的努力。

3 月 13 日，小组成员之间暗中较起了劲。两个小组想比试一下谁的运输效率更高、速度更快，在确保安全、不违规操作的前提下，这场特殊时期的竞赛开始了。

随后一组采用由远及近的战术，二组采用由难到易的战术，随着装备的准备完毕，一场无声的挑战在清晨的第一缕阳光中开始了。

通过 11 个小时不间断的工作，转运小组打破了以往的转运纪录，在这场友谊赛中两个小组 4 辆车共运输医疗废弃物 268 桶，其中新冠患者医疗废弃物 98 桶，总行驶里程近 1000 公里。

这场比赛在当天工作结束前，由二组领先 18 桶医疗废物而画上了句号。小组之间的比赛虽然结束，但医疗废弃物转运工作仍在继续，第二天的街道上又会看见身着防护服的"蓝朋友"继续奔波在医废转运的路途中……

虽然你不曾看过防护服和口罩下这 8 名突击队员的脸庞，但他们就在那里，在你或许未曾触及的街头、医院废弃物转运点的角落里，他们在用实际行动为百姓付出。

"守夜人"

在武汉火神山医院旁边,有一座和它同时投入使用的消防救援站——火神山消防救援站。这支由7名党员和1名预备党员组成的队伍,全力以赴地守护着医院的安全。

请战到人民最需要的地方去

"消防作为同老百姓贴得最近、联系最紧的队伍,有警必出、闻警即动,奋战在人民群众最需要的地方。"面对这一场没有硝烟的战争,政治指导员周晋杰第一时间递交了请战书:"作为消防员,大疫面前,我们没有理由退缩,打仗就要冲到最前线。"

"党员要带头干,所以我来了。"今年41岁的李长春是站里年龄最大的。这位有着21年党龄的"老兵",已经在消防救援一线摸爬滚打了24个年头,不服输的他再次以一名普通党员的身份站了出来。"我这个人,在灭火救援一线干习惯了,如果不到最前线,总感觉不自在。"

"老李是我的老班长,我要努力跟上他的脚步。"消防员梅磊和李长春同在江汉路消防救援站。"老李在生活上是关心我们的兄长,工作上是我们学习的榜样。"梅磊说。"火神山医院就建在我家旁边,我有责任、有义务守护好它的安全。"回想起当初请战加入火神山消防救援站的初衷,来自新农消防救援站的陈昆一直激动不已。

"这次能来火神山让我感到很光荣,作为一名政府专职消防员,我有责任、有义务,也愿意冲在最前面。"32岁的战斗员张云曾经是武汉消防的一名消防员,退伍4年后,重新回到难以割舍的消防队伍,成为一名政府专职消防员。"其实我和其他消防员一样,都在保卫着人民群众的生命安全。"大疫来临,武汉市3600多名消防指战员、政府专职消防员听从党和人民的召唤,发扬他们英勇顽强、不怕牺牲的战斗作风,第一时间主动请战、担当作为。周晋杰、李长春等8名指战员经过层层选拔、科学调配,成为保卫火神山医院的"守夜人"。

既然选择了就要把工作做到最好

"在火神山,我们深知肩上的责任有多重,这是一场与病毒的殊死搏斗,既然选择来到这里,就要把工作做到最好。"政治指导员周晋杰在队伍前做了简单的动员,"如果说医护人员是战疫急先锋,我们则是战疫的守护接应部队。守护有力,战斗才有必胜的把握,我们必须说到做到。"

周晋杰带领大家马不停蹄地工作,将一个旧超市打造成一座像模像样的消防站,并完成了所有消防器械的调试,第一时间投入使用、形成战斗力。火神山医院投用前需要协助转运、摆放1000具灭火器,安装1167个烟感探头。"我们与时间赛跑,连续作战48小时，保质保量地完成了组织交给的第一个任务。这也算通过进驻后的第一次测试，我们经受住了考验。"李长春自豪地说。

火神山医院和普通医院在占地布局、建筑结构、内部设施上差别很大，队员们先后8次深入医院内部，对每一个房间、每一个角落、每一个消防设施都开展了熟悉和测试。"我们清楚地知道每一个病区、每一个病房如何进出，如果发生意外，我们能第一时间赶到，一切都做到心中有数，要打有准备之仗。"驾驶员梅磊说。来自布依族的消防员何金雄，是8个人中名副其实的"技术男"，他利用无人机完成了医院三维立体图像采集，制作出火神山医院首个三维电子沙盘。"我们可通过医院实景三维图，对医院内部道路、水源及建筑结构进行熟悉与推演。"

医院屋面需要改造施工，作业面大，施工焊点近1800个。为防止高温焊渣引燃物品发生火灾，8人连续4天在院内值守、巡查。一位施工工友感慨地说："没有想到，消防员陪我们坚守了这么多天，他们真的很认真、很敬业。"为了检验协调作战效果，2月22日，由消防指战员、院方工作人员、武警官兵、指挥部成员参与的联合消防实战演练如期举行。消防救援站进驻火神山之初，就建立24小时直报直连秒级响应机制。"我们要把内部的医护人员、安保人员等力量动员起来，保证在我们到场的时候，初期火灾能够得到控制。"站长周晋杰说。进驻以来，指战员们共采集医院有关数据5700个，制定应急预案30余份，开展消防巡查50余次，对轮休的医护人员进行消防安全培训15次，张贴消防宣传海报600余份，初步建立起火灾预防、灭火救援、应急处置、紧急救助群防群控体系，保障了火神山医院的安全运行。

期待最后一名病人康复出院

"怎样把兄弟们带过来就要怎样带回去，这是我对自己的要求。"政治指导员周晋杰时刻不忘队员们的安全。战斗员解方方担任起了洗消员的角色，他每天对人员、器材、车辆、场地开展严格的洗消。"我们必须要守护好阵地，保持队伍的战斗力，一起携手打赢这场攻坚战，确保全员平安健康地归队。"

"这时候我们多做一点儿，人民群众就会少一分风险，前线的医生就会少一分辛苦！虽然我是一名团员，但我也想用一名共产党员的标准要求自己。"1997年出生的李晨阳是站里年龄最小的一个，什么任务他都抢着干，冲在最前面，始终做到哪里任务最危险、艰巨，他的身影就出现在哪里。由于出色完成各项疫情防控保卫任务，2月13日，经组织研究批准，火神山消防站临时支部党员大会，一致表决火线接收李晨为中共预备党员。

"妈妈从火神山医院动工那天起，就和几名同事负责这里的环卫工作。"陈昆的妈妈是一名环卫工人，为了同一目标，母子俩共护火神山。"妈妈是我的榜样，我们约定一起战斗到疫情结束，那时再团聚。""在这里，我们实行24小时全天候执勤，我们和每一名患者、医护人员站在一起，疫情不退，我们不退，不获全胜，绝不收兵。"这是战斗在这里的所有指战员的共同心声。

医护人员守护病人，抗击疫魔；消防指战员守护医院，保大家平安。

隔壁的消防站

在武汉,有一支特殊的消防救援队伍——雷神山消防救援站,他们与武汉集中救治新冠肺炎病人的雷神山医院仅一墙之隔,是与雷神山医院贴得最近、联系最紧的队伍。

自雷神山医院建设以来,雷神山消防救援站 21 名指战员始终奋战在疫情最前沿、冲在战疫第一线,用实际行动守护着雷神山医院的消防安全,被院方亲切地称为雷神山的"好邻居"。

如数家珍,做雷神山的活地图

雷神山医院有多大?内部是什么结构?最不放心的点在哪里?消火栓是怎么分布的……这一系列问题对于普通人来说也许很难完全描述,然而,对于雷神山消防救援站指战员来说,已经烂熟于心。

"当时,我们拿到雷神山医院施工图纸时都蒙了,院区总建筑面积达到 8 万平方米,设置病床 1500 张,最长的内部通道有七八百米,隔离病区结构复杂等难题摆在我们面前,怎么办?"这是雷神山医院建设之初,消防指战员面临的第一个难题。

"攻城莫畏坚!"这是雷神山消防救援站站长曾雄飞跟队员们

说得最多的一句话。再难的事情，只要认真做了，就一定能做好。在他的带领下，指战员纷纷递交请战书、决心书，要求当先锋、打头阵。

2020年1月26日以来，在雷神山医院每天都能看到这支行走的"火焰蓝"。他们对雷神山医院开展全面细致的"六熟悉"工作，逐一测试医院周边消防水源压力、深入洁净通道熟悉进攻路线、了解32个病区内部结构、测试消防设施性能、掌握消防通道情况，记录下每个对灭火救援有用的数据，并及时更新应急预案。

雷神山消防救援站深入医院开展"六熟悉"45次，利用无人机制作三维实景图26份，收集各项数据3600余个，制作应急预案20余份。

锤炼精兵，当好医院的"守夜人"

"要正确使用各类防化洗消装备，车内、器材、鞋底等容易忽略的地方一定要洗消到位。"正在组织防化洗消装备学习的装备技师汪锋说。

1月27日，防化洗消车、各类防化服29套，单多人洗消帐篷、简易洗消喷淋器等特种装备89件套，消毒液和洗消剂等物资1.2吨调配到位，并组建了防化洗消单元。

作为雷神山医院的主战力量，特殊的处置对象和复杂的处置环境，对很多指战员来说都是一次考验。开展个人防护、现场警戒、病员转运、内攻灭火、全面洗消等整建制模拟训练，在反复训练、演练、推演和拉动中扎实做好应急处置准备，是消防队员每日的必修课。

2月8日上午，雷神山消防救援站的指战员与时间赛跑，站长曾雄飞带领部分同志抢在医院投用之前，深入病区内部进行熟悉演练。当日晚上，第一批患者入住雷神山医院。

3月7日下午，雷神山医院运行保障工作指挥部组织消防、公安、医院等部门100余人开展灭火救援实战综合演练，进一步提升了队伍应急处置联勤联动能力。雷神山消防救援站针对医院的灾害事故特点，开展有针对性的训练，其中线上推演20余次、防化洗消训练60余次、无预案拉动12次、实战演练8次。

精雕细琢，筑牢战疫的防火墙

"雷神山医院即将投用，请相关单位加快消防设施施工进度，同时要加大巡查频次、强化值守。"江夏区消防救援大队大队长彭青松在雷神山医院建设指挥部协调会上说。

雷神山医院运行保障指挥部先后召开6次消防专题会议，组织雷神山医院、施工单位、消防部门现场研判10余次，积极解决存在的问题。1554具水基型灭火器整齐地摆放在走道两侧；200具二氧化碳灭火器设置在信息机房、CT室等设备用房；57个超细干粉灭火弹悬挂在强电间顶部；3640个报警点位的火灾监控系统上线运行，控制室值班人员坚守岗位……

2月20日晚上11时，消防监督员曾昱龙等来了期盼已久的电话："货源找到，连夜发货。"2台喷淋泵从江苏加急发往雷神山医院，21日下午到货并开始安装，第二天凌晨2时，物资仓库自动喷水灭火系统调试完毕，守在现场的曾昱龙心里的一块石头终于落了地。

"我们坚持对雷神山医院全面开展消防巡查,在 32 个隔离病区设立安全员,畅通消防直联直报机制;与医院保卫处一起完善了日常巡查、隐患排查、联防联控、应急处置等制度,提升突发事件应急处置能力,充分发挥打早打小作用。"曾昱龙说。

古有"瞭望哨",今有"智慧眼"。消防站内指挥大厅的屏幕上,显示着两幅动态画面,分别是"央视频"、4G 单兵图传,雷神山医院全貌一览无余。值班的消防员熊旺生说:"我们 24 小时值班,全方位、全天候守护着雷神山医院。"

"疫"不容辞,当医护人员的贴心人

"怎么检查灭火器是不是好的呢?"

"我们病区配备的灭火器,有的是红色的,有的是绿色的,有什么区别啊……"

在医院安全员消防安全培训课上,医护人员纷纷向付洁提问。

付洁是雷神山小型消防站的消防员,小型站于 2 月 16 日投用,配有 2 辆消防车、5 名指战员,主要承担日常巡查、宣传培训、应急值守的任务。

为提高大家的消防安全意识,使之掌握基本消防知识,消防救援人员已经分 5 批对保安、保洁等工作人员进行了培训,提醒防火注意事项、手把手地教授灭火器使用方法。

"没想到你们服务这么周到,消防培训送上门了。"在 A2 病区门口医护站,科室主任了解付洁的来意后说道。

这样的消防培训对于消防站来说显然是轻车熟路了,两个队员分工,一个讲解一个演示。"当发生火灾时,将这个手动报警按钮按下，就能够第一时间将信号传到消防控制室。灭火器的使用：拔销子、握管子、压把子，对准火焰根部……"

"在消防巡查的同时，开展消防培训，用几分钟时间让医护人员掌握基本的消防知识，不占用他们过多的时间。"付洁说。

通过集中与流动形式，对医护、保安等各类工作人员培训近90次，受训人数近2000人，发送消防安全提示1000余份，张贴消防宣传画600余份，并将消防安全常识纳入隔离病区服务指导发放至各病房。

当好武汉脊梁

"接到江夏区防疫指挥部的指令,有 100 吨物资需要从黄陂滠口火车站转运至江夏区梁子湖水产加工公司。同志们,这次任务比较艰巨,我们要抓紧时间,争取圆满完成任务。"滠口火车站仓库大门外,承担此次抗疫物资转运任务的江夏区消防救援大队"119 党员突击队"分队负责人彭青松对队员们做"战前动员"。

领受任务后,江夏"119 党员突击队"迅速行动,派出指战员 15 人,同时和训练与战勤保障支队对接,协调 5 辆运输车及指战员 15 人,调集社会运输卡车 3 辆共同执行任务。

"货物已经不多了,大家加把劲,早点儿搬完,群众就能早点儿用上这批物资。"带领队员搬运物资的陈超是一名老专职消防员,在本岗位上已经工作了 6 年,汗水早已湿透了他的衣服,这次他带领 15 名队员在闷热的车厢内已经奋战了 6 个小时……

从天亮到天黑,10 个小时里,突击队员们搬运物资 50 余吨,他们没有轮换休息过,饿了全靠泡面充饥。

新冠肺炎疫情期间,和武汉市消防救援支队广大指战员一样,江夏区消防救援大队"119 党员突击队"始终坚守一线,无惧艰险,迎难而上,用青春和汗水为疫情防控贡献力量。

晚上 8 点半,从滠口火车站里卸好的物资将被装车运送至江夏区梁子湖水产加工公司,而江夏区消防救援大队"119党员突击队"则将继续担负卸载货物的任务。由于长时间的体力劳动,突击队员们体力消耗加速。上级党委考虑到第二日还要继续搬运剩下的50吨物资,及时协调森林消防驻鄂四大队50名人员到现场协助搬运。

第二天下午,突击队员们与增援力量共同完成了剩余50吨物资搬运工作,队员们衣服湿透了,身上也都是尘土,但他们脸上洋溢着笑容……

他们顽强的拼搏精神,不怕苦不怕累的坚强意志,得到了区防疫指挥部的充分肯定,在人民群众的心中塑造了消防救援队伍的良好形象。

据统计,江夏"119党员突击队"与增援力量共搬运货物12500箱,重100余吨,圆满完成了此次物资搬运任务。

疫情一日不除,战斗一刻不止。武汉消防"119党员突击队"全体队员将始终牢记习近平总书记"对党忠诚、纪律严明、赴汤蹈火、竭诚为民"的训词精神,用实际行动践行"有灾必救、有难必帮"的宗旨,为武汉疫情防控贡献力量。

道一声珍重

3月的武汉，缺席已久的阳光终于和世人再次相遇。街道两旁的木兰树趁着人们躲在家里的片刻，悄悄地抽着嫩芽，笑开了花。

随着全国抗疫增援力量的到来，14家方舱医院也一家一家地传来了闭舱的好消息，"关门大吉"一度成为大伙儿饭后最愿提及的话题。

位于武汉市江夏区的长江工程职业技术学院成为方舱医院治愈者出院后的观察隔离地点之一，它有个好听的名字——"康复驿站"。

长江工程职业技术学院康复驿站由汉阳区政府设置，主要用于对出院的医学观察人员的观察隔离，是这些医学观察人员回家前的最后一次观察隔离。因为出院的医学观察人员有一定的复阳率，感染危险依然存在。

结合医学观察人员观置点的新建和日常运行工作需要大量人员的实际情况，汉阳区消防救援大队"119党员突击队"两批次共30名指战员第一时间进驻汉阳区首个观置隔离点。

30名突击队中，包括"95后"15人、"00后"3人。他们的日常工作就是奔走于各楼栋、各隔离房间，进入隔离区为康复驿站内的医学观察人员测量体温、送餐、购物、买药以及进行心理疏导等。

由于隔离楼由宿舍改造而成，没有电梯，消防员只能靠肩扛手拎，每天准时准点地将 600 份餐点送到每一个医学观察人员的手中。

医学观察人员由于从方舱医院出院后不能立即回家，大多情绪较为失落。这群"95 后"和"00 后"的突击队员，变身为贴心的乖小子、暖心的好弟弟对他们进行心理疏导，好在消防员的身份让这些医学观察人员天然地亲近他们。考虑到隔离日子的单调，消防员给这些医学观察人员讲出警的故事，教他们使用灭火器，还讲解消防逃生技能。三八节的玫瑰、日常的暖心鼓励以及 24 小时随叫随到的服务，让这群年轻的消防员在隔离点越来越受欢迎。

进入隔离区就是暖男，回到办公区就是纪律队伍。检查、防护、报告，三人成列，两人成行，他们虽然穿着统一的白色防护服，但是大家依然能感受到他们的担当和有序。直到晚上 8 点半回到宿舍，他们才变回二十出头的年轻人。

由于工作量太大，有的队员累得举不起胳膊脱防护服；有的衣服早已被汗浸透，甚至可以拧出水来；有的因为长时间在隔离区佩戴防护装备，身上、脸上被勒出印痕。

自 2020 年 2 月 28 日以来，30 名突击队员累计负责接收安置医学观察人员 480 余人。他们将战斗至最后一名医学观察人员离开。

在康复驿站的 14 天，对于即将结束隔离观察的人们而言意味着走出阴霾重获希望，而对于这样一群"00"后和"90"后的突击队员而言则是一场需要与内心的压力不断较量的接力赛。祝福离开康复驿站的每一个人，最后再向你们道一声珍重……

"蓝朋友"化身突击队队员

没有什么岁月静好，只是有人替你负重前行。平日里，消防员们奔赴在火场第一线，守护着万家灯火。哪里有需要，哪里就有他们的身影。战疫一线"火焰蓝"，武昌区消防救援大队"119党员突击队"显担当，为他们点赞！

2020年3月7日，武昌区消防救援大队"119党员突击队"队员在武昌区中南路街中商超市新成立的储备肉临时分割点，支援上料、称重、包装，共打包储备冻猪肉7吨多。

据悉，3月5日晚，武昌区消防救援大队接到武昌区防疫指挥部调度命令，参与武昌区保供行动。当晚，武昌区消防救援大队随即抽调"119党员突击队"20人成立保供运输与冻肉分割组。

3月6日，分割组10人前往中商中南店协助该店进行冻肉搬运、分割、称重、打包工作，当日完成冻肉分割5吨，称重、打包1200余袋。

与此同时，运输组派出2车10人和区商务局工作人员一起前往东西湖吴家山物流基地领取广西援赠物资，装运水果、蔬菜、副食7吨共计800余件（箱），并将其中定向捐赠给广西医疗队的400箱物资运送至广西医疗队入驻酒店。此外，运输组还前往鄂州托运10吨冻肉至北京华联超市。

3月7日，分割组12人连续工作12小时奋战至晚上9点，分割冻肉7.5吨，分装1800余袋。

3月8日，分割组15人连续工作9小时，分割冻肉7吨，分装1700余袋。与此同时，运输组前往鄂州托运12吨冻肉至北京华联超市。

2020年2月28日，在接到上级统一安排通知后，湖北大学康复驿站里便出现了"火焰蓝"的身影。武昌区消防救援大队"119党员突击队"负责搬运物资、拼装床铺及分类整理生活用品。

来自五湖四海的抗疫物资带着无数人的爱与善意奔向了康复驿站的仓库，突击队员们主动承担起仓库的整理任务，前后一共对仓库进行了6次调整。

生活物资大大小小加起来多达16种，如何将这些物资从纸箱中组合成套件并分发至各房间是个难题。武汉市消防救援支队重型工程机械消防救援大队大队长戴友义创新分装方法，采用流水线的工作模式。改进分装方法后，3万多件生活用品仅仅用了40分钟就一一分发到位。

关键时刻显担当，守望相助战"疫"魔。800个房间，如此庞大的数量难不倒突击队队员。他们将人员进行合理分配，一张张折叠床被有序地摆放安置，一条条床单被整理得井然有序。床被与床褥、枕芯和枕套，这些小伙子们做起家务活儿来也不甘落后，动作熟练地进行搭配整理，3天半的时间，就把4栋宿舍800多间房间里的基础生活物资全部配送到位。

"有灾必救，有难必帮"，始终践行初心的消防人们扛起竭诚为民的担当与责任。"火焰蓝"们在延续爱与善的同时，不忘消防宣传职责。康复驿站内，消防安全重于泰山。他们紧急打印了消防宣传海报资料，调集人手迅速张贴在房间外和走廊各处醒目的墙壁上。为了让康复者们住得舒适开心，在张贴消防安全海报的同时，也将武昌区教育局提供的学生绘制的抗疫优秀绘画作品张贴在了楼栋中。

精细活儿他们也不在话下，突击队队员们拿起剪刀对一张张偌大的防滑垫进行裁剪，使之适应卫生间里的空间。从测量到剪裁，于细微处彰显消防人的责任与担当。

车辆转运时他们帮扶引导，患者到来时他们主动上前提携行李，不辞辛劳地将物资转运……他们以群众的利益为重，时刻把群众的安危冷暖放在心上。

三医院门口的那顿晚餐

武昌区消防救援大队"119党员突击队"三医院分队自2020年2月27日组建以来,承担驻点武汉市第三人民医院、协助院方转运急需的医疗物资和生活物资的任务。

三医院分队由水域消防救援站4名消防员和2辆运兵车组成。截至目前,共协助院方转运防护服、护目镜、医用口罩、输液器等医疗器材5470箱,转运成人纸尿裤、矿泉水、八宝粥等生活物资3000余箱。

驰援一线,"火焰蓝"前来报道

2020年3月2日下午,市防疫指挥部调集600余箱医用防护服支援三医院一线医护工作者。为了尽快将这批防护服入库,统计发放到一线医护工作者手上,三医院分队的4名消防员和院方后勤人员迅速投入紧张的物资转运工作。

武昌区消防救援大队"119党员突击队"闻讯后,立即调集洗消分队支援三医院分队。半个小时后,洗消分队13名队员前来支援,在确保安全的防护下,消防员圆满完成了此次医疗物资的转运工作。

身体力行，为白衣天使打"Call"

3月3日上午，"119党员突击队"三医院分队1车3人到东西湖区物流仓库转运250件功能饮料至三医院。

由于到达时间正好为中午，医务工作者基本都在午休，只有3名护士在值班，为了不影响下午既定的转运工作，4名消防员历时2个半小时将250件饮料转运到三医院仓库。

在医院帮忙的这段时间，对于队员们而言，看到这些医务工作者就像看到自己的家人。他们心里明白，只有保障好这些白衣天使的生活物资，大家才能逾越这场寒冬，迎来最后的春天。

众志成城，没有完不成的任务

3月4日下午，"119党员突击队"三医院分队接到医院求助，根据市防疫指挥部要求，三医院将在3月6日前撤销新冠肺炎收治定点医院，改为普通病人接收医院。

由于需要重新开门接诊，院方急需将门诊大厅临时存放的防疫物资转运至6楼学术报告厅。

转运时间仅剩一天多，接到求助信息后，武昌区消防救援大队"119党员突击队"将刚刚完成工作任务的湖北大学隔离点突击分队和洗消分队的40名同志调往三医院，协助医院开展物资转运工作。

16时40分，两个分队到达三医院，在医院工作人员的配合下完成对 6 楼的清理工作，随后按照区域划分，对不同类别的物资进行转运。

在此次任务中，武昌区消防救援大队"119 党员突击队"发扬连续奋战的精神，历时 7 个小时，转运医疗物资 2 万余件，得到了院方的高度赞扬。

同样的坚守，别样的风采

在抗击新冠肺炎主战场，武汉市消防救援支队启动战时工作机制，成立由 650 人组成的"119 党员突击队"，负责防疫一线的急难险重任务。在江岸区消防救援大队，有一支由 5 名女消防监督员组成的"巾帼党员突击队"，她们在灾难面前没有退缩，以巾帼不让须眉、舍小家为大家的姿态，一直坚守在疫情和火灾防控一线，用真诚和行动诠释责任与担当，用实际行动践行竭诚为民的誓言。

疫情面前，我们和男同胞们并肩作战

"单位要组建党员突击队，我们第一时间递交了请战书，任务来了，不分男女，我们一起上。"刘艳红是这 5 名女监督员中年龄稍长的一位，也是第一个递交请战书的。在她的带动下，其他人也加入了这支战时队伍。没有华丽的仪式，没有豪迈的宣言，这支由 5 名女消防监督员组成的"巾帼党员突击队"组建后第一时间就投入了一线战斗中。

"从封城那天起，为了避免交叉感染，我们每个人都在单位附近'隔离'。"监督员潘婉如是说。每天早上 8 时，各监督员依次透过大队门口栅栏，领取他们的个人防护装备口罩、手套以及工作资料，然后召开简短的碰头会，相互检查防护措施到位后，就分头赶赴要检查和服务的社会单位。监督员们每天除了开展实地检查外，还在线上对正在营业的超市、餐饮店以及居民小区开展督导和消防安全宣传提示提醒工作，通过建立微信工作群发布火灾案例、用火用电知识、酒精消毒注意事项，千方百计地提示广大市民居家隔离期间注意消防安全。

"江岸区有定点医院4家，集中收治的方舱医院2家，集中隔离点51家，医护人员集中住宿场所34家，防疫物资存储场所2家。"负责信息汇总统计的监督员张琪对辖区情况了如指掌，对每个单位的情况都做到了情况明、一口清。"这些数据不能有半点儿疏忽，这是我们工作决策、安排部署的重要基础。"江岸区消防救援大队大队长常辉对张琪的工作给予充分肯定。

"这段时间，我们大队的女监督员克服困难、主动请战，和男同胞们并肩作战，承担着同样的监督、服务任务，她们撑起了全区消防工作的半边天。"江岸区消防救援大队教导员任宗飞赞许地说。

发挥专长，我们用心用情排忧解难

为确保对新冠肺炎患者"应收尽收"，武汉市一大批体育馆、展厅、工业厂房被紧急征用，改建成方舱医院。

"方舱医院都是新改建的临时场所，很多不能满足消防安全要求，在特殊时期我们就要提供更多技术服务，最大限度地降低火灾安全风险，保证场所安全运行。"监督员刘芹、蔡炜是"巾帼党员突击队"中的技术骨干,她们充分发挥自身专业特长,一起参与方舱医院建设筹备期间的消防设计方案等相关工作。

"如何使方舱医院既符合消防安全要求又能克服工期时间短、场地限制和材料供应等实际困难,这是我们必须解决的问题。"刘芹和蔡炜白天一起实地踏勘,晚上通过微信探讨解决方案,寻找更优化、更适应方舱实际情况的消防要求,最大限度地减少方舱投用后的消防安全隐患。

位于武汉江岸区的红桥集团工业园区内 21 个厂房被改造成 21 个方舱。每个舱位面积 1188 平方米,共计 3000 多张床位。消防安全检查任务包括 21 个方舱的 210 个新增室内消火栓、210 只应急照明灯以及 420 具干粉灭火器,每一个都要确保完好有效。任务量之大可想而知,3 个小时下来,潘婉、刘艳红的"火焰蓝"作训服都快湿透了。刘艳红说:"能为武汉做点儿事情,不管是对于这座我热爱的城市,还是自己身穿的这身'火焰蓝',都是充满意义的。"

逆行驰援,我们要守护她们的安全

"酒精、强氧化剂等易燃易爆危险品应单独存放,医用氧气的供氧设备应远离火源、热源。"潘婉、刘艳红向援汉医疗队驻地管理人员提示消防安全管理要求,"安保人员应开展防火巡查,现场值守、安保、医护人员应掌握灭火器和消火栓的使用方法,会组织疏散……"现场,她们手把手地对工作人员进行培训,确保每个人都能掌握消火栓、灭火器的使用方法。

"大厅里堆积了这么多杂物,占用疏散通道,一旦发生火灾,将影响人员疏散逃生,您看能否找一个房间单独存放医疗物资?"
"好的,好的,这段时间真是忙得人仰马翻,你们提的这个火灾隐患我马上安排整改。"自新冠肺炎疫情发生,她们每天穿梭于定点收治医院、指定隔离酒店、医护人员驻地等防疫单位场所,开展火灾隐患现场排查治理、进行消防安全宣传培训,确保这些重点防疫场所的安全运行。

"全国各地的医务人员都来支援武汉,她们就是'最美逆行者',我们必须保护好她们的安全。"这句话已经成为5名姐妹花的口头禅,也是她们做好本职工作的最大动力。

望疫情早日结束,尽快和家人团聚

"今天是和孩子分开的第 40 天。"监督员潘婉每天数着和孩子分开的天数,作为母亲怎么会不想孩子呢?由于交通管制,潘婉的丈夫和两个小孩儿一直在武汉新洲区的家。

"家里的老人和孩子年前就回河北老家了。"刘艳红说起家里情况眼圈湿润起来,"他们在老家相对安全,我工作起来就没有什么牵挂啦,反倒是女儿最担心我的安全。"

监督员蔡炜的孩子刚刚 9 个月,目前还在哺乳期,大队要求她居家办公。随着辖区隔离点不断增多,工作任务越来越重,她主动申请到站外工作。"眼看着同事们的工作量不断增大,我在家里哪坐得住啊,想为大家分担一些。"

"每天最开心的事,就是忙完之后,和孩子通过视频聊聊天,一天工作就感觉不那么累了。"刘艳红说出了大家的心里话,"希望疫情早日结束,大家都早点儿和家人团圆。"她们的心愿也是所有奋战在抗疫一线人的心愿，更是所有武汉人的心愿，大家都在为这个目标努力着，武汉，加油！

在武汉市消防救援队伍中，还有60余名女干部、100余名女文员，像江岸区消防救援大队"巾帼党员突击队"的刘艳红、潘婉、刘芹、蔡炜、张琪5名同志一样，义无反顾地冲锋在抗疫一线。她们身处不同的战场，却同样在坚守和战斗。她们是消防救援队伍里绽放的铿锵玫瑰，她们是情同手足、志同道合的"抗疫姐妹花"。

当好人民群众的"守夜人"

针对当前新冠肺炎疫情的形势，为最大限度地服务市民生产生活，武汉市消防救援支队发布119报警服务台涉疫报警求助公告，组建"119党员突击队"开展涉疫勤务服务。

据不完全统计，自2020年2月29日公告发布以来，全市消防救援队伍共受理涉疫勤务870起。连日来，"119党员突击队"队员坚持有警必出、主动服务，只要群众需要，他们或到隔离点转送康复人员，或上门救助患病老人，或到医院转运防疫物资，或走进居民小区开展消杀。哪里有需要，哪里就有消防员身影；群众困难在哪里，消防服务就延伸到哪里，用最温馨的服务给人民力量和信心，众志成城打赢疫情防控阻击战。

有困难就拨打119

2020年2月28日，汉阳区消防救援大队接到来自广东茂名的一份紧急协助函，1名老人在武汉打工，因疫情被困在武汉。由于人生地不熟，租房偏远出行不便，老人不会使用手机订餐，基本处于断粮状态。

汉阳区消防救援大队"119党员突击队"接到协助函后立即

行动，经多方打听，辗转6个小时在老旧工业园区拆迁房内找到该老人，并送去生活和防疫物资。

2020年3月4日，武昌区三角路刘家河社区一名80多岁的老人拨打119向消防员求助，称自己身体不适，请消防员帮忙送到医院救治。

武汉市消防救援支队119作战指挥中心接到求助电话后，迅速调集武昌区消防救援大队两名"119党员突击队"队员赶到老人家中，发现老人独自一人卧躺在床上。突击队员帮助老人联系上其女儿和女婿，并小心翼翼地将老人搀扶下楼，送到附近医院救治。

老人的女儿告诉突击队员，她在网上看到武汉消防发布119报警服务台受理涉疫报警求助公告，告诉其父亲如遇到困难就拨打119。

当好群众的勤务员

当好群众的勤务员就要以群众利益为重，时刻把群众安危冷暖放在心上。

3月4日，新洲区消防救援大队"119党员突击队"得知新建社区88岁独居老人罗婆婆在前不久摔了一跤，一直卧床不起，立即联系罗婆婆所在社区，并带着大米、面粉、牛奶、面包等生活物资前去看望老人。

罗婆婆大儿子在一线抗击疫情，小儿子身体不好无法照顾她，突击队员来到罗婆婆家中，主动帮助打扫卫生、端水递盆、烧水擦灶、清理楼道……

经过近两个小时的忙碌，罗婆婆家焕然一新。临走时，罗婆婆依依不舍地拉着突击队员的手说："感谢消防员，感谢党和政府的关心。"

3月5日，黄陂区消防救援大队"119党员突击队"6名队员来到蓝星社区、横店福利院，不仅为这里的孤寡老人送去大米、食用油、蔬菜等生活物资，还主动对社区和福利院开展消杀，最大限度地降低疫情扩散风险。

"疫"路逆行，我们在岗

3月3日，开发区消防救援大队"119党员突击队"接到区疫情防控指挥部任务，接送甘肃医疗队、重庆医疗队和心理咨询队、安徽医疗队3家外省援助医护人员，到省人民医院三院、肺科医院、汉阳中医院、沌口方舱、体育中心方舱等7个医疗点开展医疗服务。

疫情就是命令。开发区消防救援大队"119党员突击队"迅速集结人员车辆，接送医护人员168人次，协助医护人员转运物资2.5吨，圆满完成护送任务。当天，开发区消防救援大队"119党员突击队"队员还对11家隔离点、3个社区、3家医务人员住宿酒店开展消杀，协助14个社区转运、分包物资23.5吨。

3月4日，洪山区消防救援大队"119党员突击队"先后接到狮子山街、和平街和梨园街防疫指挥部指令，需要紧急转运密切接触者、康复病人39名。接到指令后，洪山区"119党员突击队"迅速行动，兵分三路。

梨园街有8名康复者均为年龄较大且行动不便的老人，在转送过程中，突击队员主动上前帮忙推轮椅，搬运行李，先后分三次将老人送至隔离酒店，并抬着担架走楼梯将8名老人依次送到房间。

在狮子山街，突击队员主动帮助10名康复病人提拎生活用品并进行洗消，耐心细致地将他们护送到隔离点。

在和平街，突击队员仔细核对登车人数，主动宣传国家最新防疫政策，全程陪同并积极引导20名密切接触者乐观面对生活。

武汉消防全体消防救援人员始终坚持"人民消防为人民"的宗旨，在人民群众最需要的时候冲锋在前，以实际行动当好人民的"守夜人"。

护送八旬老大爷救医

2020年3月4日上午11时，武昌区消防救援大队"119党员突击队"接到指挥中心命令，称三角路刘家河社区有一名高龄的老年人需要送医。突击队接到指令后快速响应，迅速调集两名突击队员前往。

在行驶途中，突击队负责人胡勇拨通了报警人的电话，得知报警老人住在刘家河社区2栋。

突击队接到求助任务后立即赶往老人家中，到达后发现老人躺在床上，社区人员在旁边焦急地等候。

从社区工作人员口中得知，大爷今年已经80多岁了，晚上睡觉的时候忽然出冷汗、腿发抖，腿抖了一晚上，第二天早上脚就失去了行动能力。经与社区工作人员商量，突击队员打算将大爷送至就近的医院救治。

"麻烦你们了，要不是你们，我都不知道该怎么办了。"

"大爷，这是我们应该做的，家里就您一个人吗？"

"就我一个人在家。"

"您查一下家里人的电话号码，我们帮您联系他们去医院门口等候。"

队员与大爷的家人取得联系后，告知要将大爷送去武昌医院，请他们前往医院门口等候。

随后，两名队员为大爷戴上口罩，慢慢搀扶起大爷，一步一步、小心翼翼地将大爷送至电梯内，乘电梯到达楼下。

在搀扶着大爷慢慢行至车辆停放点的过程中，队员们不断提醒："大爷，您小心脚下。""大爷，您注意台阶。""大爷，您扶好我们……"

短短几十米的路程却走了三四分钟，搀扶着大爷从家里上到车上的过程，是队员们最担心的时刻。直到大爷坐到座位上，队员们悬着的心才放了下来。在行驶途中，突击队队员们一边安慰着大爷一边与他拉着家常。

"您有什么不舒服的就告诉我们，咱们正在去医院的路上，已经跟您家人联系好了，他们就在医院门口等您。您不用担心。"

"我还好，谢谢小伙子们。"

不久，车辆行驶至武昌医院门口，大爷的家人已在门口焦急等候，他们在看到大爷平安下车后，连连对突击队员表示感谢。

队员将大爷的情况告知其家人后，提醒道："大爷的脚有些行动不便，你们搀扶的时候注意一点儿。"直到大爷平安进入医院，队员们才放心地离去。

此次护送行动圆满完成，不仅展现了突击队员在危急关头出色的行动力，也体现了武汉消防"119党员突击队""有灾必救，有难必帮"的服务宗旨。

我们并肩作战

一边是驰援抗疫的白衣天使,一边是浴火逆行的消防勇士,一堵墙没有切断他们并肩作战、心心相连的战斗情谊,他们用歌声唱响"逆行者支持逆行者"的主旋律。

"前几天窗外突然热闹起来,我一看发现来了好多医护人员,我想肯定是外地驰援武汉的医疗队。"坚守在一线的郭海涛,是汉阳区七里庙消防救援站"119 党员突击队"的队长,得知新增援的医疗队和自己所在的队站只有一墙之隔,他特别激动。

郭海涛立即把新邻居到来的消息告诉了队友们,场面立即欢腾起来。奋战在一线的医务工作者是最令人敬佩和牵挂的,因为他们肩上扛的是患者的希望,是生命的责任。"我们一定要保障好医疗队驻地的防火安全,解决好医护人员的所急、所需。"大队教导员郑灿灿说道。

原来,他们的新邻居是由 143 名河南籍医务工作者组成的河南省援汉医疗队。这让原本就激动的郭海涛更加兴奋,因为他自己就是河南信阳人。

"疫情发生后,我们一直和广大医护人员、感染患者以及生活在武汉的 900 多万市民一起并肩作战。现在来自河南老家的医疗队和武汉人民同呼吸共命运,而且和我们只有一墙之隔,感觉特别亲切和激动。"郭海涛说。他们一定要为这群新邻居送上一份暖心的礼物。

河南人爱吃烩面，可是队员们暂时无法实现这个。没事，那就来一碗"精神烩面"。他们制作了三条横幅："武汉热干面感谢河南烩面""白衣天使，蓝朋友盼你平安归来""逆行者支持逆行者"。他们将横幅悬挂在围墙显眼的位置，期待白衣天使们每次出征回来都能享受到这暖心的"精神烩面"。

城市封控，物资采购不易，那就准备一些武汉特产让新邻居品尝，鸭脖子当然必不可少。不敢打扰新邻居休息，于是几十份贴着消防员亲手写满暖心话语的物资包被悄悄送到了新邻居的"家门口"。

"你们辛苦了，感谢你们。"刚从外面归来的医护人员发现了邻居的暖心之举。隔着围墙，大家聊了起来。"蓝朋友，给我们唱首歌吧。"不知道哪位白衣天使提出一个小要求。"行！我们来一首《团结就是力量》，感谢我们在此相遇，共同抗击疫情。"

一首洪亮的《团结就是力量》，把更多刚回驻地休整的白衣天使吸引到了围墙那边。隔空对唱就这样开始了……

疫情终将散去，春天一定会到来，愿所有并肩作战的"逆行者"都平安归来！

关爱"最美逆行者"

疫情防控阻击战打响以来,广大医务工作者勇往直前、日夜奋战、舍己救人,是抗疫一线的"最美逆行者"。

武汉市消防救援支队认真落实习近平总书记关于"务必高度重视对医务人员的保护、关心、爱护"的指示精神,坚持以最高标准做好医务人员的消防安全保障,坚持以最大力度配合医务人员开展疫情防控工作,坚持以最实措施为医务人员提供综合保障。

合力战疫,携手并进

武汉消防救援支队组建"119党员突击队",队员共计650人,主动向市区疫情防控指挥部请战,承担患者到隔离点接受医学观察、到定点医院进行CT检查等转送任务。共出动执勤车辆43辆次、指战员106人次,转送患者966人。

组织"119党员突击队"对定点医院、医务人员住地、隔离点进行清理洗消,共出动执勤车辆158辆次、消防员805人次,开展清理洗消97次。

8名防火业务骨干进方舱医院,开展消防宣传培训工作;医务人员利用轮换交接等时机,为消防员培训防疫知识和防护技能。在全市定点医院、方舱医院、隔离点张贴 5 万余份消防宣传海报。

筑牢防线，守护安全

组建 20 个防火检查党员突击队，按照"每周不少于 1 次轮巡"的标准，对全市 124 家医院、495 家集中隔离点、360 个医务人员驻地开展消防服务。

组建 6 个消防安全技术指导组，为 35 家方舱医院提供实地消防业务指导和技术咨询服务；组建 60 人的消防专业技术志愿者团队，为定点医院、方舱医院提供技术服务。

调派 25 辆执勤车、90 名指战员驻守已投用的 22 家方舱医院，修订和完善医院预案 106 份、医务人员住地预案 141 份、隔离点预案 172 份，在火神山、雷神山、武昌方舱医院和艳阳天医务人员驻地等场所开展灭火救援实战演练。

回应关切，做好保障

动态掌握援汉医务人员、消防员的医务人员家属的人数、驻地、工作医院等详细情况，主动上门服务 100 余次，帮助解决出行通勤、生活物资、家属看护等实际困难。

向医务人员驻地、护士站、洗消点捐助灭火器 10000 余具、强光手电筒 3000 个、防毒面罩 1000 个、物联网独立烟感探测器 1200 个。

制作致全体医务人员的一封信《请一个都别少》,开展送温暖到家活动,采取电话语音、微信视频、慰问短信等方式,与消防指战员的医务人员家属开展信息通联和亲情慰问200余次,及时传递组织温暖。

党员先锋车在路上

根据疫情防控形势，武汉市消防救援支队组建20支、650人的"119党员突击队"，充分发挥快速反应、机动灵活的优势，积极做好勤务处置和社区宣传等工作，全力守护辖区居民消防安全。

"我们通过开展辖区熟悉演练和检查，发现很多小区和通道都被封堵，这会直接影响消防员处置险情的效率。对此，我们采取了很多有效措施。"洪山区消防救援大队南湖消防救援站"119党员突击队"队长、政治指导员陆时正说。

南湖消防救援站辖区内有39个社区、100多个小区。疫情发生以来，为了全面掌握辖区情况，南湖消防站"119党员突击队"设立党员先锋车，依托电动消防车进行流动巡查，掌握了所有小区出入口和主要通道的实际情况。

陆时正说："摸清底数以后，消防站每天都会进行研判，在服务疫情防控大局前提下，制定有针对性的处置预案，比如如何快速破拆障碍物，能否寻找其他通道快速抵达险情现场等。"

流动巡查车每天会对所有小区进行巡查，辖区内的18个隔离点和9个医护人员住宿场所也是巡查的重点。同时，南湖消防救援站不断加强对社区微型消防站人员的培训，以提高社区物业、安保和群众自防自救能力，通过走群防群治路线，实现全方位快速处置险情。

　　"我们是消防员，更是共产党员，'有灾必救、有难必帮'是我们'119党员突击队'的承诺。在疫情防控关键时期，哪里需要我们，我们便会到哪里，疫情不退，我们不退！"陆时正表示。

让我们来

在武汉抗击疫情的主战场上,武汉市消防救援支队3300余名指战员都在坚守岗位,他们不仅如平时一样保护着人民群众的生命和财产安全,还承担起更多的重任。

为积极配合地方党委政府做好疫情防控工作,最大限度为政府分忧、为人民解难,武汉市消防救援支队组建了20支共650人的消防服务队,积极配合市区疫情防控指挥部做好勤务保障和服务工作。

"硚口区消防救援大队服务突击队,我是区防疫指挥部,武汉体育馆方舱医院45名康复病人需要转运到隔离点,请你们迅速出动。"

2020年2月28日13时,刚完成10多个小区消杀任务的硚口区消防救援大队服务突击队还没来得及休整就领受到工作指令。服务队迅速出动4辆车和9名队员。队员们穿戴好防护装备、带齐洗消用品立即奔赴武汉体育馆方舱医院,转运45名康复患者至指定隔离点。

"大家相互检查一下防护措施,等会儿到了以后,2辆水罐车负责现场洗消,3人一组做好洗消、引导和行李搬运工作。"服务突击队抵达武汉体育馆方舱医院后,开始进行流程化作业。

因转运病人较多，车辆座位有限，需分批次转运，第一批 14 名康复病人出舱后，洗消小组仔细跟进洗消，帮助搬运行李物品，有序引导第一批病人快速登车。

"恭喜大家康复出院，只要在隔离点顺利度过隔离期，大家就可以回家跟家人团聚了。"马超是突击队里年龄最大的一名消防员，每一次跟车都由他负责。

他知道，这些康复病人虽然被治愈离开医院了，但是根据规定，还得在集中隔离点隔离观察一段时间，所以每"转"一次，他都会和患者聊天，为他们加油打气。

"小伙子，你们天天跟火魔打交道，跟病魔打交道，怕不怕啊？"

马超笑着说："第一次经历如此重大的疫情，肯定会紧张并有压力，但跟解放军医疗队和医院医护人员比起来，我们做得还远远不够，再说我们的宗旨就是全心全意为人民服务嘛。"

队员们深知，康复转运也存在一定风险，但没有一个人打退堂鼓。17 时 20 分许，服务突击队把 45 名康复病人安全转运到指定酒店隔离点，圆满完成转运任务。

从接到指令到完成康复病患转运，花了 4 个多小时，全程不能脱防护服，也不能上厕所。马超笑着说："防护服密不通风，完成转运工作时，兄弟们的内衣都湿透了。"

疫情还未结束，他们坚守岗位，随时听从指令，持续战斗着……

青春蓝

他们冲在了最前沿

大灾面前看担当，大难面前讲奉献。自新冠疫情发生后，武汉市消防救援支队全体消防员共克时艰、全力抗疫。广大党员更是奋勇当先，用实际行动践行自己的诺言。

哪里有困难，哪里就有共产党员，哪里就有党员干部。在任务繁重的地方，在疫情防控的一线，党旗高高飘扬。

党员身份亮出来

"关键时刻，党员必须得上！"在全市消防救援队伍疫情防控工作视频调度会上，陈万红总工发布的工作指令掷地有声，鼓舞着每一名消防指战员的斗志，特别要求党员干部在困难和危险面前要敢于亮出身份，挺身而出，当先锋、打头阵。

陈万红总工是一名有着 20 多年党龄的老党员，作为武汉市消防救援支队的"头雁"，面对疫情，他丝毫不敢懈怠，始终坚守岗位、靠前指挥，吃住在单位，机关、基层两头跑。春节期间，家住武汉的他没有回去过一次，连大年三十的团圆饭也是在机关食堂吃的。为掌握全市消防救援队伍疫情防控处置能力，大年初一他先后到特勤一站、二站指导疫情防化训练；为保证基层队伍

"四个秩序"正规,他先后深入武珞路、华侨城、积玉桥等基层消防站检查疫情防控工作;为确保火神山、雷神山消防站如期投入使用,他深入防疫重灾区督导消防站建设;为降低防疫工作重点单位火灾防控风险,他先后走访九州通医药集团物流有限公司、扬子洗消剂有限公司和医护人员集中住宿地绿地魔奇酒店等单位。疫情发生至今,他以党性为后盾,以责任感为动力,始终战斗在疫情防控斗争的最前沿,他是消防救援队伍中抗击疫情的"先锋官"。

以上率下,身先士卒,影响带动广大消防指战员积极主动投身抗击疫情实践,纷纷亮出党员身份,这就是榜样的力量。支队党委常委、副支队长王洪波、王仕宝、罗洪波,政治部主任杨宏国驻守机关 24 小时值班执勤,支队党委常委、副支队长王子焱驻守江南指挥部,支队党委常委、副政委胡玉冰驻守江夏军运村,他们也在疫情防控中当先锋、做表率。抗击疫情,虽然分工不同,使命却是一样的,因为我们都是共产党员。

我们要做坚守者

"不是义务,是赤子之心,义无反顾;不是受命,是奋勇当先,无私无畏。"这是 2 月 2 日李长春在驻勤火神山医院出征誓师会上面向党旗作出的庄严承诺。他将带领由 7 名消防指战员组成的党员突击队,24 小时全天候驻勤在抗击疫情最前沿——火神山医院。

李长春是一名有着二十几年党龄的老党员,他 1996 年 12 月加入消防救援队伍,获得的荣誉数不胜数,在武汉消防甚至在湖北消防几乎没有人不认识这位消防模范,在每次困难和危险面前他都勇挑重担，冲锋在前。得知支队要组建党员突击队进驻火神山医院，他第一个写下请战书。

2月3日火神山医院正式投入使用，李长春带领7名党员突击队提前一天进驻。驻勤当晚，他就带领7名党员突击队员熟悉院区，了解重点部位、消防设施设备和水源、道路等，熟悉后又连夜制定出应急预案，将任务细化到每一名队员，以严之又严的匠心精神守护火神山医院的消防安全。

疫情就是命令，防控就是责任。李长春说："疫情一天不消除，我们一天不撤离，我们要做坚守者，直到最后一名病人出院。"

消防文员得知119指挥中心人手不够时，放弃与家人团聚，主动请战，自愿留守单位值班备勤。支队原卫生队参谋周丽明主动给支队党委写请战书要求到一线去，表示作为一名医务人员，战斗在疫情防控一线是义不容辞的责任和义务。这场无声的战役，每天都在上演不同的感人场面。

抗击疫情，我们在！只要万众一心，就没有翻不过的山；只要心手相牵，就没有跨不过的坎！我们一定能打赢这场阻击战！这是所有人共同的心声。

他们去了哪里

咚咚……咚咚……

"蒋师傅,您在不在屋里啊?"

清脆的敲门声消散在楼梯过道没多久,家住洪山区丽华苑社区2栋2单元的蒋师傅便打开了门。

"蒋师傅,今天代表社区过来给你送点儿生活用品,这是我们消防的同志,他们是专门过来给你屋里消毒的。"

门外,与丽华苑社区汪书记一同来探望蒋师傅的正是"119党员突击队"援汉大队四分队的队员们。

"好的,快进来,快进来,辛苦你们了!"打开门后,蒋师傅笑着将一行人迎了进来。

以上这一幕,发生在2020年3月19日下午的武汉市洪山区丽华苑社区内。

为了保障好康复回家人员的基本生活物资,做好新冠肺炎终末消毒工作,武汉市消防救援支队"119党员突击队"援汉大队四分队的队员们与社区的工作者一同探望新冠肺炎康复回家人员。

"蒋师傅是2月中旬确诊为新冠肺炎的,上个星期出院刚回到家,按照防疫的要求他要在家中隔离14天,到现在隔离的时间已经过半了,我们社区按计划去探望一下他,看看他最近身体恢复情况。"在丽华苑社区门前，社区汪书记将这次进驻终末消毒人员家中的情况向突击队员们做了详细的介绍。

"好的，我们正好也想趁着上门消毒的机会，也把居家使用燃气、用火、用电的注意事项普及一下，确保您这边的社区能有一个好的防疫环境和消防安全环境。"在了解了住户的相关情况后，分队长李磊从队员手中接过消毒壶后背上了身，与社区工作者一同朝着住户家中走去。

3月下旬的武汉，气温渐渐回暖，沿途不少业主在家中的阳台上晒着太阳。

"我们这个社区共3065户，前期有新冠肺炎确诊的是23户，目前我们社区连续24天未出现疫情，属于无疫情小区。这次你们能来我们小区，为我们的防疫安全巩固了基础，谢谢你们！"在去往蒋师傅家里的途中，汪书记一边和突击队队员们介绍着社区的疫情动态，一边对他们的到来表示欢迎。

大约10分钟的路程后，突击队队员们与汪书记一行人便来到了蒋师傅的家中。

"您好，这是我们给您准备的小礼物——免洗酒精消毒液，祝您顺利度过隔离期！"李磊顺手将随行袋子中的小礼物递给了蒋师傅。

"谢谢，谢谢，你们有心了！"

在蒋师傅连声感谢后，李磊将《武汉消防温馨提示科学消毒注意事项》从袋子里拿了出来。

"这个是家庭消毒方面的注意事项，请您有时间看看，多注意身边的消防隐患，有不明白的地方可以联系我们！"

"好，好，感谢你们这么贴心，我们一定能战胜疫情！"蒋师傅接过李磊手中的知识手册后激动地讲道。

另一边，突击队队员认真地对蒋师傅家中的各个角落进行了消毒。

"已经消毒完毕，您将窗户打开通会儿风就好了，我们就先走了，加油！"

"好的，好的，谢谢消防员！"

离开蒋师傅家后，社区工作者和突击队队员们继续对计划内的住户进行终末消毒工作。

据了解，援汉大队四分队的队员来自全国 16 个消防救援总队，他们春节回家探亲时因疫情被困在湖北，于是组成了一支抗疫力量。

根据应急管理部安排，3 月 5 日他们闻令即动，集结武汉，火速投入武汉市洪山区的抗疫一线。在过去的两周，这支尖刀力量的足迹遍布洪山区。其中，李磊带领的 10 人消杀小组专门负责开展新冠肺炎康复人员家庭的终末消杀工作。

截至 3 月 18 日，该分队出动 144 人次，深入洪山区 9 个街道，为 945 户康复人员家庭开展消毒工作，累计消杀面积 92610 平方米。

与此同时，在全市范围内和援汉大队四分队一样，江汉区消防救援大队"119 党员突击队"洗消分队也在江汉区汉兴街、常青街和北湖街开展工作，共消杀 65 个社区。其中，消杀康复人员家庭 38 户，共出动车辆 65 车次、消防员 298 人次。

无论是在火神山、雷神山、方舱医院，还是在运输物资、转运人员的途中，甚至是在康复人员的家中，我们总能看到一抹给人们带来希望的颜色——"火焰蓝"。

89个日夜的守护[①]

组建火神山消防救援站和党员突击队,前置力量到抗击新冠肺炎疫情的最前沿,为前线医护人员和患者保驾护航,这是武汉市消防救援支队对于疫情防控最强的回音。

前线医护人员正在努力奋斗,从死神手里抢人,我作为一名党员,一名新时代的消防员,在这场疫情防控战斗中,希望贡献自己的微薄之力。2020年1月28日,我第一时间向支队递交请战书,要求加入突击队进驻火神山,执行守护医院安全运行的任务。

第一次站在距离医院380米的营房,我们还是有点儿手足无措。近200平方米,堆满了各种建筑材料、废旧货架、交管器材,这个杂乱的营房就是我们将要入驻的地方。第一个要务就是赶在医院完工前投入战备,48小时的不眠不休,终于完成了营房功能清理规划、装备选配调试、人员职责分工、战斗编成编组等工作。救援站虽小,但已具备应急救援的基本功能,这个"新家"终于建成了。正要松口气,2月1日晚,接到了第一项进入医院的任务:1000具重约8吨的灭火器的转运,1167个5G烟感头的安装,而这项繁重的工作必须赶在2月3日医院正式接收患者前完成,

---

[①] 本文作者系江汉路消防救援站站长助理李长春。

这对当时的我们来说也是巨大的考验。

"消防员来了",当我们进入还未完工的病房时,听到很多人在议论。而我们随行之处,人们都投来赞许的目光,主动给我们提供方便和帮助。这是我在疫情期间第一次真切体会到"我们来了"这几个字的分量。在党和人民最需要的时刻,"消防员从不缺席"不是一句空话,这给了我强大的精神动力。

2月3日是军方正式接管医院,开始接收第一批转诊新冠患者的日子。又一次进入医院,被眼前的场景震撼到了,所有病房整洁、干净,病床、呼吸机、输氧管道、消杀药剂、医疗器械完全到位,医护人员严阵以待。在疫情面前,我见识到了中国力量、中国速度,那一刻也激发了我强烈的民族自豪感。

第一次完成三级防护、第一次零距离接触患者、第一次完成规范的消杀。我和战友们都感到了巨大的心理压力,怕不能出色完成任务、怕自己被感染,更怕给消防救援队伍丢脸,但当我看到院区里救护车来回穿梭、医护人员以跑代走的场景,还有患者惊恐加喜悦的神情,身着"火焰蓝"的使命感和责任感油然而生。

随着疫情形势越发严峻,感染人数不断增加,医院超负荷运转,在原有的1000张床位的基础上增加到1200张。军方更忙、气氛更紧张、感染风险更大了,院感控制压力陡增。而我们面对疫情防控也在不断调整工作方式。用无人机全方位取景,制作电子沙盘,在线上开展熟悉推演。因不知道在医院上空放飞无人机需要军方授权,两次飞行都被击落,这是调整方案后遇到的第一个难题。此后面临着更大的困难:进入医院实地熟悉受限、无人机放飞得不到授权、传染病医院特性和布局不熟、需要保护的重点部位不详、应急处置的个人防护不自信、传染病医院三区两通道意味着什么不知道、院区内没有消防水源等。这些协调和管控都急需军方指导与支持。在救治任务异常紧张的情况下,军方根本没时间和精力与我们对接,并为我们提供帮助。

着急归着急,既然领受了这项任务,就必须做到尽善尽美,保证医院在消防安全上不出现任何闪失。不气馁、不妥协、坚持原则、灵活机动,坚持做自己能做的事。经过20余次的沟通协调,终于得到了军方的理解与支持,特别是他们对消防安全的重视。我们终于可以不受限制地进入医院任何区域,无人机可随时报备放飞,提供医院多种形式图纸,派专人介绍传染病医院特性。

正为所有问题得到解决而高兴时,突然发现按常规制定的预案根本不适用于传染病医院。我们进入医院的防护不是过度,就是达不到院感要求。火灾情况下力量部署方向也有较大问题,院内及周边2公里范围内没有市政水源,天然水源取水没有码头,火场用水成了大麻烦。自我否定,推翻所有设想和预案,面对重重困难我们从不气馁。重新结合传染病医院特性及军方建议,制定了115份囊括医院所有区域的应急处置预案,利用无人机采图制作全新电子沙盘,每日进行推演。通过沙盘推演,让全体队员第一时间掌握了医院的特殊要求和处置流程。争取指挥部重视及支持,安装了9个市政消火栓,环形车道硬化加固,彻底解决了应急情况下的消防用水和院区内消防车通行的问题。

凡事皆有极困难之时,打得通的便是勇者。看似简单的问题,落到实处其实是难上加难。进入三区两通道防护等级要求高、耗时长、感染风险大,院方不同意;进入军方指挥系统直联响应,由于涉密,军方领导不同意;编写监控系统,火神山的工程师不愿意;培训医护必须利用他们休息的时间开口太难;军方人员进我们系统，需要上层批准致使他们犹豫不决。虽然困难重重，但不解决这五个问题，技防手段就无法发挥，"早发现、早报警、早处置"的作用就会成为摆设。

2月19日至24日火神山医院需进行作业面29000平方米、焊点1800多个的屋面施工改造加固。为保证施工期间医院不冒烟、不起火，我与站内同志一道多次研究医院建筑材料、结构布局、局部耐火等级、现场应急处置等问题，为指挥部提供了科学、准确的消防安保方案，并连续6天在院内值守并对施工现场进行安全巡查督导，确保了火神山医院施工改造安全顺利地完成。

经过此次安防，两个指挥部彻底信服了消防救援队伍的专业水平和工作态度，最大限度地满足我们的要求，主动邀请我们进入军方指挥系统，送来了军方内部通信电台，安排轮休医护人员培训，建立直联直报秒级响应机制，烟感厂家也派人重新编写监控平台。医院运行期间，由于烟感系统能早发现、早报警，成功处置了4起危险警情，且都在军方赶到前处置完毕。我们的快速反应能力、专业精准水平，让军方刮目相看，对改制转隶后的"火焰蓝"形象充分认可。

日常工作中，我们坚持每日两次进入黄区、绿区，不定时进入红区巡查排除隐患，搭建4个出院患者候车帐篷，主动承担该区域每日2次的消杀任务。医院运行期间，火神山消防救援站，共采集有关火神山医院数据5700个，深入内部巡查160余次，开展消防安全培训15次，张贴宣传海报600余份，防疫消杀1.2万平方米。

随着4月15日最后一名患者转诊和最后一批600名军队医护人员撤离，火神山医院完成了它的历史使命，由武汉肺科医院接管，进入闭院消杀环节。我和 8 名战友在隔离观察期，与肺科医院完成交接，培训安保人员，确保万无一失后，于 4 月 28 日晚撤勤归建。经过 89 个日夜的坚守和努力，我们终于圆满完成守护火神山医院这一光荣而神圣的使命。

89 天里，我们坚守岗位、履职尽责，秉承刀山敢上、火海敢闯的战斗精神，立足主责主业，主动担当作为，脚踏实地，砥砺前行，让党旗、队旗在战疫的最前沿高高飘扬！

上编　青春无悔

用脚步丈量[①]

作为一名工作了 20 余年的消防员，守卫居民生命财产安全，是我的使命；作为一名资深老党员，组织需要随时迎难而上，是我的信仰。

疫情阻击战打响之后，我没有犹豫，主动请缨到抗疫一线，带领 3 名战友进驻雷神山专职小型站，承担雷神山医院内部及重要部位的巡防检查任务，守护雷神山医院的消防安全。

2020 年 2 月 16 日当天的情景，现在仍旧历历在目，施工现场人山人海，所有的工作者都在争分夺秒为雷神山医院的建设竭尽全力。医院内部设置有 1000 多个床位，纵横交错的隔板、随处堆放的物资、一路小跑的医护人员……这是我和队员们第一次进入雷神山医院进行巡查时看到的景象。当时我的内心百感交集。如此复杂的环境下，怎样确保消防安全？我顿时觉得压力很大。雷神山医院作为一个收治重症和危重症的定点医院，病人高度集中，应急处置变得更加复杂，一旦发生火情，后果不堪设想。

当天，我们就对医院的消防工作进行了细致的部署：检查医院强弱电间及消防设施、对灭火器的放置进行规范、在安全出口

---

① 本文作者系雷神山专职小型站站长付洁。

粘贴消防海报等。自此，我们开始了日复一日对医院所有区域，无死角展开消防安全检查的工作。包括院区，仅洁净通道的长度就达到800余米，每次巡查培训一趟下来接近2个小时。重复走着相同的路线，每天看到医护人员来回忙碌，虽疲惫，但心里只要想着能和武汉、能和全国人民并肩作战，一份荣誉感与使命感便油然而生。我坚信，在大家汗水的浇灌下，这场疫情阻击战我们一定能赢。

"白加黑"，是我们守护医院安全的日常模式。我们每天坚持白天4次巡查，深夜3次巡查。到了深夜，待患者安睡后，我们还需要对院区内部及外围进行安全巡查。几乎每天巡查都会发现问题，比如货物遮挡灭火器、强电间堆放杂物等。我们的职责不仅是要找出问题隐患，更要在发现问题后，及时上报、协调解决、立即整改。医护人员每天都在工作岗位上忙碌，怎样才能既不影响他们的工作，又能让他们牢记消防知识呢？我们思来想去，经过几番商量，最后敲定的方案是：在巡查的同时，开展流动式培训，定期开展全面培训。我带领队员们轮流对32个护士站的医务工作者进行消防知识讲解，每三天进行一次全面培训，以实现内容和人员的全覆盖。

开展培训，效果确实明显，一方面，增强了工作人员的消防安全防范意识，提升了处置初期火灾的能力；另一方面，也起到了很好的警示教育作用。我们先后分三批对医院物业公司的保安和保洁人员，共150余人进行集中培训。同时，我们还对30多位担任安全员的医护人员进行了培训，通过PPT课件结合实战演练，让所有医护人员熟练掌握灭火器和手动报警器的使用方式，普及发生火灾后怎样自救和逃生、如何在第一时间处置险情等知识。这些消防安全知识，队员们是如数家珍，但在这样特殊的地点，面对这样一批特殊人群，我还是格外谨慎、细致。当然，面对这群让人尊敬的医护人员，讲解过程中，我的内心还有点儿小紧张、小激动。

还记得 2 月 25 日晚上，天气骤变，狂风暴雨席卷了这座城市，我和战友们顶着寒风和大雨，依然坚持在院区内巡查。巡查中发现，医院房板多处出现了漏水，有些部位的地面已经有了积水。我立马想起医院是由活动板房搭建的，铺设的电线复杂，电器设备多且长时间运行，一旦发生短路和险情非常危险，如若不甚引发火灾，病人医生难以逃脱，后果不堪设想。我立即向院区负责人反映了漏水的情况，同时迅速召集所有队员，分为两组。一组不间断地在院区内巡查，及时发现险情，清理积水，避免电路遇水短路；另一组则穿上防护服、整装待发，做到有情况第一时间出动。经过一整晚的坚持奋战，终于太阳升起，暴风雨也停了，一夜平安。我到此刻还记得，那天清晨阳光下的雷神山，看上去和往常一样安静祥和，却又有些地方不太一样。看着身旁的战友，身上脸上分不清是汗水还是雨水，但是那双布满红血丝的眼里怎么也藏不住兴奋和激动。也许你会责怪我的小题大做、杞人忧天，但是我想说消防安全无小事，防患于未然是关键，50 多个日日夜夜的守护，换来雷神山医院的安全平稳，再苦再累都值得。

在日常的巡查和培训中，我们每天都要和医护人员打交道，虽然都是在厚重的防护服下，但时间久了，大家也渐渐熟稔了。4 月 5 日，武汉市普仁医院的医护人员因工作安排需要轮换，他们离开的前一天正好是我带队巡查。其中一个护士小姑娘突然跑到我面前，举起手机跟我说："付班长，我们明天就要离开了，能不能跟你拍张照片留念？"我笑着说："好呀。"手机咔嚓一声，定格了此时此刻。一张照片，记录下全国人民并肩作战的情谊。小姑娘放下手机，接着跟我说："付班长，你知道吗？我特别感谢你们消防队员们，谢谢你们近两个月以来每日每夜的巡逻，让我们能安心工作，也能睡个踏实觉。"她的话激励了我，鞭策着我们回到自己的岗位之后要继续发光发热，尽自己所能，来守护奋斗在危险一线的白衣天使们，守护一方百姓平安。

在结束驻勤之前，队员们也都想在雷神山医院留下点儿什么，我提议大家一起创作一幅画，画上我们的祝福。我们在画上画下了消防员与医护人员手拉着手，一起守护着雷神山医院。通过这幅画，想告诉患者，不论病毒多么可怕，我们一直都会守在你们的身边；想告诉患者，你们并不是孤军奋战，前方风雨再大，消防也会与你们同行。

"天使白"救治病人尽心竭力，"火焰蓝"守护安全赴汤蹈火。55天，我们齐心协力，慎终如始。雷神山医院病患清零，医护人员踏上归途。捷报频传，我们夜以继日的付出，终于换来了这场疫情防控的人民战争、阻击战、总体战胜利的号角。

华韶不负

下编

湖北消防
武汉支队

零距离守护

作为曾经的一线消防员,江夏区消防救援大队消防监督员曾昱龙对死亡和生命的理解比普通人更深刻与透彻。当他得知雷神山医院开工建设后,立即主动申请到雷神山专职消防救援站驻勤。2020年2月16日,在雷神山消防专职消防救援站住下后,他便给妻子打了个电话:"我就在医院外围,不需要进去,没有危险,你们放心。"实际上他知道,接下来,自己将日夜与雷神山医院零距离接触,14年职业生涯中最具挑战性的时刻到了。下面是以时间为线索记录的他的工作剪影,这只是曾昱龙所经历的无数个日夜中的平凡又不寻常的一天。

2020年2月26日,小雨

6:30 AM

起床哨响起,曾昱龙条件反射般坐了起来,简单地洗漱、整理内务后,打开手机,查看"雷神山医院消防安全联动"微信群的消息。这是入驻雷神山医院以后,他为医院的后勤保障和护士安全员们建立的工作联络群,随时解答问题,对消防安全工作发出提示。

7：30 AM

曾昱龙与站长付浩进行每天例行的碰头会，商讨一天的工作安排。

8：00 AM

曾昱龙从站内出发前往院区，随身携带了100份消防宣传画。虽然前期随着医院的投用，已经张贴了不少，但利用巡查的间隙将宣传画贴到医院的各个角落，提醒医院的工作人员随时注意消防安全，已成为他每天必做的"功课"。

8：30 AM

来到消防控制室查看人员值班值守及主机运行情况，对部分感烟探测器出现故障的情况与技术人员进行深入交流，督促整改到位，确保联动正常。

9：30 AM

开始巡查医院隔离病区的消防安全情况。隔离病区总建筑面积6万平方米，分为32个病区，目前入住了1020名患者，除了医护人员专用的洁净通道，其他地方是不允许进入的。这条通道长320米，通常巡查一次需要一个半小时左右。

10：20 AM

巡查到第5个配电房时，曾昱龙的眉头皱了起来，"配电房内不允许有可燃物"，他对配电房内用塑料布蒙盖配电箱的做法提出了意见，并拍照发到微信群，要求立即整改。

10：55 AM

曾昱龙发现一辆清洁车在走道充电。"走道内严禁充电！"他当场指出这个问题，并要求院方在室外设置集中充电点。他说："一旦充电过程中电池出现问题，烟气在这么长的走道内蔓延，后果不堪设想。"

11：10 AM

医院的内部结构复杂，如同迷宫一般。曾昱龙对照平面图仔细查看有没有未巡查到的位置。

11：30 AM

将上午的巡查情况向院方消防安全负责人反馈，提出整改建议，并将整改有难度的问题记录下来，提请指挥部召开消防专题会议解决。

12：10 PM

"今天的伙食不错。"在医院食堂，曾昱龙疲惫的脸上露出了笑容。雷神山专职消防救援站是在医院开工建设之时组建的，没有做饭的条件，每天需要到食堂领取盒饭回站里用餐。他坦言，一开始看到这么多人在医院领取盒饭，心里还是有些别扭的，适应之后觉得也没什么。"同在医院工作，我们都是战友，感染的风险是一样的。"他轻松地开着玩笑。

14：00 PM

曾昱龙早早来到医院，根据昨天和院方商量的结果，他今天要组织医院的 40 名护士安全员开展消防知识培训。进驻雷神山医院以后，他要求每个病区都要设置一名护士安全员，负责该病区的消防日常检查、提醒，一旦发生火灾，在消防员到场前还要组织患者疏散。

医院物资仓库内的培训会上，护士安全员们听得格外认真，不时有人举手提问。"疏散病人的时候，一定要沿着疏散指示标识箭头的方向。"曾昱龙对重要的事项一再强调。他非常清楚，火场中生命的时间是以秒为单位计算的。

15:20 PM

培训会后，还要现场教授护士安全员们灭火器的使用方法。从担任这个医院的消防监督员开始，曾昱龙就四处筹集灭火器，最终为医院配备了 1460 具干粉灭火器、200 具二氧化碳灭火器和 94 具水基型灭火器。在雷神山医院，灭火器成为护士们除注射器以外的"第二种武器"。

16:15 PM

返回上午检查出问题的配电房，对整改情况进行复查。院方的整改速度还是比较快的，配电房内的塑料布已经清理干净，走廊上也没有清洁车充电的现象了。

19:20 PM

返回站里后，他还不能休息，继续与站内人员总结一天的工作，研究第二天的工作安排。

22:00 PM

终于结束了一天的工作，曾昱龙拨通了妻子的视频电话："我在这里挺好的，你们在家里也要照顾好自己，等疫情结束了我好好陪你们……"放下电话，这个 1.85 米的汉子眼中似乎有星光闪烁。

这是一场没有硝烟的战役，而胜利，终将属于千千万万像曾昱龙一样在平凡岗位上默默奉献的每一个人。

苔花如米小,也学牡丹开

从茂密如林的城市主轴去往传说中被喻为老汉阳的"西伯利亚"——四台村,仅需40分钟。

四台村位于汉阳区的永丰街道,很久以前那里是个贫困村。经过几代人的奋斗,四台村逐渐变成了一个工业园区。与此同时,汉阳区的第一个小型消防站——四台小型消防站,也随着四台村工业的崛起孕育而生。

秋日里的四台村,路上行人寥寥。随处可见的腐木、红砖以及路边待拆的私房一层层"整齐"地铺满街道两边。载满混凝土的大卡车偶尔从面前呼啸而过,扬起的尘埃仿佛一个赤色的旋涡要将过往路人吸到里面。

路口左侧的"艺童实验幼儿园"门口,明黄色的铁栏门将马路外的一切阻挡开来,园内的孩子们照常和老师玩游戏,享受着属于他们这个年纪该有的快乐。

背对着幼儿园朝着马路对面望去,四台小型消防站现于眼前。

村子里的"守护神"

"1号车、2号车、3号车,打开警灯和双闪。"四台小型消防站内的操场上，朝刚正握着手里的对讲机说道。"1号车收到""2号车收到""3号车收到"，对讲机的另一侧传来回音。

瞬间，眼前三辆偌大的消防车应声亮起了警灯和双闪。

眼前正在测试车辆性能的年轻人——朝刚，是四台小型消防站的站长。

经过十几分钟车辆性能检查后，朝刚组织站内值班的其余人员进行装备器材的测试和维护。

"四台站是全市60多个小型消防站其中之一，同时也是全市第一批由政府专职消防员和消防员共同组建的小型消防站，目前一共在职16人。从2014年开始组建到2015年7月正式投入使用。我是2016年从七里庙中队调过来当站长的。"朝刚一边笑着一边说道，从他脸上似乎看出了几分自豪。

不一会儿，车上的专职消防员们便整齐划一地下车列队。

"下面按照课表计划对车内装备器材进行检测和维护。"朝刚对着队员们说道。

四台村的周边，紧邻着汉蔡高速公路、四台工业园、黄金口工业园及快活岭周边的城中村，对于这样一个人口密度大且层次复杂的地方，朝刚深知扛在自己和队员们肩上的担子有多重。

"我们作为一线的先锋力量，要做到'打早、打小、打苗头'，不容闪失，大家在平常工作中对装备器材使用还有什么问题可以直接提出来。"蹲在一旁正在和另一名队员测试水炮性能的朝刚对着队员们说道。

在朝刚的带领下，专职队员们对水炮、热成像仪、切割机等日常装备进行了检查和清理。

四台站虽然只是一个小型消防站，但朝刚还是延续着中队的管理模式。

从操场笔直走 20 余米距离，食堂前的墙壁上挂着一块手写板——"四台消防站量化考评表"，坚持把站内队员的训练、出警、日常表现等内容，每月全部公示出来。

"我希望他们能越来越好，不负村里人的重托，用自己最好的成绩守护四台村的安宁。"朝刚转过头望着食堂门口挂着的手写板说道。

有时候，并不是消防选择了他们，而是他们选择了消防。

"好汉"也提当年勇

说起朝刚，也算是一届"好汉"。

2006 年，18 岁的朝刚还是一个小青年。从老家贵州应征到湖北，成为武汉消防的一员。

那个时候的朝刚应该不会想到自己有一天要去一个头顶蓝天白云，脚踏青青草地，背后是茫茫雪山的地方——四川省阿坝州。

2008 年，汶川地震。全国上下为之牵绊，朝刚当时还在南京士官学校学习，是一名消防学员。

2009 年，灾后重建。朝刚响应灾区人民的召唤，去了阿坝州松潘县消防大队。

"那个时候阿坝比较复杂，我们长期参加不同种类的演练。"朝刚一边讲着一边拿出了十年前的照片给我看。

"有一次出完任务准备返回，那边全是山路嘛，我们坐的东风大卡下山，当时刹车片都磨红了，在过一个 S 弯的时候，车子直接俯冲下山，一车 5 人连人带车翻了几个跟斗……很庆幸只是脸被刮伤了，命保住了。"

听着朝刚讲述着十年前发生的故事就像在眼前重现一般。

时间追溯到 2016 年的那个夏天，长江水位猛涨。

武汉三镇因为接连的暴雨被淹，多处溃水，汉口江滩龙王庙一线曾拉起了"誓死守住大武汉"的横幅。

那个时候的四台村也未能幸免，四台工业园内发生严重洪灾，朝刚和队员们闻讯而动，如"守护神"那般出现在被困村民们的身前。

"我记得是 7 月 6 日凌晨 5 点左右去的，连续花了 18 个小时，一共救了 80 多名被困在洪水里的村民。那时候工业园内淹水很深，厂房里上班的人出不来，救援的船只有限，我们只能拿着空的汽油桶和木板自己造'船'把人一船一船拉出来……现在回想起来还是很带劲儿！"朝刚指着照片上被困的村民们说道。

孩子们的李叔叔

9 月上旬，辖区内的学校迎来了开学季。武汉技师学院是朝刚每年必去"打卡"的网红地之一。

沿着漫长的江堤一路颠簸，朝刚一行人如约而至。从校园大门经过来到后操场，沿途的新生拿着班级牌呈"一"字型展开。

"下面请消防站李站长为大家进行消防授课，大家欢迎！"

学校负责人介绍完后，朝刚接过麦克风开始对灭火器的使用方法进行讲解。

"同学们来跟着我一起做，一拔销子、二提管子、三压把子。"朝刚对着手拿灭火器的新生们说道，一旁的新生们按照朝刚的教法开始了实操。

不一会儿,演练场地的火苗被学生们扑灭。

"李叔叔,你好!这个黄色盒子是什么啊?"站在朝刚身后的男生看着展列的红外热成像仪问道。

"这个是热成像仪,你要不要拿起来看看?"朝刚顺手将热成像仪递给一旁的男生。

"太酷了,以前只能在电视里面看到的东西今天能够摸到,谢谢李叔叔。"男生兴奋地看着手里的仪器。

操场前方的空地上,虚拟火场中的烈火正在飞舞。

朝刚一声令下,队员们身着灭火防护服手拿水枪冲进火场进行灭火,操场一边观看演练的新生群体纷纷鼓掌,为队员们叫好。

不一会儿,火势渐小,更多的同学凑到队员们身前,尝试着像消防员一样使用水枪。

女生力气偏弱,朝刚就帮着体验水枪的女生把住方向,一个接一个的同学纷纷加入实操过程中,体验了消防员的日常灭火工作。

"李叔叔,你们用的水枪真的好重!"刚刚体验过的女生在一旁感慨道。

朝刚看着前方奄奄一息的火苗答道:"跟水枪比起来,你们的生命安全更重,要好好学习消防知识!"

一年又一年,春秋更迭。朝刚和他的队员们见证了孩子们的成长,送别了熟悉的脸庞,迎来了新的面孔。

唯一不变的是孩子们口中那一句亲切的称呼——李叔叔。

十几人的小型消防站其实也能大有所为。正如清代诗人袁枚的《苔》里面写的那样:白日不到处,青春恰自来。苔花如米小,也学牡丹开。

奋斗的青春最美丽

疫情发生以来,陈建向党组织递交了三份请战书:第一份是申请到火神山,第二份是申请转送病患,第三份是申请转运医废。这三份请战书代表的是内心守望相助的使命召唤。他们是这座城市的守护者,更是江城人民的摆渡人。平凡的他们在这次不平凡的斗争中始终践行着消防救援队伍的初心和使命,用实际行动将"火焰蓝"战斗的旗帜高高飘扬在抗疫第一线。

其间,最让陈建难忘的日子是 2020 年 3 月 6 日。忙碌了一整天的他刚刚坐下,一阵手机铃声突然响起,是 7 岁的儿子打来的电话:"爸爸,我和妈妈祝你生日快乐!"这一刻,陈建才想起今天是自己 40 岁的生日。因怕家人担心,陈建一直没有告诉家人自己在抗疫一线执行任务。不是不想告诉他们,因为在这次疫情防控阻击战中他们的任务是接送转运病患、转运医疗废弃物、消杀场所、搬运物资等工作。以前他们是火场的"逆行者",这次他们要做抗疫的"逆行者"。转送人员中既有康复者,也有病患者;医疗废弃物更是将他们大面积暴露在病毒面前,随时面临被感染的风险。因为陈建不想让家人为他担忧就一直没说,直到他过生日当天,家里人才知道他在抗疫的第一线。虽然他的压力不小,但是亲人给予了他更大的勇气,也给了他最安心、坚实的依靠,让他在疫情和危险面前没有丝毫退却。陈建也深刻地明白，他们是党和人民的忠诚卫士，必须冲锋在前！

有人说抱着医废桶，跟抱着一颗炸弹没什么区别。在疫情最吃紧的阶段，武汉市医疗废物的产出量，从日常的每天40吨左右，陡增到疫情期间峰值的247吨，是日常的6倍多。3月14日，陈建带领三名同志到硚口区开展医疗废弃物转运工作，大队周政委说："你们要主动扛起'炸弹'，转运'炸弹'。"医废转运工作范围覆盖11个街道28家医院，我们要将医院的医疗废弃物运送到蔡甸区千子山、青山区北云峰医疗废弃物处理站进行焚烧，保证整个转运过程的安全。

说不怕，那是假的。医疗废弃物中包含病患的分泌物、血液废弃物、针头、输液管、药瓶，以及大家使用过的尿不湿、防护服、被褥、毛巾、枕头，还有剩饭剩菜、矿泉水瓶等，这些混杂的废弃物品，在转运前可能存在消杀不到位的情况，所以他们务必小心、小心、再小心。

大事做实，小事做精，细微之事更要用心。在转运医废工作期间，陈建要求每名队员每天必须吃两头大蒜、必须加强身体锻炼、必须测量体温并严格消毒、必须换衣淋浴。最多的时候，他们一天要搬运150多桶，一桶医疗废弃物轻的有二三十公斤，重的超过七八十公斤，有时一天往返行驶800余公里。普通人穿着密不透风的防护服，即使站立不动都会不停地冒汗，而他们还要在高温下把一桶一桶的医废搬上车，运到40公里外的蔡甸区千子山处理站，然后再一桶一桶地卸下来。穿着密不透气的防护服，身子被阳光晒得火辣辣的，他们感觉异常燥热，全身瞬间就汗透，接连几个小时滴水未进，更是感觉口干舌燥，但也必须得忍，因为防护服一穿，就得一直干到工作结束后才能脱。不得已的情况下，他们几个大男人还穿上了成人尿不湿，刚开始身体、心理都还有点儿不习惯，到后来就慢慢适应了。在常人看来，这样的任务最大的困难可能就是辛苦。其实对他们来说，最大的考验就是与这些既看不见也摸不着的病毒零距离接触，他们要战胜恐惧，更要完成任务。在抗疫期间，他们看到沌口东风大道高架桥上路过司机为他们转运医废竖起大拇指，听到了武汉市血液中心、武汉市定点医院的人说："幸亏有你们帮忙，要不然我们会被累垮，太感谢你们了。"当看到这些情景，听到这些话语，陈建感觉自己的所有付出都是值得的。

尽管他们防护很到位，工作时也很小心，但危险仍然时有发生。3月18日，在武汉市第四医院转运废弃物时，陈建的防护服不慎被破损的转运桶划开了一条长口子。4月6日，在湖北省第三医院被针头扎着手，好在发现及时，战友们找来医护人员，给他进行了专门消毒，并更换了新的防护服和手套，这才避免了一次可能被感染的风险。

由于医院和处理点"点多、面广、线长、任务重"，在转运医废的50天里，他们辗转11个街道、28家医院、36条转运线路，出动医废转运车辆365辆次，行程12365公里，这个公里数可以往返陈建的四川老家6趟。50天里，陈建每天带领队员们天还没亮就起床出发，一直忙到晚上天黑。他们不停地往返于医院和垃圾转运站、指定处理点之间，累计转运医疗废弃物2186桶，共170.49吨。他们的衣服汗透了、脸捂肿了、腿脚颠麻了，但大家没有一句抱怨。一段段里程、一桶桶医废、一声声谢谢，记录了这段艰辛而又危险的过往。

从 2020 年 1 月 23 日至 5 月 1 日工作结束，100 天 2 万余公里，陈建和战友穿梭在武汉市的硚口区、武昌区、洪山区、经开区、蔡甸区等 10 个区的大街小巷，从封站管理，到站外工作；从熟悉演练，到完善预案；从场地巡逻，到查找隐患；从搬运物资，到转运病患；从洗消杀毒，到转运医废。哪里有需要，他们就出现在哪里；哪里有危险，他们就战斗在哪里；哪里有病毒，他们就与病毒零距离接触。让陈建欣慰的是，这 100 天他们实现了无事故、无感染的两无目标，也实现了当初陈建对领导的承诺——带出去多少人，一定平安地带回来多少人。

当前，疫情防控已经进入常态化，陈建和战友们仍将继续战斗，去守候每一个家庭，直到抗击疫情取得完全胜利，用他们的青春与热血、坚守与付出，守护人民群众的健康和平安。

和母亲一起坚守到最后

"火神山医院就建在我家的旁边,作为一名消防员,一名党员,我有责任、有义务守护好它的安全。"回想起当初请战加入火神山消防救援站的初衷,来自武汉市消防救援支队新农消防救援站的陈昆一直激动不已。

武汉市新型冠状肺炎疫情发生以后,武汉市消防救援支队迅速组建火神山消防救援站,在全市遴选优秀指战员进驻火神山医院。

陈昆原是新农消防救援站战斗一班班长,这位"95后"的小伙子,因为素质过硬、技能全面,有幸经过层层选拔,和其他7名战友共同守护火神山医院的消防安全。

"火神山消防救援站吗?这里是火神山医院指挥部,现在有一批康复病人要出院,需要在中转场搭建4顶帐篷,请求你们协助。"一阵急促的电话让守在火神山医院的8名消防指战员兴奋不已。

听到又有一批病人康复出院的好消息,似乎一扫连日的阴霾,8个小伙子兴奋地跳了起来,立即放下手中的工作,按照要求着装登车,进入黄区冒雨搭建帐篷。

"你们是消防队的吗,是不是有8个人在这里执勤啊?"正在忙碌的指导员周晋杰被突然的对话问愣住了,"是谁这么了解我们消防站的情况？"

他扶了扶已经被汗水浸湿起雾的护目镜，这才看清楚，原来是一位女环卫工人。

"我儿子是消防员，他也在这里执勤，他叫陈昆。"大家这才恍然大悟，原来这名环卫工人就是陈昆的妈妈。

"陈班长，你妈妈来看你了。"正在帐篷背后忙碌的陈昆走过来，没有太多的兴奋，也没有太多的话语，只是彼此嘱咐要注意安全。因为他们都知道彼此就在这里工作，只是这29天以来，没有让周围人知晓，一直默默工作、心照不宣。

"妈妈是一名环卫工人，从火神山医院动工那天起，她就和几名同事负责这里的环卫工作。"说起妈妈的工作，陈昆感到自豪，但更多的是担心和愧疚。

陈妈妈今年已经50岁了，每天还是起早贪黑，不怕脏和累，努力做好自己的本职工作。特别是突如其来的新冠肺炎疫情发生后，由于很多同事都回家过年，工作上更是人手短缺。"这个春节，妈妈一直没有休息，疫情发生后，更是主动到最艰苦的地方。"说到这里，陈昆更多的是心疼。

"作为一名消防员，我不能让自己在工作上落后，妈妈是我学习的榜样。"每天的熟悉演练、疫区洗消、勤务搬运、消防安全检查、安全知识培训，填满了陈昆和战友们的日常，工作让他们忘记了害怕和恐惧。从进驻那天起，陈昆和战友们就有一个坚定的信念和决心，就是战斗到最后一名病人康复出院，他们才会收兵。凯旋之时，就是这对环卫工和消防员母子团聚之时，也是身处疫情、关注疫情的每一个家庭团聚之时。相信在大家的共同努力下，胜利的那一刻马上就会到来。毕竟，春天总不会迟到。

有困难，找小程

"小程，我的微信出了点儿问题，不能和家人聊天了，你能过来帮我看看吗？"像这样的求助电话，正在康复驿站执勤的消防员程炼，每天至少接到40多个，对于他来说虽然辛苦，但是毫无怨言……

程炼是武汉市汉阳区墨水湖消防救援站"119党员突击队"的一名突击队员，2020年2月28日，来到长江工程职业技术学院康复驿站执勤，主要担负康复人员转接、生活物资保障服务等工作。

64岁的李阿姨患有低血糖并伴有身体缺钾症状，医生建议她多吃一些香蕉、橘子等水果来补充糖分和钾。这一下难坏了不会网上购物的李阿姨，她尝试着向小程求助，没有想到8斤香蕉、6斤橘子很快就送到了她的手上。

"在康复驿站的很多人，会遇到这样或者那样的困难需要帮忙，我就把她们当作亲人，最大限度地帮助她们。"

"我把自己手机号粘贴在每层楼的饮水机旁，大家有困难就会和我联系。"于是，小程就成了这里最忙碌的人，求助电话、短信、微信接踵而来。

"能自己解决的，就和身边的战友一起解决；不能解决的，我就耐心进行询问，将需求一一记下，及时协调现场指挥部给予解决。我的手机，一班下来满格电都消耗殆尽了。"程炼说。

3月2日，康复人员李女士因精神焦虑而难以入睡，在短短的1个小时内连续给小程打了5次求助电话。她说自己的焦虑症发作了，总是担心病还没有治好，吃了4颗安眠药还是无法入睡。

"我就在电话里不断地安慰她不用担心，要相信医生和科学，病毒已经没有了，现在是隔离康复期。"程炼说，"和她唠唠家常，通过转移注意力来缓解她的紧张情绪。"因为情况特殊，程炼第一时间向指挥部和现场医疗组的医生报告了情况，经和家属沟通，将这名人员进行了妥善安置。

"大家要待在自己的房间里，不要串门，更不要抽烟，防止引发火灾。"程炼和战友们时刻不忘自己是一名消防员，不时提醒大家注意消防安全，防止发生火灾。"我们把年轻人组织起来，教他们灭火器材的使用方法及如何组织疏散逃生，这样遇到特殊情况，可以第一时间处置。"

在康复驿站，程炼和战友们每天除了承担着康复人员转进转出、一日三餐配送、生活物资保障工作外，还主动做着像修理门锁、帮忙送药、测量体温、购买生活用品等小事情。哪怕是一句简单的问候，也能给隔离康复人员带来力量。

"有困难，找小程；有困难，找消防。"这句简单的话语让康复驿站这个临时大家庭充满了温暖、友爱和阳光。

奔走在医院的付站长

付洁来自武汉市江夏区雷神山专职小型消防站，在基层战斗了 20 年，是一名老党员。疫情发生后，他多次主动请战。他说："得知请战被批准后我很激动，但是我没有第一时间告诉家人，怕他们听说了会担心。"用责任肩起担当，用坚守书写大爱。付洁，是所有奋战在抗疫一线消防员的一个缩影。

勇往直前的巡查员

2020 年 2 月 16 日，付洁清楚地记得这个日子，那天他带领队员们第一次进入雷神山医院。1000 多个床位，纵横交错的隔板，随处堆放的物资，一路小跑的医护人员……

如此复杂的环境下，怎样确保消防安全？付洁顿时觉得压力很大。"雷神山是重点重症和危重病症的治疗点，病人高度集中，应急处置变得更加复杂，一旦发生火情，后果不堪设想。"付洁说。

白天他和监督员一起开展巡防检查，逐一排查洁净通道内所有强电井和弱电井，部分抽查灭火设备是否完整好用，不放过任何一个细节。院区洁净通道长度达到七八百米，来回走一趟下来需要 2 个小时。

深夜，待患者安睡后，他们又要对院区内部及外围进行巡查。白天 4 次巡查，深夜 3 次巡查。几乎每天巡查都会发现问题，比如货物遮挡灭火器、强电间堆放杂物等。

"我们的职责不光是找出问题隐患，更要想办法解决问题。"付洁发现问题后，及时上报并协调立即整改。

恪尽职守的讲解员

除了日常巡查，开展培训也是他们的重点任务之一。付洁先后分三批对医院物业公司的保安和保洁人员共 150 余人进行集中培训，培训主要围绕如何使用灭火器、消防栓，如何检查室内消防设施，如何安全使用电器等内容展开。

"这个水带卡扣是不是有问题，怎么老是脱落？"经常有人提出水带卡扣无法正常接入的问题，付洁会一边示范一边讲解，确保每个人都能熟练掌握。

他还对 30 多位担任安全员的医护人员进行培训，通过 PPT 课件结合实战演练，让医护人员熟练掌握灭火器和手动报警器的使用方式。付洁还跟大家讲解了发生火灾后怎样自救和逃生、如何在第一时间处置险情等。在培训过程中，面对大家提出的各种问题，他总是耐心地一一解答，及时消除疑惑。培训增强了雷神山医院工作人员的消防安全防范意识，提升了其处置初期火灾的能力，起到了很好的警示教育作用。

专业亲切的付士长

"如果身上着火了,用干粉灭火器还是水基灭火器?"

"这两种灭火器有什么区别?用了之后会不会对身体有伤害……"

在雷神山医护站进行流动培训时,A8 护士站的一名医生积极提问,给付洁留下了深刻的印象。

考虑到医护人员都在工作岗位上忙碌,怎样才能让所有医护人员既不影响工作,又掌握消防知识呢?付洁想来想去,最好的办法就是:在巡查的同时,开展流动式培训。

付洁带领队员们轮番对 32 个护士站的医务工作者进行消防知识讲解,每三天进行一次全面培训,以实现内容和人员的全覆盖。流动培训内容与集中培训内容大致相同。

付洁循循善诱的讲解和略带幽默的言语,每次培训都惹得大家笑声不断。他因认真的态度和专业的素质,受到了大家的青睐。因为为人和善,亲切又自来熟,医护人员喜欢称他为"付士长"。

慎终如始的"蓝朋友"

付洁和队员们初入雷神山时,院方负责人带他们进入医院洁净通道并介绍了每处细节,要求他们做好各项防护措施。消防员们看着医护人员为患者辛勤忙碌,觉得能和他们并肩抗疫是一件值得自豪的事。

在巡查和培训中,付洁每天都要和医护人员打交道,时间久了,和大家也渐渐熟稔了。根据工作安排,武汉市普仁医院的医护人员将要轮换,在离开的前一天,正好碰到付洁带队巡查,其中一位护士过来跟他说:"付老师,我们要离开这里了,一起拍照留念吧!"付洁和大家相互熟悉,也建立了深厚的友谊。

巡查时,付洁发现,治愈患者在出院前都会收到鲜花,这些鲜花是医护人员趁交接班的闲暇时间亲手摘的。"每次巡查时,我希望看到更多的医护人员手捧鲜花。"这春天的芬芳也寄托着他的祝福,希望越来越多的患者能尽快康复回家。

在雷神山医护走道墙上,有一幅画,是付洁带领队员画的。画上消防员和医护人员手拉着手、肩并着肩,奋战一线,共担重任。"天使白"救治病人尽心竭力,"火焰蓝"守护安全赴汤蹈火,他们齐心协力,慎终如始,为打赢这场疫情防控的人民战争、阻击战、总体战而共同努力。

逆行记录者

从新冠肺炎疫情发生的那一天,有一群人注定要选择逆行。

"火焰蓝"作为新时代与老百姓贴得最近、联系最紧的一支国家级主力军,在这场没有硝烟的战争中,他们用"橙色脊梁"默默地守护着那个被深爱着的城市——武汉。

在疫情期间,武汉市消防救援支队成立"119党员突击队",无数的战士自发投入这场城市保卫战中。

来自武汉市消防救援支队新闻宣传处的记录者——何汉求,毅然决然地来到战友们的身旁,记录他们冲锋向前的时刻,把最真实的感动用相机保存了下来。

到战疫一线去,到现场记录最真实的画面,讲述最真实的故事,传播消防好声音,弘扬消防正能量,这是合格消防宣传员的责任和使命。

在消防战线工作了12年的何汉求,目睹了"逆行者"们在火场、在抗灾现场甚至在抗疫一线竭诚为民的故事,在这条人迹罕至的路上他选择与这些"逆行者"结伴而行、共同战斗。

大年三十晚上,武汉市蔡甸区一厂房发生火灾,接到火情后,何汉求立即穿戴好防护装备赶往火灾事故现场,第一时间采集音频、视频、文字资料。当晚,他在雨中拍摄了3个小时,直到厂房火势被控制住。回来后，来不及做任何清洗，简单地换了件衣服，他又开始撰写文稿、整理音视频资料，直至深夜。后来得知，当晚宣传值班人员中并没有他。

因疫情防控需要，支队机关每个处室需要抽调人员进行全勤驻守值班，作为新闻宣传处的一员，何汉求主动要求参加防疫值班。今天已是他坚守岗位的第55天。

何汉求几乎每天都要到防疫一线去，消防指战员在哪里，他就在哪里，从未缺席。火神山、雷神山、方舱医院、隔离点，都有何汉求战斗过的痕迹，武汉消防指战员同心抗疫的画面全被他用镜头记录下来，抗疫事迹也通过各大媒体平台呈现在读者眼前。

2020年2月2日，8名"119党员突击队"驻勤武汉火神山医院，何汉求第一时间赶赴三金潭消防救援站拍摄出征仪式，随后紧跟突击队员来到火神山进行跟踪采访，收集整理第一手资料，并及时开展宣传。当天，《中国应急管理部》《中国应急管理》《中国消防》《中国青年报》等新媒体第一时间推送了8名消防员驻勤武汉火神山医院的消息。紧随其后，《人民日报》《新华每日电讯》《经济日报》《法制日报》《中国消防》等报刊也在综合性消息中对火神山消防救援站8名"119党员突击队"抗疫事迹进行了报道，《中国应急管理报》先后6次刊发了火神山消防救援站相关消息。

3月4日，江夏区有一批新冠肺炎密切接触者要转运到医院进行肺部CT检查，面对这样的特殊群体何汉求已不是一次两次。同事们为他穿戴好防护服后，他一路跟踪采访记录，捕捉到很多感人镜头。

在抗疫最前沿，有太多的生离死别。3月5日，何汉求也接到一个突如其来的噩耗,他的外公因病不幸离世。接到外公离世的消息时,他正在撰写文稿,母亲告诉他,所有的亲人都回来送外公出葬,唯独差你。面对电话那头的母亲,他沉默不语,忍着悲痛,继续工作。

在没有硝烟的战场上,宣传工作者也是"战士",也是"逆行者",明知风险,但职责所在,仍奋勇向前。何汉求用镜头对准基层一线消防指战员,用镜头讲好消防战疫故事。疫情期间,他先后在中央、省、市等报刊、新媒体平台发稿120余篇。

"这场战疫中,我们在采访现场看到,每个'逆行者'都在全力以赴、坚持不懈。我相信病毒终将被战胜,很快就会迎来春暖花开。"何汉求说。

他是"守山人"

己亥年末,庚子年春,新型冠状病毒肺炎疫情在武汉发生。面对这次疫情,全国各族人民发出了共同的心声:"国家有难,匹夫有责""一方有难,八方支援",每一名国人都在积极行动,每一名党员干部都冲锋在前,抗击疫情。要不是因为这场疫情,何金雄现在可能已经回到贵州老家,正在与家人团聚。而此时,他正驻勤在防疫一线的火神山消防救援站,守护着火神山医院的消防安全。

何金雄,贵州独山县人,土生土长的布依族汉子,2006年12月加入武汉消防救援队伍,2009年7月入党,疫情发生前他在武汉市消防救援支队应急通信与车辆勤务站工作。1月23日,为防止新冠肺炎疫情扩散,武汉市政府发布通告,关闭了所有离汉通道。他原本打算在春节战备结束后请假回家,陪妻子黎月清和小孩儿过元宵节。妻子黎月清也是一位土生土长的布依族姑娘,目前在贵州省独山县妇女儿童医院上班。

妻子黎月清知道武汉疫情后非常担心何金雄,特别是身患糖尿病且年迈的父母情绪非常不稳定。何金雄每天打电话报平安,安慰父母,告诉他们放心,说他们防疫措施非常严格,安全有保障。相反,何金雄更担心在医院上班的妻子,因为妻子在医院要直接面对许多病人，甚至是新冠肺炎患者。

  大年三十，除夕夜，武汉市蔡甸区一玻璃厂房发生火灾，何金雄在赶赴火场途中，远在贵州老家的妻子发来消息，她接到当地医院通知，要她立即赶回医院，前往当地火车站进行人员防疫排查。家里年夜饭做好了也没来得及吃，她便匆匆返回了岗位。年迈的父母带着刚满3岁的小孩儿，等到夜里妻子黎月清才回家，家里将饭菜热一遍，一家人才算吃上了年饭。你在抗击病毒第一线，我在应急救援第一线。何金雄和妻子黎月清虽身处两种不同的岗位，却守护着一颗共同的初心，那就是保护生命健康和安全。夫妻俩在"逆行的战场"比翼齐飞，抗击疫情。

  2020年2月1日晚，火神山消防救援站党员突击队正在组建，基于战斗编程、人员结构、业务岗位，站内需要一名通信员兼无人机飞手，何金雄了解此情况后，第一时间主动请命，要求入驻火神山消防救援站。当他把这个消息告诉家人时，作为医务人员同时也是党员的妻子对他说："家里的父母、小孩儿交给我，结婚以来家里大小事哪一次不是我扛着，家里你就放一百个心，你自己一定要做好防护，我们在家等你安全归来。"

  2月2日一早，何金雄就入驻了火神山消防救援站。入驻后，何金雄立即协调站内通信线路的牵入，因通信岗位的专业性，他独立完成站内通信系统的安装与调试，保证站内的接出警、指挥调度视频、350M基地台及办公等系统的正常运作，各通信系统按照一主一备的功能逐步得到了完善。因火神山医院实行防疫管控，人员无法自由进出，单位内部情况难以了解，作为通信员，何金雄非常着急，必须想方设法让队友们及时掌握医院的内部情况，于是主动向指挥员汇报，称可以通过无人机对医院进行图像采集，先期对医院的情况进行熟悉。经过与医院联勤指挥部及相关部门的多次协调与沟通，等待了几天，终于取得无人机 3 个小时的飞行许可。何金雄非常珍惜这来之不易的飞行机会，凭借过硬的通信技能，操作无人机飞行了 60 余条航线，采集火神山医院 3000 余张高清照片，并连夜制作出火神山医院首个三维实景图，作为电子沙盘，各级指战员通过三维实景图，及时对医院内部道路、水源及建筑结构进行了熟悉与推演，为科学制定火神山医院灭火救援预案奠定了基础。

2 月 19 日上午，武汉火神山医院开展了首次消防灭火救援演练。何金雄与他的 7 名队友圆满完成了演练任务。因为站内人员有限，为应对意想不到的突发状况，每名队员都必须做到一岗多责。何金雄在完成本职工作的同时，还积极参与站内各种洗消工作，多次深入火神山医院内部熟悉情况，为医院转运灭火器材、张贴消防宣传海报。在抗疫日记中，何金雄写了这样一句话，"做不了惊天动地的大事，那就在平凡的岗位上发光发热"。在火神山消防救援站驻勤的十几天里，这个布依族汉子始终勇立排头。

用初心和行动践行铮铮誓言

"我志愿加入国家消防救援队伍……为维护人民生命财产安全、维护社会稳定贡献自己的一切。"中共党员,沌口消防救援站二级消防士何康乐用初心和行动践行着自己入队时的铮铮誓言。

疫情来袭勇上前,后勤无忧稳军心

2020年1月23日,新冠肺炎疫情突然来袭,接上级指示,沌口消防救援站实行封站管理,后勤保障成为头等难事。作为队站给养员的何康乐主动联系各大供应商协调后勤物资供应方案,建立联供机制,与社会公益组织协调物资,确保队站生活物资种类丰富、储备充足。

弃笔换装上前线,党旗立誓破疫情

2月22日,沌口方舱医院建成,队站主官刚宣布执行方舱医院的消防安保任务,何康乐就上交了请战书。抱着"不破疫情终不还"的决心,何康乐同另外一名队友奔赴前线建设执勤点。在他们的努力下,一天内一个具备灾情处置能力的执勤点矗立在医院前。2月26日,何康乐与执勤点指战员在党旗下庄严宣誓,旗帜无声,凝聚着必胜的信念;誓言无痕,鼓舞着磅礴斗志。何康乐每天步行上万步检查200余次室内消防栓,安全培训近200人次,晚上还要修订应急预案、学习防疫防护知识。在做好方舱医院的消防安保工作的同时,何康乐不忘响应上级号召,积极开展志愿服务,搭建候车篷为等车的白衣天使们遮风避雨,协助搬运防疫物资,为医护人员送盒饭、协助医院进行消杀……

方舱终有休舱时,转战东本创新捷

3月8日,沌口方舱医院病患全部康复出院。现场防疫指挥部宣布沌口方舱医院休舱,大家纷纷邀请何康乐同志合影留念,对执勤点的工作表示赞扬,对指战员的关怀表示感谢。沌口方舱医院使用期间未发生一例明火冒烟事件,未出现一例人员受伤事故,方舱医院消防安保工作取得全面胜利。本该归队参加庆功会的他,却独自点验器材装备,整理行装,奔赴东本停车场改建的监狱隔离点执行消防安保任务,力取下一个胜利。

相隔百里，同心奋战

"老公，你是不是忙得都忘了今天是什么日子了？"

刚刚完成一天巡查工作的老何被视频里老婆的一句话问蒙了。"今天是什么日子吗……"

老何本名叫何鹏翔，是中山路消防救援站南湖街小型站的副站长，现在是武汉市武昌区洪山体育馆方舱医院前置执勤点负责人，1991年生人的他别看年纪不大，工作却沉稳扎实，干劲儿十足，被队员们亲切地称为"老何"。

5天来，老何一直埋头致力于方舱医院的实地熟悉、预案制作、人员培训和防火巡查工作。

"今天不是来这边的第五天了嘛，放心，我这里一切都好。"老何嘴上回着爱人的话，心里却还惦记着刚刚巡查发现的问题。

"刚刚一楼拐角的桌子不能放那儿了，得换个地方，太影响人员疏散了。"老何嘴里不停地嘀咕着。

"老公，你说什么呢，什么桌子？今天是2月14日，我问你是什么日子呢？"

"2月14日，哦，今天是情人节啊，你看我这记性，老婆节日快乐哈。"

"什么情人节啊，我说的是你的生日，你都忙昏头了吧，今天是 2 月 14 日，老公生日快乐哦。"

老何猛拍了一下后脑勺："咋忘了这一茬儿了。"

妻子蔡梦娇是红安县扶贫办的一名工作人员，疫情发生后，红安县也第一时间采取了封城举措，在得知所在街道需要志愿者参加防疫工作后，同为党员的她立刻向街道办递交了个人申请，积极加入街道的防疫志愿工作中。"我老公可是党员突击队的一员，他在消防一线身先士卒，我当然要和他共进退了"，蔡梦娇写在申请书上的字句铿锵有力，无畏且自豪。

在得知组织需要消防队员到方舱医院驻勤后，老何作为中山路消防救援站党员突击队的一员，第一个向大队党委递交了申请书，主动请战。

刚到方舱医院驻勤时，由于时间特别紧，布置的任务特别繁重，又没有经验可以借鉴，老何只能带着另一名队员郑敏一边摸索工作方法，一边加班加点落实方舱医院消防安全措施。

洪山体育馆作为全省第一个投入使用的方舱医院，是武昌区医疗点防火工作的重中之重。方舱医院有 800 个床位，每个床位放一个手电筒、一个逃生面罩、一份消防安全手册，每两个床位放一具灭火器，每个逃生通道安装一个疏散指示灯。

仅用一天半的时间就让执勤点"从无到有"，大到社区消防员的业务培训、方舱医院全地熟悉演练，小到洗消点的设置、防疫用品的储备。清晰的巡查规程、有序的排班执勤、无死角的全地熟悉、不漏一人的实况演练，无不有老何的身影。

提到防疫工作，不得不提到发生在老何身上的另一个故事。新冠肺炎疫情发生后，各地纷纷捐赠防疫物资驰援武汉，老何的一个微信好友偶然在自己的朋友圈看到了有人倒卖防疫物资，便转发给老何看了。平时一向为人大度的老何看到后义愤填膺，立即向武汉市应急管理有关部门实名举报，相关部门通过他提供的线索按图索骥，有力地打击了倒卖防疫物资的不法分子。

"老公，今天是你的生日，我给你做了一碗你最爱吃的鸡蛋面，给你看看，就当是给你庆祝生日了。"妻子不知何时变出了一碗热腾腾的鸡蛋面，放在了手机前。看着视频画面中妻子这份独特的生日礼物，老何一时百感交集。

此时，同在方舱医院驻勤的郑敏从身后端出一碗刚泡好的泡面，递到老何面前："兄弟们过不来，只能凑合一下了，条件有限，你可别嫌弃哟，大家都说了，等疫情结束后一定给你补上个大蛋糕。"

眼前的两碗"长寿面"让老何幸福得红了眼眶，他接过泡面，对着手机里的爱人哽咽道："老婆，情人节快乐！"

现在他们夫妻二人都在防疫战斗的一线默默坚守着，相互鼓励，相濡以沫。对老何来说，方舱医院就是他的防疫阵地，他会坚守疫情防控岗位，当好方舱医院的"守夜人"。他坚信，疫情终将过去，春天必会到来。

职业精神的传承

"灭火器每个消火栓点位放两个，每个墙角放两个，每台电视下放两个……"2020 年 2 月 15 日下午，湖北武汉黄陂一中方舱医院，消防员黄国康正在一一清点 20 具灭火器的放置点位。对所有灭火器点位拍照记录后，他又转了一圈，确认无误后才拿起手机向大队汇报。"安全无小事嘛，一点点小的隐患都有可能引发大的灾难。"黄国康说。

走出方舱医院，外面飘着大雪，黄国康额头上的汗珠瞬间被寒风吹干。他和同事没有停留，上车赶往下一个检查点。

黄国康所在的武汉市黄陂区消防救援大队，在新冠肺炎疫情发生后，肩负辖区方舱医院、隔离点、医务人员居住点等防疫场所消防安全的监督职责。本周这所方舱医院扩建，他和同事们已经是第六次来了。

"很多防疫场所都是临时改建的，所以消防设施没有准备完善。"黄国康说。为尽最大可能消除安全隐患，他们在增加检查频次的同时，也在尽全力为方舱医院、隔离点等场所"补短板"。

"灭火器一项我们就主动配置了 1000 多具。"黄国康说。疫情当前，为解决实际问题、消除安全隐患，各单位都在互相帮助，主动作为。

"我们除了检查补缺，还有消防培训等职责，工作量特别大。"黄国康说，有一个同事一直吃住在方舱医院，直到医院建成那天才回到大队。

"工作强度大不算啥，穿防护服才是真正的考验。"黄国康笑着说。他们去检查一些危险性较高的场所，都会穿上全身防护服，佩戴口罩和护目镜。"感觉很封闭，护目镜上都是水汽，特别阻碍视线，长时间工作却无法喝水，防护服脱下来的时候，身上都湿透了。"

黄国康说，每当这个时候，他都会想起自己的母亲，同在抗疫一线战斗的武汉大学中南医院影像科医生王靖。

在黄国康的朋友圈里，有一张他母亲的工作照，穿着全套防护服，面对镜头摆出胜利的手势。

"老妈，向你致敬！"黄国康的配词毫不吝啬地表达着他的情感。

"疫情发生之初，我曾经去医院看望过妈妈。"黄国康回忆，说是看望，其实就是"望着看"。他和母亲隔着10米远，因为穿着防护装备彼此看不清面孔，两人就很有默契地举起右胳膊握拳打气。

"当时感觉挺难受的。"黄国康的母亲王靖说，"就觉得平常很随意的情感交流，现在突然变得如此珍贵了，真的太珍贵了。"

王靖说，她现在主要负责CT扫描工作。"工作强度很高，因为在针对新冠肺炎病人的诊断和复查工作中，肺部CT结果是重要的依据之一，所以我们科室从年前一直到现在都在连轴转，非常辛苦。"

而且在影像科工作就意味着，接触病人的情况非常普遍。"因为我们要把病人送到仪器上躺好,所以风险还是挺大的,我有同事就被感染了。"王靖说,"尽管如此,大家都在一线坚持战斗,没有一人退缩。我们医护工作者就是要冲在前方,越是面临危险越是要有担当。"

母亲的职业精神让黄国康从小就耳濡目染,他成年后,更是将这份精神带入自己的工作当中。

"黄国康来大队的时间不是很长,但在工作中积极主动,勇于担当。在2019年的第七届世界军人运动会上,他荣立个人三等功。"黄陂区消防救援大队的教导员陈德希说,"在黄国康的带动下,大队指战员都冲在一线守护消防安全,截至目前,大队辖区无消防安全事故,火灾零发生。"

守着 119 电话的 800 多个日夜

"喂,您好,这里是 119,有话请讲。"

假如,你至今都没有拨打过 119 火警报警电话,也没有从手机听筒的另一端听到过这样一句回复,更没有遇到过火灾和被困等需要被救援的情况……

那么,你是幸运的,祝福你。但并不是每一个人或是每一个家庭都能如此幸运。

在武汉,119 火警报警电话 2018 年全年的接听量达 30 余万次,武汉市消防救援支队 119 作战指挥中心平均每天要接听 900 余次来自全市不同场所、不同人群拨打的报警电话。

值班台上每一次接警电话的响起,都会牵动着一群人焦急的心。

最强大脑

今年 34 岁的黄平权已经在武汉消防工作了 12 年,从当初的一脸稚气到如今的成熟稳重,是因为经历了岁月的磨砺。

"真的是弹指一挥间,刚来中心的时候大家都喊我'小黄',现在变成了'老黄',岁月不饶人啊!"在一旁换作训服的老黄边拉拉链边摇头感叹道。

老黄换好了作训服后来到了他的战场——119接警指挥中心。

作为中心的参谋，按照工作安排老黄每4天要在中心24小时全天候值班一次，并负责全市消防警情的统计、分析、研判工作，为灭火救援指挥决策提供有效的数据支撑。

"从接线员接到报警的那一刻起，我们就要开始进行研判、确认警情等级、调集合适的应急救援力量到场、根据现场指战员反馈的情况做出预判、通知相关领导……"老黄一边盯着作战指挥中心硕大的指挥屏一边讲道，仅仅几句话就让指挥调度这个岗位变得高大上起来。

顺着大厅入口右侧的透明大窗望向左侧的墙壁，"热情、精确、快速、高效"一行字映入眼帘，下方的接线台上密密麻麻摆满了接警电话和电脑显示器。

"报告指挥中心，江夏中队到场，现场为垃圾堆起火，已被居民扑灭，请求返回。"桌上的手持电台传来中队指战员现场的报告。

"收到，请返回。"老黄左手迅速拿起手台回答完后，右手便拿起笔做起了记录。

由于中心指挥岗位的特殊性，对指挥人员专业素质要求高，老黄时常自嘲："我们这里一个萝卜一个坑，能在这里工作的都是心理素质和抗压能力强的人。"

即便工作节奏快、强度大，老黄也没有掉队。在夜间，接警量较少的时候老黄会给自己开小灶——强化理论学习，为最强大脑提供源源不竭的能量。看来，灭火救援的速度与大脑的转速成正比。

自律让人自由

平日里除了在十楼大厅里坚守岗位，老黄最常去的地方就是二楼健身房。

"身体是革命的本钱，我想把身体锻炼好去守护更多的人。"这是老黄踏上跑步机前讲的一句话。

除了在单位日常工作和回到家中陪伴家人之外，能让老黄提起兴趣的活动就是跑步了。

"你别看我 30 多了，跑个半马还是没问题的。"从跑步机上下来后老黄笑着说道。马拉松作为时下人们比较推崇的体育项目，每年都会有大量的人群参与进来，它不仅锻炼人的身体，更磨炼人的意志。

"跑步对于我而言是最能解压的一种方式。由于工作的特殊性，每天大脑都在飞速运转，精神状态紧绷，有时候还会焦虑于被困人员救出来没有、我们的战友是否平安……只有跑步的时候脑子一片空白，稍微能放松点儿。"

对于篮球项目，老黄也不甘示弱。"打篮球能锻炼整个身体的肌肉群，训练反应能力和计算能力。平时的指挥调度和打篮球就很相似，比如什么时间传球、什么时间起跳、投篮用多大力气、角度该怎么把握等。不同的是，球如果没投进去可以再投，但是如果指挥调度发生失误将会直接影响到事件处置是否成功，被困人员是否能平安救出等。生命只有一次，调度台上的那一球我必须投进去。"老黄将球投进篮筐后一脸严肃地说道。

如果能重来

休息室的一侧,老黄坐在下铺床边盯着手机中的那张照片。手机上是他们一家三口的合照,有时候老黄因为战备或者值班不能回家,只能抽空对着彩色的手机屏发呆。

"都说世事无常,如果能重来就好了。"老黄叹了口气感慨道。原来上个月老黄的父亲因病去世,他很遗憾自己没能回家看父亲最后一眼。

"父亲很支持我的工作,每次我回家看他,他总要我提前走(回单位上班),可能他知道我工作的特殊性吧。但是那一次我回去看他的时候,他却喊住我,问我能不能多陪他一天。我想父亲应该是知道自己不行了,想让儿子多陪陪他……但是因为军运会马上要召开,整个单位都在为军运安保加班加点,岗位上实在抽不出人,所以我还是没能留在他身边为他送行……"老黄说完眼眶明显比之前红了些。正所谓自古忠孝难两全啊!

零星灯火点缀着偌大的机关楼,那里有着一群"对党忠诚、纪律严明、赴汤蹈火、竭诚为民"的中华儿女和一群"不忘初心、牢记使命"的橙色脊梁。

深夜的机关十楼,一个熟悉的背影依然站在指挥中心的屏幕前,那个身影是如此挺拔……

勇当先锋擎战旗

李长春，男，汉族，1979年8月出生，安徽六安人，中共党员，1996年12月加入消防队伍，二级消防长，现任武汉市消防救援支队江汉路消防救援站站长助理。

李长春工作的江汉路消防救援站，是湖北省建队历史最长、出警频次最高、辖区情况最复杂、灭火救援任务最重的消防站，地处武汉最繁华的闹市中心和老城区，哪怕一场小火也会威胁许多人民群众的生命安全。入职24年来，他始终不忘初心、兢兢业业、吃苦耐劳、不辱使命，参与灭火和抢险救援战斗万余次，抢救和疏散群众2000余人。他，廿四春秋如一日，饱经历练不褪色；他，万次出警无失手，逢险必上不退缩；他，舍弃小家顾大家，坚守一线不退伍。

主动请战，一线必有我

"请战"这两个字对于李长春来说，再熟悉不过了。天津港危化品仓库火灾爆炸、蔡甸油库、江汉60号轮、江汉5号轮、"9·2"船舶、军山苇场、黄州商场……人民生命财产遇到危险的时候，都能看到李长春积极请战的身影。

2019年年末，新型冠状病毒肺炎疫情发生，武汉作为抗击疫情的主战场。为救治新冠肺炎患者，解决现有医疗资源不足问题，武汉市与时间赛跑，建设火神山医院。

武汉市消防救援支队组建党员突击队，建设火神山消防救援站，把力量前置到抗击疫情的最前沿，保卫火神山医院的消防安全，为白衣战士安全保驾护航。李长春认为火神山消防救援站的组建任务艰巨、使命光荣，他第一时间向组织递交请战书，要求加入突击队进驻火神山，参加抗疫一线战斗。

2020年1月31日，火神山消防救援站临时党支部成立，李长春同志任临时党支部副书记。入驻火神山以来，他主动与军方及医院运行保障指挥部沟通20余次，争取到对方的最大支持，合理设置灭火设施，畅通消防通道、环形车道，提供医院多种形式图纸、不受限进入医院熟悉、无人机放飞等权利。

他带领站内的无人机飞手完成火神山医院三维图景采集，制作了电子沙盘，为站内沙盘推演熟悉提供了保证，利用无人机高空获取医院三维实景图，制作应急处置预案和电子沙盘，通过沙盘推演，让全体队员第一时间掌握了医院的特殊要求和处置流程。争取指挥部重视及支持，安装9个市政消火栓，环形车道硬化加固，彻底解决了应急情况下的消防用水和院区内消防车通行的问题。

89个日夜，忠诚履职显本色

在火神山医院漏水点进行屋面改造加固施工期间，他带领队员们对38处作业面、1800个施工焊点现场（共29000平方米）进行消防安全巡查督导，确保了火神山医院改造期间的消防安全。

在医院投入使用期间，运送隔离鞋套 2000 双，保证了医护人员紧缺物资按时抵达；协助医院防疫消杀 45000 平方米；搭建出院患者候车帐篷，并坚持每日进行 2 次防疫消杀和 3 次消防安全巡查工作。成功处置危险警情 4 起，采集有关火神山医院消防数据 5700 个，开展消防巡查 160 次余次。

对轮休的医护人员进行消防安全培训 30 余次、共计 1000 余人，张贴消防宣传海报 600 余份，制定火神山医院应急处置预案 115 份，转运 1000 余具约 8 吨灭火器至医院，指导安装烟感探测器 1167 个。

4 月 28 日上午，火神山消防救援站举行撤勤归建凯旋仪式，驻守 89 天的李长春一行以特殊的方式告别了火神山。89 个日日夜夜，他用对武汉这座城市的热爱和抗疫必胜的决心打赢了这场阻击保卫战，让"火焰蓝"的身影闪耀在抗疫一线。

当志愿者的那些小事

2012年6月，李婷婷入职武昌区消防救援大队，从事政工文员工作。相信大家和她一样，以前考虑得更多的是春节假期如何度过，直到2020年1月23日，她才觉得事态严重。她的第一感觉是不可思议，怎么会是她遇到这种事情呢？刚开始几天她刷手机看各种消息，当看到解放军医疗队和各地医疗队不顾生命危险，义无反顾地驰援武汉时，李婷婷被深深地打动了。

谁不想和家人一起过个团圆年？可白衣战士、解放军官兵、消防指战员都冒着生命危险奔赴雷神山、火神山、方舱医院，此情此景令天地动容。为城市和家乡，为这些一线人员勇往直前、义无反顾的战斗精神所感动，李婷婷不止一次落泪，就在她在心里暗暗思考自己能不能做点儿什么的时候，机会出现了。

2月28日，大队召集文员开视频会，原来大队"119党员突击队"接到紧急任务，要征集志愿者入驻酒店隔离点，为出院康复者服务。李婷婷第一个报了名，当时她内心只有一个想法：疫情虽然残酷，但他们能够做点儿事情让它有温度。对于城市，她可以是保卫它的战士，但对于家人来说，她永远是孩子。报完名后，李婷婷通过视频与妈妈连线做了几个小时的思想工作，勉强说服了她。但是，那一晚妈妈一直没有睡。虽然妈妈很担心，但她依然鼓励李婷婷要有为城市战斗的勇气和作贡献的决心。

29日一早，李婷婷准时到达了战斗岗位——粮道街如家酒店隔离点。她带着既紧张又兴奋的心情，投入忙碌的志愿者工作：积极帮忙搬卸物资，配合医生对药品进行登记、核对、发放；深入污染区帮助发放三餐食品、整理打扫结束隔离人员房间；倾听隔离群众需求，登记并处理购买个人药物及生活用品等各类生活问题；还有进出隔离人员的登记、洗消；等等。7个人负责八九十人的24小时生活的方方面面，这些小事看起来很琐碎，却需要每一名志愿者耐心和细心地去完成。志愿者的事情虽然细碎且繁杂，但大队领导很照顾李婷婷。他们知道隔离点一开始时防疫物资紧张就给她送了很多物资，三八节还给她送来节日问候。在做志愿者期间，李婷婷也有过害怕和紧张的情绪，但是她从来没有彷徨过，因为消防这个大集体给了她温暖和依靠，让她觉得心中充满力量。

志愿者的工作紧张又充实，往往顾及不到家人，李婷婷心里不免有些愧疚。当时，她在本子上写道："思念，是高高的墙，是窄窄的缝，我在这头，她在那头。"

报名当志愿者以后李婷婷才知道工作的地点离妈妈住的小区不远。第一天上岗，妈妈特别希望了解她的工作环境和情况，但小区离酒店最近的路口被2米高的木板封死了。惊喜的是封城第38天，她们通过一条2厘米的缝隙相见了。李婷婷能感觉到妈妈的眼睛没那么好了，透过缝隙左看右看了半天才看清她戴着口罩的脸。虽然妈妈什么都没说，但李婷婷知道她很担心。简短地聊了几句后，李婷婷怕外面不安全就催着她回去了。有多久没和妈妈见面了呢？又有多久因为自己工作繁忙没好好地和她聊聊天了？

妈妈一转身,李婷婷的眼眶就湿了。那个时候,她突然感觉疫情以来眼泪就不值钱了。这些悲伤、喜悦、担忧的眼泪,为奋战在一线的消防指战员,也为这座城市所遭受的苦难而流。

志愿者的工作虽然很累,但有很多故事将会成为她一生宝贵的回忆。记得去当志愿者的第一天,她早上刚给康复者发完药,隔离点负责人就有点儿不好意思地和她说:"61房有位74岁的彭婆婆,患有严重的阿尔兹海默症,日常生活不能自理,而且大小便失禁,刚才上去消杀的同志发现她又把衣服脱了一地,隔离点里只有你是女同志,不知道你能不能帮忙上去看看?"

李婷婷当时想,婆婆这么大,独自在这里隔离观察,如果有个三长两短她家里人该多难过啊。想到这里,李婷婷马上接受了这项工作任务。为了防止发生意外,当时为婆婆安排的是一间没有窗户的房间,当她打开房门,一股恶臭扑面而来。尽管当时戴了两层口罩,但她现在都还记得那种直冲大脑的味道。地上好几摊污物,床上、被子、垫絮都湿漉漉的。婆婆赤身躺在地上,身上也粘着污秽。李婷婷连忙扶起她问:"婆婆,你有没有哪里不舒服?"她哼哼啊啊地说不出一句完整话,看到这里李婷婷的眼泪就止不住了。

现在谁家里没有老人,身为晚辈从来都是把他们照顾得妥妥当当的。李婷婷赶紧扶着婆婆去浴室清洗,给她换上干净衣服,更换了有污渍的被子,清理了地上的污物,原本脏乱的房间终于变得整洁了些。看见早餐还在桌上,应该是婆婆迷糊了没记得吃,李婷婷就哄着她吃了半个馒头喝了点儿牛奶。就这样,李婷婷肩负起了照顾婆婆饮食起居的重任。婆婆像一个老小孩儿,喂饭、换衣服都要哄着她。过了几天,她可以慢慢说几个字了。有一天下午李婷婷去送水，婆婆拉着李婷婷说话，问她晚饭是几点吃，李婷婷说6点。过一会儿又问，问了6遍李婷婷还是不记得，但当她看到李婷婷胸前的"武汉消防"队徽时，她认出来了，念了一遍还伸出大拇指，说"好好好"。

　　其实婆婆记得的东西不多，但记得消防队员是好人，那一刻李婷婷觉得身着"火焰蓝"成为消防救援队伍的一员无比自豪和骄傲。李婷婷想，消防救援队伍形象深入人心，是因为广大指战员一次次救民于水火、助民于危难、给人民以力量，赢得了百姓的口碑。3月10日，婆婆终于度过隔离期可以回家了，李婷婷送她到酒店门口，她女儿一直说"感谢"，非要一起合影。拍照时婆婆努力地动动手指和李婷婷一起比"耶"，当时婷婷的心里高兴极了。

　　回顾这30多天的志愿者生活，李婷婷有很多感触，有开心、有热血、有辛苦、有不舍，也有不被理解的心酸。实话说，也有因为害怕而一天量10遍体温的经历。虽然这些小事不够轰轰烈烈，也没有感天动地，但是李婷婷贡献了作为一名消防文员的绵薄之力，用心用情为人民群众服务，没有给消防这支英雄的队伍丢脸。

　　李婷婷说，她愿像千千万万的消防指战员一样，继续用无私和热爱，用热血与忠诚，不忘初心、牢记使命，让自己的青春在消防事业中闪光！

为这个城市多做一些贡献

在全国上下一心、全力开展疫情防控阻击战之际,来自武汉市青山区消防救援大队的刘江积极响应号召,同其他7名党员组成武汉市消防救援支队第二十一支党员突击队——方舱医院防火监督党员先锋队。这支队伍担负着与众不同的使命,他们为其他20支突击队提供技术指导,为武汉市所有方舱医院提供消防安全服务,保障病患和医护人员的人身安全。

随着一声尖锐的哨声,清晨6时30分,突击队全员迅速起床、穿衣、测量体温,突击队队长刘江在工作日志上认真记下最后一名队员的体温:"36.4度,正常。"早餐后,刘江组织大家召开简短会议,布置当日人员分工,进行安全形势分析,清点进舱作业装备。根据前一天的约定,上午9时整,刘江和突击队到达方舱医院外部与医院管辖大队防火监督突击队会合,确定工作流程、配齐防护装备、确保无任何部位暴露在外后,进舱!

体育馆方舱医院里设置了数百张床位,纵横交错的隔板、拐角处堆放的物资、小跑着的医护人员……身着"消防救援"蓝马甲的突击队队员的出现,瞬间让整个医院安静了不少。按照工作流程,队员们迅速分组开展工作,检查方舱医院消防安全主体责任落实情况,测试装修材料使用标准,排查内部安全出口和疏散通道、消防设施设置及用火用电管理情况。

"阿姨，您躺好不用起来，我帮您把挂在消防栓箱上的衣服挂到看台晾晒区去，别人要再用什么挡住这个消防栓的话也麻烦您帮忙提醒一下。"在检查的过程中，刘江发现有在室内消火栓门前晾晒衣服的违规行为，立即进行了整改，并嘱咐工作人员一定要注意这些细节隐患。为避免空气传播感染，舱内并未开启中央空调，患者取暖主要靠电热毯。大功率用电和电线密布带来极大消防安全隐患，刘江再三提醒工作人员密切关注用电负荷问题："务必检查所有电气线路，裸露在外的电线要穿管保护，避免电线破损、过热引发火灾。"

方舱医院内，医护人员和患者加起来有近千人，这是让刘江最放心不下的，万一发生火灾，迅速逃生是关键。趁着医护人员休息的间隙，刘江赶紧向他们宣讲紧急情况下方舱内部逃生常识以及简易逃生面罩、消防软管卷盘等用具的使用方法。刘江说："在方舱里，医护人员就是所有患者在紧急情况下逃生的指示牌。"

方舱医院发生火灾险情，工作人员和患者自救远比单纯依靠消防人员来得及时。在舱区内进行消防安全培训时，一些工作人员和轻症患者在刘江的指导下，现场就学会了灭火器的使用方法，组建了一支志愿者消防服务队。这期间，他还留下一些志愿者的微信号码，出舱后定期给他们发一些消防安全视频、宣传海报等，志愿者也会给他发一些舱内存在安全隐患的照片，便于突击队及时反馈给各区消防救援大队，要求他们同院方对接，抓紧整改。

每天这一套检查培训程序走下来，基本都是四五个小时，中途不能喝水，甚至连午饭也没能吃上一口。防护服密不透风，突击队队员在医院里东奔西走，出舱时大家已是汗流浃背。但刘江毫不在意，他说："每当我看到这些在与疫情抗争的医患人员向我们竖起大拇指时，我觉得我们流再多的汗也是有意义的。"

从方舱出来时已接近下午3点了，经过简短的休息和调整，刘江和他的突击队迅速与医院管辖防火监督的突击队对接并召开会议，及时汇总检查情况，并提出下一步工作建议，形成消防安全意见，反馈给其他突击队参考。随后，他们又开始制订第二天的检查计划，提前与下一个方舱医院管辖防火监督的突击队进行对接。

这一晃儿下午就过去了，回到突击队临时办公点时，天已经黑了，刘江组织全员开展研讨，总结当天的工作成效，通报最新的防疫动态，开展政治教育，及时做好心理疏导和队伍思想摸排。晚餐后才是属于刘江自己的时间，他拿出了手机和家人唠家常，与爱人互相鼓励。为了不让自己分心，刘江年前就将两个孩子送到父母家了。由于父母身体欠佳，刘江并未将自己参加方舱医院防火监督党员先锋突击队的消息告诉他们，以免他们担心，也许这就是"善意的谎言"吧。晚上睡觉前，刘江拿出了日记本，记录一天的工作及感受。他写道："我家在武汉，作为武汉人，我更要坚守在消防救援一线，为这个城市多做一些贡献。"夜深了，突击队队员们已经沉沉地睡去，新的一天在等待着他们！

不同的战场,同样的坚守

疫情阻击战打响以来,无数人民警察、消防救援人员走上战场。也许对于普通人来说,这场没有硝烟的战斗不过是一个延长了的假期,可对于消防员和警察来说,却意味着义无反顾地坚守。

在武汉市东湖高新技术开发区消防救援大队,有这样一对特殊的"警消"夫妻档:丈夫身着"火焰蓝",是一名消防员,常年坚守在灭火救援第一线;妻子身披"警察蓝",是一名人民警察,面对疫情义无反顾地冲锋在防控第一线。

李强是武汉市东湖高新技术开发区关山消防救援站指导员。新冠肺炎疫情期间,他带领指战员多次深入辖区方舱医院开展熟悉演练,制定涉疫医院、场馆灭火救援预案16份,认真开展5类涉疫勤务专项训练,开展战时遂行思想政治工作6次,带头签署请战书,组建"119党员突击队"和"献爱心、战疫情"爱心捐款活动。

"疫情不退,我们不退!"进驻在武东收费站的"119党员突击队"队员在队长李强的带领下,面对党旗庄严宣誓,表示要坚决执行好任务。疫情发生以来,武汉东收费站作为武汉的东大门,成为全国援汉防疫物资和人员进出的重要通道,也是武汉疫情防控的要塞。

根据东湖区高新技术开发区疫情防控指挥部工作安排，李强带领"119党员突击队"于2020年3月2日进驻武汉东收费站设立洗消执勤点。队员们牢固树立消防"门户"意识、"窗口"意识，充分发挥消防救援队伍专业优势，18名队员每天3班24小时运转，全天候不间断地执行进离汉车辆洗消工作，同时队员们还协助现场指挥部做好体温检测和物资搬运等工作。执勤期间，累计洗消进出武汉车辆6万余辆，体温检测18万余人次，搬运各类物资70余吨，应急救援处置9次。

"119吗？我在湖北省肿瘤医院门口，因没有车无法回家，能送下我们吗？谢谢了……"3月11日19时许，东新区消防救援大队接到支队指挥中心传来的求助警情，武汉儿童医院的张医生夫妇在调休间隙送母亲去肿瘤医院看病后，因公共交通停运无法回家，情急之下拨打119求助。李强主动带队赶赴湖北省肿瘤医院大门口，安全护送张医生夫妇回到汉口武胜西街集贤花园小区的家中。这些都是李强在疫情期间的工作缩影……

张敏是李强的妻子，在监狱系统工作，是基层监区民警。在单位实行战时全封闭管理期间，作为一名共产党员，2020年1月22日张敏主动参加单位第一轮封闭值班，毅然坚守在疫情防控第一线，常常加班加点。

2月16日起，她参与单位的外勤值班，经常连续12个小时穿着防护服不吃不喝不睡，面对高强度的抗疫工作她不说苦也不喊累。

2月21日，一直战斗在单位防疫一线的张敏在CT检查中，临床诊断为双肺病毒性感染并伴有磨玻璃影，符合新冠肺炎特征。这对张敏是个不小的打击，但她积极面对，做好工作交接后，便入住定点医院接受治疗。

3月15日，张敏出院后进行集中隔离，隔离期满后血清检测出抗体，确认治愈后她第一时间响应号召，与血液中心联系捐献血浆，为疫情阻击战贡献着自己的力量。

因为李强夫妇二人都奋斗在抗疫前线，两人很久没有见过面了，吃住都在各自单位。在妻子张敏住院治疗期间，李强每天通过手机视频向其问候，两人的交流更多的是语言上的勉励、心灵上的激励和精神上的鼓励。3月15日晚上，张敏的母亲突发脑出血告病重，被救护车紧急送往湖北省人民医院住院治疗。李强的母亲常年患有高血压，疫情期间为更好地照顾孩子，夫妻俩通过电话商量把不满3岁的女儿送到亲戚家寄养。这些困难李强都没有主动向组织提起，直到组织多次问起才说出来。

那段时间，全家身处三个不同的地方，每当听着手机视频那头传来女儿呼唤爸爸妈妈的声音，听到女儿喊爸爸、妈妈抱的时候，夫妻俩的眼泪就止不住。他们想念老母亲，想念宝贝女儿。屏幕那头的女儿可能并不知道父母正在经历的一切，但是女儿应声回答的"我会听话"却给李强夫妻俩注入了更多的动力。对此，夫妻俩既为没能陪伴好女儿的成长觉得愧疚，又为女儿的懂事感到欣慰。每次挂断视频后，李强和张敏都重振精神回到自己的岗位上。

虽然岗位不同，但因同样特殊的工作性质，灭火救援、应急执勤、值班值守都是家常便饭，让夫妻俩多了些相互理解与支持。

"要说感染新冠是否会害怕，说真的多少会有一点儿恐惧，但是一切都会好起来的，就像再大的阴霾也终究会消散在温暖的阳光里。"张敏说。

在武汉市消防救援支队，像这样的"警消""医消"家庭还有很多。"所有的坚守都是为了更幸福的团圆，大家共同努力，艰难时期很快就会过去。"李强如是说。

"没有过不去的冬天，也没有到不了的春天。一起加油！"在那个特殊时期，李强夫妇毫不畏惧，忙碌之余他们用这句话相互勉励。

能为医护人员保驾护航倍感荣幸

刘炜,是武汉市消防救援支队的一名"90后"消防员。在抗疫一线,他和一群身披"火焰蓝"的战士一起,为冲在一线的医护人员保驾护航。他和他的战友一样,是灭火救援的"烈火英雄",也是前线随叫随到的多功能队员。

参与其中的心情跟进火场一样

1991年出生的刘炜是武汉市消防救援支队天门墩站分队长,今年是他消防员生涯的第12年。

见到他时,他正开着消防车要去医院给医生和护士发放早餐。发完早餐后,他自己也领了一份到车上迅速吃完。

新冠肺炎疫情发生后,他加入了武汉消防员突击队。他说参与其中的心情和进火场一样,激动而紧张:"首先我觉得我们是光荣的,再说这也是我们的职责所在,是我们的使命。"

每天他很早就来

"喂,肖主任,我的车已经停到门口,在那里等您了。"

刘炜的另一个日常任务是接送医护人员到康复驿站巡查，和他分在一组的是武汉市红十字医院的儿科主任肖向丽。

肖主任说："每天他很早就来，非常准时，提前把车子的消毒工作做好。"

现在所有的隔离点都不叫隔离点了，病患出院之后，集中住在康复驿站。

巡查的驿站点很多，刘炜光是陪肖主任就要跑6个驿站点。

"现在疫情控制好了，天气暖和了，太阳也出来了。"肖主任说，"你现在再往我们医院门口看，医务人员的表情都没有那么凝重了。"

能为他们服务倍感荣幸

采访的前一天晚上，武汉市消防救援支队天门墩站突然接到任务，有128吨的矿泉水需要搬运到医院。

刘炜听到这个消息后，马上赶过去与队友会合，一起连夜将矿泉水搬运完。

刘炜说，面对病毒消防员可能束手无策，但能为冲在一线的医护人员们服务，他倍感荣幸。

青春蓝

人家过节，我们过关

他叫刘长征，现任武汉市消防救援支队古田中队张毕湖小型站站长，三级消防士。

作为小型站的站长，刘长征深知小型站对中队建设的影响和作用。多年以来，刘长征一直秉持身先士卒、模范带头的作风，坚持从严治队，狠抓队伍管理。他带领小型站全体队员加强基础体能、提高业务技能，深入辖区熟悉、开展实战演练、做好巡防宣传，不断强化队伍灭火救援实战能力。同时，加强站里各项制度落实，确保工作秩序。站里消防员的仪容风纪始终保持良好，有效地提升了队伍管理的正规化水平。

"人家过节，我们过关"是刘长征的口头禅，高度戒备已成为他的工作常态。每当警铃响起的那一瞬间，无论刘长征是在吃饭，还是在睡觉，都会第一时间冲向车库，穿好战斗服，吹响战斗的号角。

这种把责任扛在肩上、把人民放在心中的使命感已经融入他的血液，成为他努力和坚守的永恒方向。

自国庆节、军运会安保工作以来，刘长征带领张毕湖小型站深入辖区，联合街道对社区及重点单位微型消防站开展联勤联训工作 60 余次。

"光靠我们这一支消防救援队伍是不够的，必须保证我们的'三支队伍'有足够的能力去处理初期灾情，这样才能真正做到'打早、打小'，将灾害损失降至最小。"

刘长征深知"三支队伍"对灾害初期处置的重要性，每次培训他都会不遗余力手把手地教大家如何使用灭火器材，并耐心地为大家讲解日常消防安全常识，保证每个人都懂，每个人都会。刘长征用自己的一言一行，捍卫着辖区消防形势平稳安全。

虽已步入而立之年，而刘长征至今仍旧单身。每当谈论到这里，他总是会大大咧咧地笑道："每天工作那么忙，哪有时间儿女情长。"家中的母亲一次次地为他寻找相亲对象，中队的领导也多次为他牵线搭桥，可每次都被他婉拒。面对母亲的焦急、领导的无奈，他心中有苦，却从来不对别人说。

当踏进红门的那一刻，他就已经明白，身已许国，难再许家。刘长征用自己的忠诚，践行着"赴汤蹈火"的铮铮誓言，也用自己的奉献，坚守着"竭诚为民"的庄严承诺。

守护一方的"火焰蓝"

"对不起,方舱医院里面不允许吸烟。这里人员密集、可燃物多,还有许多吸氧装置,一旦发生火灾,后果不堪设想。"2020年2月20日,武汉市江汉区消防救援大队防火监督干部柳青在巡查江岸区塔子湖方舱医院消防安全时,耐心地提醒病患们。

在疫情消防安全防控的胶着阶段,柳青第一个报名参加武汉市消防救援支队党员先锋突击队,这支队伍的任务就是深入武汉市所有方舱医院内部开展消防安全工作。

2月16日,他和其他党员同志一道组成方舱医院防火监督专班,开始为武汉市所有方舱医院提供消防安全服务,保障病患和医护人员的人身安全。

主动请缨赴战场

新冠肺炎疫情发生以来,柳青主动请缨,承担了很多紧急任务。

2020年2月4日上午10点多,柳青接到大队领导通知,江汉方舱医院马上要投入使用,急需一批水基型灭火器,下午5点配备到位。接到命令后,经多方打听,柳青得知有一处外地供货商在武汉市有中转仓库。于是他急忙赶往仓库，将里面 257 具水基型灭火器在下午 3 点前送到了江汉方舱医院。

2 月 15 日 11 时，柳青又接到江汉经济开发区美能达方舱医院急需安装火灾自动报警系统的任务，2 月 17 日投入使用。面对时间紧、任务重的情况，柳青建议方舱医院指挥部将火灾自动报警系统由有线改为无线，通过 PC 端和手机 App 监控火灾，安装周期由 15 天变为半天，并第一时间联系厂家配齐了货源，有力加强了方舱医院的消防安全保障。

不漏掉每一个细节

"消防工作必须落实事前、事中、事后监管，每一个环节都不能有半点儿闪失。在抗疫最关键的时期，我们更要做好工作。"柳青的话语十分坚定有力。

连日来，柳青和其他同志一道每天都要对方舱医院进行体检和消防培训。每天早上 8 点半，他们到达医院后第一时间和辖区消防救援大队、方舱医院管理单位进行商讨，就如何高效地开展消防安全管理和消防培训进行沟通。随后在医护人员的指导下换上专用的防护服，开展方舱医院的服务工作。

柳青每天走路的步数至少是 8000 步。"在平时这个运动量根本就不算什么，但是穿戴上全套的防护服就显得异常艰难，偶尔会出现短时间的头昏、鼻梁疼痛、呼吸不畅通等情况，其间不能吃饭、喝水、上厕所。"柳青说。为最大限度地给医生和患者普及消防知识，每次进舱他都会最大限度携带大量的宣传海报、提示传单、手电筒、疏散指示标志等，由于防护服密不透风，不到一个小时他就会汗流浃背，内衣是湿了又干，干了又湿。

柳青坦言，巡查中也出现过几次险情，其中一次是在培训使用消防软管卷盘的时候，双层手套被锋利的枪头开关刮破，当即紧急用酒精进行消毒，在破损处采用医用胶带粘好才化险为夷。

胜利的曙光就在眼前

"防火安全，要靠所有人的共同努力。仅仅靠我们的力量是远远不够的，因此，提升大家的防火意识，调动大家的积极性显得非常重要，必须走群防群治的道路。"在柳青及其他党员同志主动上门服务下，武汉市各方舱医院纷纷成立党员消防志愿者服务队。于是，柳青及其同事逐一对方舱医院的消防志愿者服务队进行消防培训，确保大家"小火会用灭火器，大火会用消火栓"，会报警、懂疏散。

此次新冠肺炎疫情发生以来，柳青已经快一个月没有回家了。作为武汉市 3600 多名消防员中的一名党员代表，他和他的同事每天进出医院，成为穿梭在各大方舱医院的一道安全屏障。

柳青坚信，只要大家万众一心，共同努力，疫魔终将被战胜，胜利的曙光就在眼前。

在消防宣传线上奔跑的鲁老师

和宣教工作结缘的理工男

"最鲜活、最真实、最感人的故事一定是在军运村的每栋楼、每个执勤点,所以必须要采到。"军运村漆黑的楼道内,一束光影从底下投了上来。

站在楼梯口拿着手电筒巡查的消防员正是参与第七届世界军人运动会运动员村消防安保工作的武汉市消防救援支队宣传科副科长——鲁璟琳。

在字典里,"璟琳"是指光照到漂亮玉石上反射出的美丽光彩。人如其名,看到他第一眼,就觉得很亲切。他说话慢条斯理,儒雅的气质再配上黑框眼镜,认识他的人都叫他"鲁老师"。

"宣传,具有宣布传达,向人讲解说明,进行教育,传播、宣扬等意思。"说起宣传,鲁老师总是第一时间给出最准确的定义。

"我大学是学化学工程的,可以说是一个地地道道的理工男。"别说,还真能在他身上找出一些"理工男"的严谨。

"我平常比较爱看书,偶尔会写写文章,这个习惯一直坚持着,已经很多年了。"鲁老师的办公桌旁总是放着一摞书籍,没有特定的门类。

"第一次接触宣传工作,是在天津培训基地入职培训的时候,现在仍然记得当初写的第一篇宣传报道,比较青涩。"

也许是因为热爱,也许是因为感受到了宣教工作的魅力,理工科出身的鲁老师,毅然拿起笔和相机走上了消防宣传教育这条路。

做一名润物无声的传播者

鲁老师说:"消防宣传工作来不得半点儿急功近利,这是一个长期的周而复始的过程,要保持定力,做一名润物细无声的传播者,要把'火焰蓝'的故事讲好,要不断给每一名群众普及消防知识和技能,提升他们的消防安全意识。"

"很多人总是有一些误区,认为火灾离自己很远,所以不愿去学基本的消防知识和技能。"鲁老师一句话点出当前消防安全工作的短板和问题,"学习和掌握必备的消防知识和逃生自救技能,是一件受益终身的事情,我们每个人宁可备而不用……"

鲁老师一直负责社会面宣教工作,对校园消防安全宣传教育工作尤为重视。"消防安全就要从娃娃抓起,通过教育一个孩子,来带动一个家庭,进而影响整个社会。"这句话几乎成了鲁老师的口头禅。

2019年秋季,武汉市的校园消防安全宣教工作开展得有声有色,全市有100多万学生和家长参与其中,上一堂消防安全课、开展一次疏散逃生演练、和爸爸妈妈一起查找火灾隐患,活动内容丰富多彩,大家在潜移默化中提升了消防安全意识。

"为了和教育部门对接好消防工作,来回跑了很多次,那里的门卫大爷都认识我了。"鲁老师开心地说道,"这条路通了,明年的相关工作会更顺畅。"

处理图片时,他盯着屏幕上的孩子看了许久,因为自己也是两个孩子的父亲。屏幕上的这群孩子目前在江汉区姑嫂树爱心花朵教育服务中心生活和学习,是一群需要关心的特殊孩子,在今年的暑期消防安全夏令营活动中,鲁老师和他们结缘。聊到这群小朋友,鲁老师的嘴角会不自觉地上扬。

"五音不全"没见识到,但确实很少听到鲁老师唱歌,哪怕是跟着音乐一起哼,但这并不影响鲁老师演讲、授课以及走进广播、电视直播间开展消防安全宣讲。很难想象,自誉"五音不全"的鲁老师是各个媒体采访的常客。在直播间里,他用略带磁性的声音,专业地解答主持人和听众提出的各类消防安全问题。鲁老师通过不断的学习,掌握扎实的业务知识,持续为消防安全发声。

成为一名懂消防会宣传的全媒体人

"现在宣传方式多种多样,平台层出不穷,线上、线下不断融合,这就对我们提出了更高的挑战和要求。"鲁老师笑着说,"我们要学习的东西太多,拍照、摄像、做海报、编微博、发抖音,样样都得会……"

"这是一部反映全市群防群治工作的宣传片,是由我们科里几个兄弟自编、自导、自拍、自制的原生态产品。"鲁老师自豪地说。

已是深夜，鲁老师在和科室里的小李一起制作宣传片，几乎每一个片段都是反复十余次拍出来的。他说："兄弟们十一假期都没有休息，跟着我吃了很多苦头。"

"有种大片的感觉，一下省了十多万的费用。当然了，生命安全不能用金钱来衡量！"他和兄弟们品尝着成功后的喜悦和甜蜜，"每件事情都要大胆去尝试，虽然付出很多，但看到属于自己的片子，真的很欣慰，很有成就感。"

如今消防的宣传工作越来越多元化，打造成熟的全媒体平台势在必行，需要更新观念、与时俱进。

"这些宣传业务上专业性的知识，都必须有所掌握。为了更好地开展宣传，必须掌握专业的防灭火业务知识。"鲁老师强调。

的确，宣传工作正不断向更广、更深、更专业的方向拓展和延伸。

做一个热爱生活的平凡人

和其他内蒙古人一样，鲁老师被问得最多的是："你会不会骑马？"

"我从小到大几乎没骑过马，蒙古包是啥样的咱也不知道。"鲁老师幽默又无奈地说道。

"父母在，不远游，游必有方。"鲁老师更看重的是后半句。

作为远游千里的"内蒙古人"，鲁老师也会思念家乡，但因工作的特殊性，他和其他消防人一样，入职11年以来没有回家过过年。

"爸妈年纪越来越大，说不惦念是假的，但是现在视频聊天方便了，在网上可以经常见面。他们会给我邮寄一些奶茶、牛肉干，让我不要太想家。"鲁老师愧疚地说道。

进驻军运村的鲁老师已经投入了繁忙的安保执勤工作，参与执勤巡逻、安全检查、采写宣传素材……

"本来答应孩子们通过视频给他们看军运村漂亮的夜景，因为太忙把这事儿给忘记了，希望儿子和女儿不会怪我……在幼儿园，老师们会让每个孩子形容一下自己的爸爸。天瑜会大声告诉大家：'我爸爸是一名消防员，他是一个超级英雄。'天瑜喜欢下国际跳棋，为了能多陪陪他，我就和他一起学棋、下棋。我珍惜陪伴他成长的每一刻时光。"

的确，消防救援队伍里的每一名消防员都亏欠家人长久的陪伴。"当一个好儿子，做一个好丈夫，成为一个好爸爸。"这是每一名消防员最真实的表达，他们都是热爱工作和生活的平凡人。

滚石上山战险峰

没有从天而降的英雄,只有挺身而出的凡人。疫情就是命令,防控就是责任。在这场没有硝烟的战场上,有一群湖北消防人,他们不言败、不放弃,冲锋在前,舍家忘我,服从命令,勇战险峰。再漫长的黑夜也代替不了黎明的曙光;再猛烈的风雨也阻挡不了灿烂的阳光,"逆行者"忙碌的身影是战疫路上最美的风景线。

为深入贯彻习近平总书记关于应急管理重要论述和指示精神,全面落实应急管理部、省委省政府工作部署,充分展现新时代应急人良好精神风貌,省委宣传部、省应急管理厅、省总工会决定在全省开展首届"荆楚楷模·最美应急人"宣传展示活动。

湖北省消防救援总队党委高度重视,专门作出部署,各级消防救援队伍迅速行动、积极参加评选,推荐出在各条战线上表现优异的候选人,下面让我们来一睹候选人之一陆时正的风采吧。

勇当贴心转运员

陆时正,现任武汉市洪山区南湖消防救援站政治指导员,湖北咸宁人,2004年9月入伍,研究生学历,二级指挥员消防救援衔。

在新冠肺炎疫情防控阻击战中,陆时正带领病员转运组,共计承担 20 余趟、300 多名病员的转运任务，每一趟他都全力以赴。

从 10 岁的儿童到 92 岁高龄的老人，每个人他都用心以待，每一趟他都全力以赴，被乘客们纷纷点赞，大家亲切地称他为"贴心乘务员"。

2020 年 3 月 5 日 13 时许，陆时正接到紧急通知，要求迅速赶往梨园医院、672 医院和省人民医院 3 个院区接送 7 名老年康复者去隔离点，平均年龄在 75 岁以上，多人行动不便，需要扶、推、抬等近距离接触。

陆时正立即带领 5 名队员穿好防护服，驾驶转运车迅速前往。在陆续转运完 6 位老人后，队员们遇到了最后也是难度最大的一位老人。老人已是古稀之年，瘫痪 20 余年，全身萎缩，多处插管，转移不当极易造成二次伤害。

在确认推床无法进入电梯后，陆时正征求了家属意见，决定合力抬着床板徒步登楼，其间必须保证床板始终保持水平状态。陆时正就这样抬着床沿慢慢挪移，好不容易到了 8 楼，这时大伙儿才松了一口气。

进入客房后，因为过道狭窄，把老人转移到床上也是个不小的难题。陆时正安排 2 名队友分别抬老人的肩膀和腿，自己则托着老人的臀部，3 人一起用劲，慢慢将老人放到床尾，随后小心翼翼转换方位，最终成功将老人摆正。

此时，陆时正才发现，老人因为紧张尿失禁了，尿液顺着臀部流到自己手上，却没有半点儿察觉。家属连连道歉，陆时正却宽慰道："我们事先做了防护，没事的，您别担心。"

在整个转移过程中，陆时正没有丝毫畏惧，用心关爱着每一位老人，为他们戴口罩、穿鞋、拎行李等，这些暖心举动让现场的医护人员和群众十分感动。

善当战疫搬运工

一节节火车皮的生活物资、成吨成吨的防疫用品、一条条鲜活的鱼儿，陆时正带领队员们承担起战疫搬运工的重任，累计转运各类生活防疫物资 300 余吨，受到洪山区防疫指挥部的高度赞扬。

3 月 13 日上午 11 时许，接大队指挥部紧急通知，一批生活物资已抵达黄陂区滠口物流基地，需要立即转运。

接到指令后，陆时正带领转运组火速赶往现场。到了目的地，面对装得满满当当的两个集装箱物资，队员们有点儿心慌，心里没有底，不知道什么时候才能完成任务。

但陆时正没有丝毫顾虑，他立即调整队伍，现场动员鼓劲，迅速提高士气，并明确分工、定岗定责、分组接力，同时铆足了劲儿做表率，硬是和队友一起，搬了近 10 个小时，将 1922 袋土豆、631 袋包菜、257 箱尖椒共计约 50 吨物资，分装 10 辆货车转走，高效完成了"不可能完成的任务"。

而这只是其中的一次搬运任务，面对每个挑战，陆时正都充满斗志，他的言行深深感染了每一名队友。

敢当医废清运员

为防止医疗废弃物积压造成二次污染，根据大队统一部署，陆时正迅速从"119 党员突击队"中抽调 8 名精干力量，配备 3

辆转运车，组建洪山区医废转运党员突击队，坚守在疫情防控的"最后一道防线"上，累计转运医疗废弃物1923桶共60余吨，大大缓解了洪山区医废清运压力，受到应急管理部前方工作组组长、消防救援局周天总工程师的高度肯定。

陆时正家中有2岁半的儿子和半岁的女儿，在领受医废转运任务之初，他心里难免忐忑。为了不让家人担心，他和队友们都非常默契地向家人保密。在执行任务前，他多方征询专业指导意见，编写《医废清运要诀》，规范转运防护流程，确保了涉疫勤务处置安全高效。

面对密密麻麻的医废装载桶和隔着双层口罩都能闻到的酸臭味，陆时正努力克服心理恐惧感和生理恶心感，带领队友们兵分三路，齐头并进，转战六七二医院、省妇幼保健院、荣军医院、武汉科技大学医院等多家医疗点。

由于医院与医废处理点相距三四十公里，为提高转运效率、保质保量完成任务，他常常连吃中饭的时间都省出来，穿着严实的防护服担心上厕所，就干脆不喝水。

一天下来，口干舌燥、饥肠辘辘，眼睛捂肿了、衣服汗透了、腿脚颠麻了，他却从没有抱怨，只想着再多跑一趟、再多装一桶。

每次转运任务结束后，他又立即投入转运数据统计、小结部署工作中，最终实现了队员"零感染"和医废"日产日清"的目标，得到了区防疫指挥部的高度赞扬，为疫情防控工作送出了"最后一公里"的助攻。

大疫当前无退路，滚石上山战险峰。他不畏艰险、英勇战疫、无怨无悔，用满腔热血和无私奉献，为坚决打赢疫情防控的阻击战默默贡献自己的力量。

我守护平安，你守护健康

　　庚子年初的一场新冠疫情将无数国人的心凝聚在了一起，在社会大众用无数感人泪水对焦武汉这座英雄城市的片刻间，一幕又一幕让人伤恸的镜头浮现在我们眼前……

　　自新冠肺炎疫情发生以来，武汉市洪山区消防救援大队南湖消防站政治指导员陆时正一直坚守岗位，他兢兢业业，舍小家顾大家，始终带领着站内的队员们战斗在灭火救援一线。

　　武汉市南湖消防救援站承担了2个定点医疗点2000多张床位的守卫任务，责任重大。为摸清医疗点的实际情况，陆时正带领队员实地熟悉10余次，掌握结构布局、消防设施、应急照明、安全通道、消防水源等情况，科学制定预案，现场推演，确保一旦发生险情能够安全高效地处置。

　　同时，陆时正发挥政工优势，积极组织喜闻乐见的文娱活动，缓解指战员春节期间的思乡情绪，并与队员广泛开展交心谈心，疏导疫情造成的心理压力。

　　为了协调解决封站带来的家庭困难和矛盾，疫情期间共开展谈心50余次，帮助解决困难10余个。作为一名党员，陆时正主动申请到最需要的地方去，得知可以报名去火神山消防站驻勤值守的消息后，他第一时间写了请战书，并郑重地摁下了鲜红的指印。

站里的党员们听说后，被他深深感染，也都争着去，要让党旗在抗疫一线高高飘扬。

陆时正34岁，来自湖北咸宁，在武汉消防工作了16年，妻子甘露是同济医院手术室的一名护士，虽然家中还有2岁的儿子和6个月大的女儿，但是这对年轻的夫妻努力克服家庭困难，毅然选择一起抗疫，互相打气鼓劲儿，战斗在人民最需要的地方。

甘露是同济医院手术室的一名业务骨干，多次随医院专业团队出访欧洲，开展膜解剖手术方法的演示和教学。面对这次特殊疫情，本该休假的她放弃了休息，主动要求参与到抗疫战斗中。

这期间，她经历了防护用品极度匮乏的艰难期，没有面罩、没有N95口罩、没有鞋套，甚至防护服破洞了都舍不得脱，冒着随时可能被感染的高风险一干就是20多天，却始终无怨无悔。她还利用晚上的时间为南湖消防站指战员开展防疫知识讲座，提升了队员们的防疫能力；与部分指战员的妻子联系，传授她们防疫知识和带娃的经验。

在火神山医院投用之前，同济医院号召大家自愿报名，医院考虑到甘露还在哺乳期，就没有让她报名。甘露就给陆时正打电话，抱怨医院不让她去。陆时正就鼓励她主动申请。晚上11点左右，甘露给护士长打了电话，坚决报名去最需要的地方。

每一起警情，每一台手术，都是他们的动力；争分夺秒，守护江城百姓的健康平安，是他们共同的信念。他们用青春和热血，为坚决打赢疫情防控阻击战，默默贡献着自己的力量。

消防器材的"好医生"

整洁的作训服、利落的短发、挺拔的身姿、腼腆的笑容,这就是梅磊。1992年出生于湖北麻城的梅磊,现任武汉市消防救援支队江汉中队特勤班班长、装备维护员。多年来,他一直默默坚守在自己的岗位上,兢兢业业、任劳任怨,共参与各类灭火救援5000余起,救助群众40余人。

护航军运会是他的荣耀

军运会安保期间,梅磊不仅要参加中队的灭火救援行动,还要进行辖区消火栓的巡查和消防知识的宣传,经他检查过的消防装备,都做到了"零抛锚、零隐患、零故障",他为军运会的顺利举行尽到了应尽的职责。

江岸区中山大道义品里老式居民楼三楼起火,江汉中队接到警情后调集6车25人赶赴现场。梅磊起先负责开车,但到了现场发现火势正在剧烈燃烧阶段,于是梅磊换上事先放在车里的战斗服,身先士卒地带领4名攻坚队员第一时间进入内部搜救被困人员。由于老式居民楼的结构复杂、人员密集,火灾发生时正值深夜,起火区域又为老年人聚居区,现场救援难度十分大。火势越来越大，并有蔓延的趋势，梅磊当机立断，带领3人从楼梯通道登至屋顶进行破拆，出两支水枪进行堵截，及时遏制了火势，并成功解救了被困人员。

当问到梅磊，现场火烧得那么大，往里冲有没有害怕的时候，梅磊笑着说道："当时只想着怎么才能快点儿把被困人员救出来，没有时间去考虑太多，再说我们就是干这个的，我们不冲谁冲，虽然我们没有钢铁之躯，但是仍然愿意用尽全力护百姓周全。"只是短短的几句话，还不足百字，但背后隐藏着的，却是沉甸甸的责任感；梅磊的笑容背后，也隐藏着无法言说的艰辛。

梅磊说："军运会的举办，虽然工作量加大了，但也督促着我，工作需要更加细致更加认真。保护好百姓的人身财产安全，展示消防指战员的良好精神风貌，树立新时代消防救援队伍的良好形象，这是我的荣幸，也是我最重要的事。"

消防器材的"好医生"

年纪不大的梅磊，既是一名班长，又是一名党员，所以他一直对自己有着高要求，坚持以身作则，起到示范作用。在军运会期间，由梅磊带头，中队指战员开始"学装、爱装、维装"，掌握更多的维护保养技能。上千套的装备器材，从名称、操作方法、技术参数等，一件一件进行琢磨和讲授经验，用他的话讲就是，"器材装备无论大到车辆或小到螺丝，一旦有异样都要及时予以修复"。在队里，有着各式各样的消防装备，他对这些消防器材可谓了如指掌。无论是大到车子打不着火，还是小到一盏应急头灯不亮了，梅磊总能迅速找出"病因"，有时只需三两下工夫，"生病"的装备立刻就能"满血复活"。每次中队添置的新器材,第一个学会的总是他;每次执行任务后,带头检查车辆器材的也总是他。

在军运安保期间,梅磊除了日常工作保养维修消防器材,还多了一项巡查和消防知识的宣传工作。例如去熟悉辖区里每一个灭火器的位置,保证无论辖区内哪里起火都能在第一时间找到就近水源;并使用测压水枪检查消火栓有无故障,确保随时有水可用。除此之外,梅磊还会去辖区内的各单位,询问是否正确了解基本灭火措施,并教授灭火器的使用方法。近期也多次开展了面向学校的消防知识安全教育,多以幼儿园为主,比如告诉小朋友们火警电话是119和组织他们观看消防动画宣传短片等。

军运会消防安保工作开展以来,梅磊对装备器材的维护保养更加频繁了。他和战友们对涉赛场馆、酒店的熟悉演练次数更多了,每天要演练四五次。他还定期对辖区进行全方位的火灾防控巡查并宣传消防知识,开展针对军运消防安保的专项训练,以确保军运消防安保工作万无一失。

梅磊说:"军运会期间,我们的工作目标是零火灾、零出警。但是作为一名装备技师,即使是零火灾、零出警,我也要做到装备零抛锚、零隐患、零故障。"

工作家庭难两全

梅磊参加工作八年来,陪在家人身边的日子很少。如今在军运安保期间,工作更是忙碌,经常有夜查,陪在家人身边的时间更是少之又少了,所以提到家人他总觉得亏欠。"在孩子最需要我陪伴成长的时候，我却不能一直守护着他，但是穿上这身'火焰蓝'，就要坚守好这个岗位，希望他长大后能理解我吧。"说到这里，梅磊不禁沉默了一会儿。梅磊的孩子才两岁。军运安保期间，梅磊有一项工作就是向幼儿园孩子进行消防小知识的科普，有时候他也会想到自己的孩子。他总是在陪伴别人的孩子，却错过了自己孩子的成长。

由于工作的原因，一年365天，休假只有45天，所以回家的次数很有限，与父母妻儿团聚的时间更是弥足珍贵，梅磊说他自入伍以来，再也没有在家过过年。对于我们来说，过年是一家团聚的日子，但对梅磊来说，过年是他们最忙的时候。军运会的举行，让梅磊更是忙得不可开交，连和老婆、孩子视频都成了奢望。

"对消防员而言，家有两个概念，一个是有父母妻儿的小家，一个是国家这个大家。只要穿上了这身'火焰蓝'，就要有'舍小家为大家'的精神，就要有以国为家的情怀，就要有为消防事业奋斗终生的信念。"梅磊这样说道。

哪有什么岁月静好，不过是有人替你负重前行。在梅磊看来，灾难来临的时候，他们是群众最后的防线，只有他们冲上去，才能保群众的平安。脱下"橄榄绿"，穿上"火焰蓝"，他们的初心不变。

功成不必在我

10月的武汉街头,成片的五星红旗迎风舒展。随处可见的每一寸角落里都蕴藏着秋日里的暖阳和飒飒凉风,漫天的赤色为这座热情城市增添了几分生机盎然的景象。

从地铁21号线"百步亭花园站"A出口出站,向前走300米就能看到武汉市江岸区消防救援大队。

消防大队里的"潘医生"

"项目施工现场用电安全普及、电焊作业工作者持证上岗、清理现场的建筑可燃物,这三点您回去了还是要多和现场施工的工人们提醒,下次我们会过去复查。"

"好的,我回去之后一定按照您说的改正。"

大队三楼的办公室靠窗一侧,正在和社会单位来访者提出防火隐患整改意见的监督员就是潘婉。

从14年前青涩稚嫩的学员到如今娴熟自如的防火监督员,一路而来的每一步都留下了历久弥新的足迹。

"有时候我觉得我们更像是医生,社会单位来访群众就像是我们的病人,防火工作就像是为病人把脉一样,只要用心去沟通和交流,把这些隐患真实地告诉他们,大家反倒更加配合我们的工作。"

在近 20 分钟的交流中,社会单位来访者没有一点儿抵触情绪,潘婉边带着微笑边做着录入,气氛和谐而轻松,可能这就是女性工作者独特的魅力。

忙里偷闲,闹中取静

平日里,除了要去辖区内进行社会面火灾督查以及接待来访社会群众,剩下的时间潘婉会用来自学理论知识。

在第八次集中主题学习的时候,有一句话给潘婉留下了很深的印象。"功成不必在我。"潘婉边说着边翻到书的那一页。

"国庆的时候去看了《我和我的祖国》,其中《相遇》的那一篇章就很好地诠释了'功成不必在我'这一句话,电影里面张译饰演的高远为了国家的利益隐姓埋名那么多年,还放弃了自己的幸福,这让我很受震撼。"

在学习记录本上,潘婉会把自己的所学所悟汇集成文。时光或许会逐渐让人遗忘,但文字却始终埋藏在心底。

女子本弱,为母则刚

常言道:"鱼和熊掌不可兼得。"作为母亲的潘婉常常让孩子们有些失望。潘婉有两个女儿,大女儿妞妞 6 岁半刚刚读一年级,小女儿小羽才两岁。由于丈夫长期出差不在家,两个孩子每天的一日三餐只能托付给爷爷奶奶来照料。

"这段时间为了把夜查工作做好，接送妞妞放学都是靠爷爷和奶奶，一碰到学校布置电子作业的时候，孩子就会给我打电话让我回家陪她做作业，但是每次回去她都睡着了……"

讲到这里时，潘婉声音渐渐压低了些许，在工作和生活之中找到一个平衡点有多不易或许只有她自己知道。

下得了地库，上得了房顶

作为一个防火监督员，辖区内每一个和防火相关的地方都得去。潘婉去辖区内都市产业大厦水泵房的时间是下午5点。从大厦楼梯间徒步走到负二层穿过昏暗的楼道后，就来到了大厦的水泵房。

"为什么咱们的消防水泵和喷淋泵没有开启自动模式？如果是手动模式这里为什么没有设专人值守……"潘婉对大厦物业人员问道。

面对潘婉直截了当的询问，一旁的物业人员解释："水泵里的继电器发生故障了需要维修，所以才开的手动模式，我们马上派出人员值守。"

没过多久，潘婉与军运会期间的增援学员一同来到武汉美食聚集地——台北院子。

对于社会餐饮行业的火灾防控，开展必要的"双随机一公开"，夜查是家常便饭。

零星的秋雨没有阻挡潘婉坚定的脚步，在台北院子的报警阀前，潘婉核对着上一次来时写下的问题清单。

"这一次好多了，杂物都清理走了，总算没白跑。"从设备房出来潘婉笑着和一旁的消防负责人说道。

过了一会儿,潘婉和消防负责人一同来到了天台水箱下。

要想上去复查报警阀的压差数值,潘婉只能通过嵌在楼顶高墙内的手扶竖梯爬上去。

如果说在办公室里接访社会单位群众的潘婉的状态是"静若处子"的话,那眼前的潘婉便是"动如脱兔"。

"来都来了,我先上去了。"话声刚落,潘婉便爬上了楼顶……

防火这条路没有捷径,即便有路也要留下每一个坚定的脚印。

全心竭诚为民

晚上9点的江岸区消防救援大队三楼,夜查完后的潘婉又回到了熟悉的位子上开始录入复查社会单位的情况。

此刻,窗外的雨滴保留了它的问候,屋内的两盏白炽灯为这样一个秋夜添了几分温暖。

潘婉用3个月的时间走访了230家社会单位,出具法律文书70余份,平均每天要去两家社会单位监督防火隐患……

对于孩子和家人而言,潘婉可能只是在空暇的时间里在手机的另一头去感受家庭的温暖,或许唯一能做的就是用手指在平行时空里和他们回复一句:"你们先睡吧,我会安全回来的……"潘婉说过:"如果没有机会让我赴汤蹈火,那就请让我全心竭诚为民。"

不归零,坚决不回营

"细节决定成败,确保危机来临之时不会因为这些细节乱了阵脚。我们再加把劲儿,今晚医院的内水带接口务必全部加固到位。"彭帅说道。

彭帅是武汉市东湖新技术开发区左岭消防救援站的指导员,也是迄今仍然坚守东湖高新区的"119党员突击队"的一员。他带领肖理木、黄峥、夏武、朱祥吉、王梦雄5人一直坚守在方舱医院和新冠肺炎定点收治医院的消防前置执勤点上。

他们4次转战,积极对接,主动承担,做好各类服务工作,与各单位团结一心,和谐相处,充分发挥党组织战斗堡垒和党员先锋模范作用。

这是他们6人从日海方舱医院转战至光谷科技会展中心方舱医院的第一天晚上。

在彭帅眼里,只要力所能及,坚决不能出现"万一"。可能是性格使然,凡事要求严格的他,带领大家一直忙碌到晚上11点半。在安顿兄弟们休息后,他独自一人提着工具箱又检查了一遍所有室内消火栓里的水带、出水口、水枪。

"在日海(方舱医院)的时候,兄弟们给我取了外号'过二遍',说我凡事都喜欢亲自过第二遍,其实这不是我对大家不放心，而是我比较注重时间观念，假设要返工，需要的时间是不是比我过二遍所用的更多？"彭帅边紧固水带边说道。

在整理好行囊和个人事务后，他们立即开始做好思想引导员、制度执行员、应急处置员、消防宣传员、防火监督员、大众服务员"六大员"的工作。

建筑面积近10000平方米的光谷科技会展中心方舱医院，收治新冠肺炎轻症患者875人和6省市、6支医疗队组成的480余人的医疗团队，人员密集度相对比较高。而且方舱医院由展厅临时改造而成，经常出现线路短路、故障等安全隐患。

除了对医院开展24小时值班轮守，防火巡查检查外，他们大力开展消防安全宣传工作。为了确保宣传海报、单页全覆盖，黄峥会提前做好分工，每次巡逻时都给自己定下张贴目标，如果有剩余的他就利用自己休息时间完成。

在前期医护和工作人员时间紧张的情况下，黄峥持续做到送"讲"到"岗"服务，不断强化医院医护和工作人员防火灭火意识，筑牢消防安全阵地。

因前期隔离防护服有限，且为了最大限度降低突击队队员们被感染的风险，肖理木和夏武主动请缨冲锋在前。

他们穿好防护服，套上蓝马甲，深入病区，向每一名隔离病人普及消防知识，并且为医护人员、工作人员和病患者带去关怀与问候。

医院的摄像头记录到了很多暖心的瞬间，肖理木向一位阿姨细心讲解消防知识的同时，顺便给她收拾好收纳箱内的物品，临走时告诉她一定要充满希望，继续加油。

他们说："里面的援汉医护人员离家千里，不惧生死，争分夺秒地救治患者。患者们也积极配合疫情防控，勇敢战胜病魔，其实他们都是在为抗疫工作做贡献。由于心生敬畏，我不由得给每一个医护工作者和患者朋友敬了个礼，同时也表达我们消防员不论什么时候都会在人民群众身边。"

2020年3月7日，在所有单位的共同努力下，消防安全持续稳定，收治患者全部出院，光谷科技会展中心方舱医院胜利休舱。但他们没有丝毫休整，接到命令后，彭帅一行立即转战湖北省妇幼保健院光谷院区，迅速开展驻勤任务。

有一次在开展防火宣传工作时，王梦雄得知医院内部的工作人员因为头发过长，导致在工作时有诸多不便，但一时又没办法解决。他连夜驱车跑了6个消防救援站，借到了3套理发工具，决定在执勤点外围开设一个理发专区。

朱祥吉和王梦雄对过来理发的工作人员和医护人员说："请放心，虽然我们没办法做到像理发店那样专业，但我们一定会比理发店更用心。同心战疫，你们辛苦啦。"理发结束后，他们还不忘嘱咐一句，"帮忙转告一下其他的人，有需要（理发）都可以来我们消防执勤点，这里就是你们的温暖驿站。"

3月26日晚，偏北风加快了雨点飘落的速度，如绿豆般打在执勤点帐篷上，滴答作响。彭帅发现好几支军队援鄂医疗队，迟迟没有等到今天下榻到休息区的车，于是他们迅速把帐篷内腾空，上前邀请医疗人员到执勤点避雨。

在交谈中了解到，这1200名支援湖北医疗队的来自军队的白衣天使，他们在与时间赛跑，在和病魔抗争，由于条件限制下班后到补给站只能吃碗泡面来填饱肚子，有时甚至顾不上吃饭。对这些无私奉献的白衣天使，彭帅等人不由得心生敬佩，决心为他们做一些力所能及的事情。他迅速将自己的这一想法上报给大队，立刻得到了大队领导的一致赞同。

3月27日，在武汉市东湖新技术开发区消防救援大队的统一部署下，组织大学园、佛祖岭、豹澥、花山、左岭五个消防救援站为白衣天使们制作了5000余个包子、饺子、蛋挞、煎饼等美食，并分别送至院区补给站、住宿楼。消防员们为白衣天使送去食物，让他们在战疫一线感受到家的温暖。

3月31日，在得知光谷科技会展中心南京医疗二队的"逆行者"们要返程后，彭帅立即将此事上报大队，获批后，他安排一名同志留下驻守，带领其余4名队员迅速赶赴现场，护送多日一起"同心战疫"的战友们。"还好，终于赶上了！"彭帅激动地说道，"感谢你们，祝福你们！"

驻守的40多个日日夜夜，他们全身心投入，日行万步，全力做好医院执勤保卫工作。累计为医院增配灭火器300余具，整理、维修水带300余盘、水枪100余支，宣传培训各类工作人员2000余人，张贴、发放消防安全画册3000余份，24小时流动巡查500余次、3000余人次，重点部位实地查看200次，督促整改火灾隐患30余处，指导协助建设单位增设室外消火栓1具，开展涉疫勤务处置规程训练10次，组织开展联合实战演练3次，制定应急处置预案3份，制作消防安全知识动画视频1部，转运生活、医疗物资20余吨，开展送温暖活动3次等，通过一系列的消防安全基础工作和主动服务，为做好医院消防安全保卫工作，保障医院持续安全稳定奠定了坚实基础。

在江夏，遇见了青松

天街小雨润如酥，草色遥看近却无。

停留在黄家湖大道与军运路的分岔路口，雨后的空气格外新鲜。从分岔路口朝着人行道的一侧走去，沿线绵延着数公里的彩色野花。

置身于此，仿佛踏入花的海洋。驻足间仰起头，马路对面一幢4层高的现代简约风格的建筑浮现眼前，自右而左密布着的玻璃窗让整个建筑显得格外通透，屋顶的左边墙壁上则印有"119""消防站"的字样。

与往日见过的消防站不同，眼前的这座消防站楼顶上方不仅标注了"FIRE SERVICES"的英文标识，还悬挂着第七届世界军人运动会的会徽，风格前卫的感官元素与设计标识让这座消防站显得十分国际化。

它不仅是军运村的好朋友，更是如今值守在军运村内"蓝马甲"的家——武汉市江夏区消防救援大队军运村中队。

愿当栽树人

自2019年10月11日军运村开村以来，军运村中队的"蓝朋友"们便开始日夜无眠地守护着来自世界各地的运动员们。

"这个中队是从 2018 年 11 月确定开建的,在军运村开村前三天正式投用,主要负责整个军运村内的防火、灭火、执勤以及救援任务,是由从各地抽调的学员和增援力量组成的。"一旁的彭青松正拿着手机对准营房拍着照片。

彭青松是江夏区消防救援大队的大队长,19 岁便加入了消防救援的队伍,这是他在江夏工作的第二个年头,平时大家喜欢亲切地喊他"青松"。

"从 2015 年武汉市确定要举办第七届世界军人运动会开始,我和大队的同事们就开始谋划在军运村内建造一个相对完整配套的消防救援力量,要保证世界各国的运动员有一个良好的居住环境。"青松一边说着一边翻开了当年的规划图。顺着翻开的规划图,青松仿佛回到一年前的那个秋天。他说:"它如同我的孩子一般,你别看它现在挺漂亮的,之前这里可是一片荒漠之地。为了能建好、建扎实,我几乎每隔两天就要来看一次。当时,我督造它的建成工期就像是在种树一样,需要定时地浇水、除虫、松土……只有根基打结实了,军运村开村时才能不那么着急,我们的消防安保团队才能正常开展工作。"

军运村里的 1、2、3

为了整合军运村内外消防机动力量形成战斗单元和宣传网格,青松与他的团队成员先后在军运村商业街、军运村外围建设"军运村微型消防站""大桥消防站",为后期军运村的消防安保工作打好了基础。

作为军运村消防安保主要负责人，除了奔赴在军运村内的微型站和村外的军运村中队两点一线间外，青松还要负责军运村消防安保方案的统筹与完善。

夜幕降临后的军运村安保指挥部内，青松和他的安保团队开始了一天的工作分析部署。

"A组，咖啡酒廊附近大量运动员聚会，请带车前往咖啡酒廊侧面值守。"

"A组明白。"

由于军运村内人流密布，所以调整值守力量部署对于青松来说是家常便饭，村内的任何风吹草动都逃不过他的眼睛。

这次军运村消防安保中江夏区消防救援大队一共投入70名指战员。

最先是以居民区、公共区、后勤区、运行区为单元进行力量部署，每个区设防火巡查人员及应急值守力量，A、B组轮换。

但运行了一天后发现70名指战员来自不同的单位，彼此之间不熟悉，且力量比较分散，按照24小时执勤，两组人员都得不到很好的休息。从10月11日开村到29日闭村，时间跨度长，如何让大家合理休整，持续保持最佳的状态？这个问题让青松在开村后的第一个晚上彻夜未眠。

通过对既有安保方案的5次调整，青松和他的安保团队终于形成了1、2、3的应急响应机制。

在运动员公寓、餐厅、商业街等15个重点区域分别部署1名力量，与保安、电力、燃气等部门人员组建安保团队，将团队建大建强，对军运村进行"地毯式"的防火巡查，并兼顾灭火救援，实现秒级响应。

运动员公寓有紧急情况时，军运村微型消防站 2 辆电瓶消防车作为第一出动，确保 1 分钟到达村内。

2 号停车场前置 2 辆消防车，形成一个作战单元，作为第二出动力量，确保 2 分钟到达村内。

军运村消防中队内备勤的 5 辆消防车及指战员，时刻处于应急状态，确保 3 分钟到达村内。

简单的 1、2、3 机制背后蕴藏着的是青松和他的安保团队所展现的责任与专业。

"蓝朋友"们的法宝

军运村内不仅运行区域多而且人口复杂，村内各个国家的运动员生活习惯也各不相同，为了有效守住"这座城"，青松在开村之前的建设中便引入智慧消防 App。

通过智慧消防物联网远程监测，青松和他的安保团队在军运村内室内室外消火栓、喷淋末端以及配电箱内安装监测设备，成功地排除了全村 45 处隐患，让智慧消防发挥了真正的"智慧"。

"除了给整个村内安保、物业开展消防培训之外，我们还把智慧消防 App 安装在每一个'蓝马甲'的手机内。一旦发生预警能通过手机传输隐患具体地址，大大地提升了安保团队机动能力。"说着青松便在临近的消火栓旁开始"打卡"。

每当村内的"蓝马甲"们开展日常巡逻时，手机内的应用便自动生成"打卡"计划，后台数据便能同时监测末端消防设备是否正常，军运村安保指挥部也能时时监测到一线巡逻中所反馈的情况。科技改变的不只是生活，还有防火。

来了村里,就是一家人

晚上9点,军运村内的气温渐渐降了下来。

军运村内2号停车场上,前置执勤A组的阿杰和来自汉口北中队增援力量的小雨正在备勤车上备勤。

夜色中,一辆红色皮卡车正慢慢地朝着他们驻守的方向驶来……

漆红的皮卡车前,青松带着刚从中队食堂熬好的"萝卜排骨汤"来到了阿杰和小雨的备勤车前。

"来,来,都下车喝点儿汤,夜里寒气大,大家暖一暖身子。"

"好的,谢谢大队长。"

青松接过汤勺拿起碗一勺一勺地舀进碗中,停车场内扑面而来一阵热腾腾的排骨肉香。

粉色的纸碗中一朵爱心环绕在印有"爱"字的碗面上,一碗碗冒着热气的美味传递着的不只是军运村安保指挥部对一线值守指战员们的爱,更是青松对"这帮孩子们"的一份爱。

是啊,来了村里,就是一家人!

言必行,行必果

军运村大门口,青松代表江夏区消防救援大队在全国消防安保誓师大会上和湖北总队、武汉支队两级领导面前作为宣誓人许下庄重的誓言:"兵不卸甲、马不解鞍,刀山敢上、火海敢闯……誓夺国庆、军运安保全胜。"回忆起当时的场景青松依然内心沸腾。

46 天的时间过去了,军运村取得了"不冒烟、不起火、零火灾"的骄人成绩。

这是青松和他的安保团队在这一个半月内用心血和汗水筑起的军运村防火墙,更是无数武汉消防人用坚持和信仰唱响的时代最强音……

守护医院的"急先锋"

武汉市消防救援支队全力站副站长田磊带领的"119党员突击队"是最早一批进驻方舱医院的消防执勤力量,也是坚守在方舱医院时间最长的队伍。他带领的党员突击队在完成好执勤备战工作的同时主动对接方舱医院,帮助解决病患和工作人员的实际困难,每一次任务冲在最前面的那个人肯定是田磊。

新冠肺炎疫情发生后,田磊多次向上级党组织递交请战书,强烈要求到防疫工作一线。经过批准,田磊于2月5日到体育中心方舱医院报道,成为体育中心方舱医院党员突击队的一员,负责消防安全执勤保卫工作。在方舱医院施工改造期间,田磊始终战斗在疫情一线,冲在最前面,带领队员高标准地完成了消防宣传、消防安全巡查和隐患排查、固定消防设施检查和设置、方舱医院专项灭火救援预案制定和修订、灭火演练和疏散演习等任务。

在体育中心方舱医院执勤的指战员在方舱医院内张贴消防安全宣传海报200余份,增设灭火器200余具,排查消除安全隐患6处,组织安保、保洁、医护人员开展消防知识宣讲和消防技能培训10余次,帮助医护人员转运医疗物资和后勤保障物资20余吨。

方舱医院在改造施工阶段,各种用电设备不停运转,火灾隐患大,为了不影响施工进度,同时保证消防安全,田磊立即向大队汇报，紧急增调200余具灭火器，同时带领队员分为3个小组全天进行消防安全提示，不间断进行巡查。工作得太晚了，田磊就让队员先回去休息，自己留下来值守，常常从早上工人开工一直坚守到凌晨所有工作人员离开，就这样坚守了一周，实现了方舱改造施工阶段零火灾的目标。"那段时间是最难熬的，但是你要保证它不出现任何火灾隐患，我连做梦都是在施工现场的画面。"这是方舱医院施工改造阶段田磊的内心真实写照。

方舱医院入住患者以来，各方援助物资接连送达体育中心方舱医院，由于舱内医护人员紧缺，且多为女同志，卸货和搬运工作成为一大难题。2020年2月中旬的一天，田磊带着队员到方舱医院物资仓库进行日常巡查，在医护人员出口看到几名医护人员正在吃力地搬运医疗物资，田磊卷起袖子对队员只说了一个字"上"，人已经跳上了卸货的卡车。队员们以风卷残云的速度，不到半个小时就将满满一车物资搬到仓库并整整齐齐摆好，还没等医护人员说出感谢的话，田磊就找到护士长留下联系方式，主动承担起方舱医院转运物资的任务。此后，只要需要人手的时候，护士长第一时间就会想到田队长。近半个月的时间，田磊带领队员们为医护人员搬运物资2000余件，约20吨。

2020年2月17日，正值疫情保卫战的攻坚阶段，晚上10点钟左右，突然下起了大雨，狂风肆虐，刮倒了体育中心方舱医院隔离区的护栏，体育中心巡逻队员发现后，及时打电话向田磊所在的党员突击队求助。情况紧急，一旦有患者穿过隔离区导致洁净区污染，后果不堪设想。田磊接完电话后立即集合队员，带上水枪水带，穿好防护服，赶赴现场。到达现场后，只见2号方舱外用于隔离患者的近100个水马护栏全部被风吹倒，散落一地。

田磊立即将队员分为两组,一组将护栏扶起并连接组装,另一组利用消火栓连接水枪为水马注水加固。安排好任务后,田磊抱起水枪就进入了隔离区,虽然寒风刺骨,但是田磊和队员们的防护服内早已被汗水浸透,晚上 12 点左右,护栏修复工作终于完成。

像田磊一样守护着全市方舱医院的消防指战员还有很多,他们不仅是方舱医院的"守夜人",更是"贴心人"。

打赢这场仗就来娶她

曾经，武汉到随州 158.7 公里，也无法阻挡他们相识相恋。如今，仅仅相隔 2.1 公里，他们的恋爱却"异地了"。

2020 年 2 月 28 日，原本是庹昊和梅胭大婚的日子，可疫情就是命令，新郎是一名消防员，新娘是一名公安辅警，他们放下儿女情长，战斗在各自的岗位上，为助力打赢疫情防控阻击战这一共同目标而努力奋斗。

主动推迟婚期，并肩战斗

庹昊是武汉市消防救援支队黄陂区前川站的一名消防员，面对新冠肺炎疫情下的防疫、灭火救援工作，庹昊第一时间向上级报告推迟婚期，一直坚守在一线。

庹昊的未婚妻梅胭在黄陂公安分局政治处工作，她是一名辅警，也在抗击疫情的第一线。两人原本经过预约，计划在 2020 年 2 月 2 日这一特殊的日子到民政局领取结婚证，让这个"千年一遇"的"完全对称浪漫日"见证他们的爱情，但是为打赢这场疫情防控攻坚战，她主动提出延迟领证，全身心投入这场没有硝烟的战争之中。在 2 月 2 日的这一天，梅胭主动发了条朋友圈：

"75%的酒精可以消毒也易引发火灾。道路封控会影响出行但也能有效隔断交叉感染。过了暂时的无奈，就是春暖花开！虽然领证取消，但只要我知道，在你坚守的地方平安无恙，那就最好！庹队，一起加油呀！"朋友圈好友纷纷为他们点赞并送上最真诚的祝福。

主动请战一线，并非偶然

"大家穿好防护服，把双手打开，消毒。必须保护好自己，才能打赢疫情防疫和灭火救援阻击战。"戴着口罩的庹昊声音依然洪亮。如果没有疫情，原本这天他应该是最帅的新郎官。

听闻要组建火神山、雷神山消防救援站，庹昊第一个在请战书上按下红手印，一如军运会安保时一样，他请求全力支援前线。新冠肺炎疫情发生后，他在单位宣传栏上张贴疫情防控知识图画，向消防员普及疫情知识，积极做好非常时期灭火救援中的防疫工作。同时，他第一时间带领消防站骨干对辖区医务场所、集中隔离点、医务人员住宿场所、防疫物资生产企业、防疫物资储存场所进行现场熟悉和摸排，对志愿者和相关人员进行消防培训，及时更新应急处置预案，确保对辖区范围内的防疫工作重点对象情况清、底数明，为防疫工作保驾护航。

2月25日凌晨4点多，庹昊在浓烟中营救出一名78岁老人。他说："养兵千日，用兵千日，这就是我们消防员的工作和使命，每当感到被人民需要，我就觉得很光荣。"

迟到的婚礼，不会迟到幸福

黄陂公安分局和庹昊所在的消防站的距离是 2.1 公里，疫情以来他们连见上一面都成了奢侈。

2 月 24 日晚上 10 点半，梅胭所在的辖区有居民报警称家中有蝙蝠，没有工具可以处置，请求消防救援人员处理。出警地点刚好在她家附近，为了不打扰庹昊工作，她只好在家门口偷偷看了一眼未婚夫，十几秒的过程她只匆匆拍下了一张模糊的背影。

"死生契阔，与子成说。执子之手，与子同老。虽然错过在这场'千年一遇'的'完全对称浪漫日'领证，还好我遇见了你。打赢这场仗，我就来娶你！"庹昊对着视频里的梅胭说。

等待一场姹紫嫣红的花事，是幸福；等待一场风花雪月的浪漫，是幸福；等待一场梦寐以求的婚礼，是幸福。琴瑟在御，莫不静好，婚礼推迟但幸福不会推迟。消警恋人庹昊和梅胭可能只是无数奋战在一线的消防员、医务人员以及身在武汉的所有战疫者中平凡的一个，但正是他们不平凡的奉献，让这座城市的美好明天能早一点儿到来。

摆渡人

汪磊是来自武汉市消防救援支队古田站司机班的一名班长。在站内,各类消防特种车辆的驾驶及操作对他而言可谓得心应手,但这次教训让他深深意识到"如何"开好车,比"开好车"更重要。

"其实我的压力非常大,每次转送患者的时候,眼罩都会起雾影响视线,但是又不能取下来擦,只能提高警惕,控制车速,调整呼吸节奏让自己不紧张,尽量避免起雾。"这是汪磊第一次出车转送病患者结束后的一句原话,至今听起来都让人胆战心惊。好在他的车技和运气都不错,才让一切有惊无险。

回来之后,他迅速向其他站的老同志请教如何处理眼罩起雾的问题,从在口罩金属条下的垫纸巾到自制防雾液,他一个一个地尝试,以确保下次出勤万无一失。

"每天频繁转运这些患者,你不害怕吗?""每天忙完回到隔离酒店除了疲惫,你有压力吗?"面对提问,汪磊轻松地回了句:"有点儿怕,但只要严格按规定进行个人洗消,自己就不会被感染!"

每次结束转移任务后,汪磊除了对衣服、鞋底等认真消毒外,回到自己独立的隔离点还会通过半小时的淋浴释放心里的压力。

汪磊是家里的独子，父亲早逝，母亲一人在家。他最初并没有告诉母亲自己在抗疫一线。因为他连续几天没有跟母亲联系，于是母亲打来电话追问原因，他才告知实情。"妈，不用担心！我在这儿防护措施做得很好，放心吧……"

在武汉进入新冠疫情防控决战的关键时期，作为"119党员突击队"转运组成员，汪磊直面疫情，主动承担隔离点人员往返医院进行核酸测试和胸部CT检查的运送任务，相对其他转送任务感染的风险似乎更高。

"如果是我19岁刚加入消防队伍那会儿，妈妈问我在干什么，我可能会全盘托出，甚至会抱怨。但是新冠肺炎疫情当前，作为一名消防员，更是一名党员，关键时期必须凸显关键作为。"汪磊严肃地说道。

随着方舱医院陆续关闭，转到康复驿站的患者逐渐多了起来。转送过程中，不可避免地要与患者直接接触，但是汪磊从来都不会刻意回避，尤其是遇到年龄比较大的患者，他总是主动上前帮忙。最多的时候一天转运8趟，转运病患者111人。

那天是2020年3月4日，汪磊还是跟往常一样做好防护，在领受任务清单后他发现有111人需要转运。他提前对接隔离点，合理规划不同隔离点到CT检查点的行车路线，来回穿梭跑了8个批次，整整持续了7个多小时，确保了安全转运不漏一人。当脱下防护服和口罩时，汗水浸湿了作训服，鼻梁上、脸上被勒出深深的血痕，尽管他非常疲惫，但心里却是暖洋洋的。因为转运中一位94岁高龄的老人给他竖起了大拇指，还特别叮嘱他要注意安全。

自加入转运小组以来，他每天细致地做好人员信息的核对、行李搬运、洗消、暖心提示和跟车服务等工作，累计行驶1100多公里，安全转运400余人（CT检查300余人、康复患者100余人）。在这个没有硝烟的战场上，汪磊和战友直面疫情、无所畏惧，在抗疫征途中奋勇前行。

老班长的日记

从烈焰滚滚的火场，到没有硝烟的战场；从应急救援的一线，到抗击病魔的一线，面对突如其来的新冠肺炎疫情，2020年2月26日，武汉市经济技术开发区消防救援大队成立"119党员突击队"。

无论是抢险救援还是转运物资，无论是洗消杀毒还是消防巡查，都可以看见到处流动的"火焰蓝"身影。

在他们当中，有一个消防员叫王涛，现任武汉市经济技术开发区消防救援大队湖滨战勤保障站站长，长年奋战在灭火救援一线。

这是他入职消防的第25个年头，当疫情发生时，作为一名老兵、老党员，他主动请缨、身先士卒，第一时间加入"119党员突击队"，按照统一部署，负责24小时接送医护人员，用实际行动守护着神圣的白衣天使。以下摘选自他的工作日记，可见其当时的心路历程。

第一天

2020年3月3日，早上8时，整装待发，"119党员突击队"从汉南绿地铂睿酒店（甘肃医疗队）、东西湖华美达酒店（重庆国家队医疗队)、长江大酒店(重庆心理咨询队)、喜瑞得大酒店(海南、湘雅医疗队)出发,将外省援助医护人员从住地接送至湖北省中山医院、肺科医院、汉阳中医院、沌口方舱等7个医疗点,24小时服务医护人员。

当"火焰蓝"遇上白衣天使,同为"逆行者",我们虽然叫不出彼此的姓名,但是我们有共同的目标。

第五天

3月8日,相识的第五天,恰逢三八妇女节,车上静悄悄的,很想和他们互动,但看到他们拖着疲惫的身体上车,我们不敢打扰。

"你出征,我守护。"简单的祝福送给白衣天使。

"这个箱子很重,我来搬吧。"

"这些饭菜我来发,您歇着……"

除了做好消防工作,我们主动帮助医护人员搬运物资、发放医务用品。

第十天

3月13日,在这次疫情防控中,医护工作者是奋战在一线的战士,我们全力以赴地保障他们的安全。

在接送海南、湘雅医疗队的时候,"天使白"说道:"你们在守护我们的时候,也要保护好自己,我们同战线、同战疫。"

我们深知自己的责任与使命,但是依然倍感温暖。

看到有这么多人在默默奉献，共同守护我们的城市，成为战疫前线的中坚力量，我们瞬间有了一往无前的勇气。

第十四天

3月17日，第一批援汉医疗队离汉，踏上了回乡之旅。

我们约定，待江城康复，携手一起游武汉。

"拔下销子、取下喷管、压下手把，站在上风方向，对准火焰根部进行喷射……"在喜瑞得大酒店，开发区消防救援大队"119党员突击队"给大家赠送小型灭火器。

第十六天

3月19日，武汉清零，大家看到了希望，兴奋不已。但是大家依然坚守在各自的岗位上，在心里默默地感怀：我们胜利了，感谢有你们！

一场前所未有的战疫，让以往热闹的城市失去了原本的活力，面对严峻考验，开发区消防救援大队"119党员突击队"队员们日夜与一线医护人员奋战在每一个需要他们的地方，他们竭尽全力地坚守着自己的岗位勇敢向疫情宣战。

为梦想选择二次入伍

你46岁以后会是什么样？还能像20岁左右的小伙子一样在训练场上叱咤风云吗？王锦巍用实力告诉我们什么是血性和担当。2020年5月23日，在武汉市汉阳区龙阳消防站，我们见到了46岁的王锦巍。寸头，双目炯炯有神，皮肤较黑，身材结实，他就是湖北省年龄最大的奋战在一线的政府专职消防员。

2020年5月11日至13日，部消防局到湖北开展2018年度冬训考核。武汉市消防支队代表湖北消防部队参加考核，46岁的王锦巍和其他42名参考官兵先后完成了背负空气呼吸器5000米跑、双杠臂屈伸、100米负重跑、400米疏散物资救人和搬运重物折返跑共5个科目的考核。

让考核组眼前一亮的，不仅是那些朝气蓬勃、挥汗如雨的小伙子，还有这位参加考核年龄最大的"老兵"。他不仅圆满完成5个考核科目，双杠臂屈伸还达到优秀，100米负重跑取得良好，部消防局考核组和总队长张福好纷纷为他点赞。

王锦巍，出生于1972年5月，湖北麻城人，1995年加入中国共产党，现任武汉市消防救援支队汉阳区七里庙中队龙阳消防站代理站长。1991年12月入伍，先后在武汉市消防救援支队积玉桥中队、特勤一中队工作，担任过班长，并获得"1995年湖北消防总队优秀士兵"，1996年12月退伍。

退伍之后，王锦巍先是在武汉打工，成为805路公交车的一名司机。之后他又去了广东，经朋友介绍给一位企业老总开车。远离了119警情，没有了灭火压力，王锦巍退伍后的生活确实轻松了许多，月薪也高了一些。平时老板出去玩，他也能跟着老板一起沾光，看美景、品美食。但是每次与战友聊天，王锦巍的眼神里就会流露出一丝向往。"我仍然怀念部队生活，消防给了我强健的体魄，让我认识到自身价值所在，我忘不了那里的一切。"王锦巍所说的一切，包括那疾驰的消防车、喷水灭火的水枪以及舍生忘死的战友。每晚闲下来，这些鲜活的画面一遍遍浮现在他的脑海中。退伍之后，他仍然保留着在消防部队养成的好习惯：坚持长跑，做力量训练。

机会总是垂青有准备的人。随着城市的快速发展，社会防火压力逐渐增大，2008年，武汉市消防救援支队面向社会招聘第一批政府专职消防员。王锦巍从老乡那里得知这个消息，兴奋得好几晚没睡着。"我要重新加入消防队伍！"那些日子，王锦巍高兴得就像个孩子。

应聘考核通过后，王锦巍被分到武汉市消防救援支队墨水湖中队，2014年还荣获湖北省消防总队"优秀专职消防员"称号。为实现对初级火灾的打快、打小，2017年6月，七里庙消防中队龙阳消防站开始组建，表现出色的王锦巍被任命为代理站长。

龙阳消防站位于武汉市汉阳区隆祥街22号，主要担负着汉阳区最为繁华的王家湾商业区，包括武汉摩尔城、大洋百货、汉商二十一世纪购物中心、苏宁电器、家乐福等大型商场以及保利香颂花园、陶馨园、王家湾中央生活区、南国明珠等小区的初期火灾及抢险救援任务。自 2017 年组建以来，短短不到一年时间，龙阳消防站共处警 221 次，其中扑救火灾 26 次、抢险救援 139 次、社会救助 56 次。

2017 年 12 月 21 日早上，疑因煤气泄漏导致爆燃，汉阳区蟠龙路汉南小区 3 楼一房屋发生火灾，楼上住户被火势殃及，巨大的冲击力更是震碎了邻近数十家住户的阳台玻璃。其中，3 楼一房屋的防盗网扭曲变形、向外凸起，墙面焦黑一片。王锦巍带领消防员一起奔赴火场，快速灭火并搜救困难群众，火灾未造成人员伤亡。"幸亏消防员和民警及时灭火，要不然后果不堪设想……"灭完火出来，王锦巍听着群众议论，尽管很累，但是觉得很值！

当着大家的面，王锦巍还展示了劈叉、高空攀爬等技能。王锦巍介绍，为了胜任消防员这份工作，多年来，他坚持每早起床后跑 5 公里，饮食也相当注意。"有人喜欢舒适的生活，有人喜欢有规律的生活，我偏偏热爱消防员这份职业，灭火救援哪怕再苦再累，当我看到群众对我们微笑表示认可时，我觉得一切辛苦都是值得的！"他说道。

王锦巍表示，如果时光可以重来，他还是会选择放弃舒适的工作，再次加入消防队伍，不为别的，只因为爱。

和平年代，正是这些消防救援人员用满腔的热血与敢于担当、救民于水火的英雄气概来维护着社会和人民生命财产的安全，甚至用他们的生命时刻护卫着我们的家园！他们是一群年轻、朝气、充满活力的人，他们是和平年代最具风采、最可爱的人！

讲好"火焰蓝"的故事

2020年的武汉,让人感到艰苦却又印象深刻。"医务人员奋战在病房内,消防员们则全力守护着医院的安全,这是火神山消防站的一次安全演练……"2月22日晚上,《新闻联播》里传来"一线抗疫群英谱",正讲述着火神山消防救援站的指战员驻守火神山医院的点滴故事,短短1分35秒让火神山消防救援站首次映入全国观众的眼中。而作为武汉市消防救援支队新闻宣传处副处长的王运阳则是武汉消防对接社会面发布新闻素材报道一线消防指战员抗疫动态的"领头雁"。

自2020年1月23日晚武汉市宣布封城后,他与新闻宣传处内的7名兄弟便踏上这场属于"记录者"的战场。他们用新闻人的职业素养和使命感为消防员在阻击新冠肺炎疫情期间传播着正能量与信心。

武汉在蔡甸和江夏建立两所抗击新冠肺炎疫情的医院和十几所方舱隔离医院,而火神山医院则是最先交付使用的医院之一。在火神山医院交付前的那天晚上,火神山消防救援站内灯火通明,站内消防员们抓紧时间赶进度要在火神山医院交付前一并将配套消防站投入使用。装备器材、站内设施、卫生条件等成为首先面临的问题。作为新闻宣传负责人,王运阳带着宣传团队第一时间赶赴火神山消防站，他们这次不仅要记录这所特殊时期孕育而生的消防站是如何建成的，更要随一线的消防员们深入火神山医院报道他们的工作状态。

对于王运阳而言，宣传不仅仅是照片与文字的交融，视频素材的堆栈，媒体信息平台的发布，更多的是为一线的兄弟们干些实实在在的事情，向人民群众汇报"火焰蓝"的点点滴滴。"把活儿干好，把故事讲好。"就在火神山交付前的12个小时，王运阳随着火神山消防救援站的消防员们一同进入施工现场，带领团队用镜头记录一线消防员张贴防火知识宣传海报、检查安装消防设施、评估这所让世人期盼的医院防火安全等工作。

一边带着宣传团队如实地记录前线的所见所闻，一边给前方冲锋的兄弟们打下手，这样一个有着4年战训工作经验的老大哥在干起宣传工作之后，依旧没有忘记来时之路。2013年至2015年，他在祖国的西部生根发芽，成为一名援藏干部，如今回到武汉消防已经5年，他不仅把戈漠之巅的坚韧与执着带了回来，还将这些珍贵的种子撒在了足下的故土上，默默地感染着身边的团队。

随着火神山、雷神山医院及方舱医院的投用，与之配套的消防知识宣传海报一度成为王运阳面对的困难之一。城市封路、印刷厂停业、物料进不来，也没有工人开工，怎么办？新冠肺炎疫情没有给王运阳和他的宣传团队留一丝喘息的机会，没有人那就自己干！翌日，王运阳带领着团队里的兄弟们打开仓库将2019年夏末投放社会的"消防侠"海报进行二次裁剪加工，以符合疫情环境。正是这样一股子"撸起袖子加油干，万事俱来不畏难"的劲儿，让武汉消防的宣传工作能在疫情期间正常开展，让整个宣传团队在惊涛骇浪前面不改色。其时，武昌体育馆方舱已经宣布闭馆，意味着破城之日越来越近，暗示着一切将回到最初的样子。但在那之前，对于雷神山、火神山、方舱医院及医院隔离点这些医疗场所，王运阳和他的宣传团队一度成为门儿清的"熟客"，让人们谈疫色变的地方却是他们作为新闻记录者趋之若鹜的"战场"。在王运阳心里，想"讲好故事"就一定要去经历，没有实践就没有发言权。所以这短短的一个半月时间，他们不是在路上，就是在准备出发的路上……

在这特殊的47天里，在抗击疫情记录新闻的这条路上，王运阳和他的宣传团队共采集素材1.7 TB，发稿522条，平均每天推送10条一线消防员抗疫新闻。他们先后推出《汇聚力量战胜困难》《火神山消防救援站：和时间赛跑》《一线抗疫群英谱你守护病人我守护医院》《滞留湖北300多名消防员参与武汉抗疫》等一批作品……习近平总书记曾指出："大家共同坚定信心，一定会打赢这一场战役。"这里面的信心是全中国人民的信心，也是武汉消防人抗击疫情的信心。王运阳将武汉消防阻击疫情中一个又一个真实的新闻和期间发生的故事化成了强有力的信心传递到社会大众与消防员家属的心中，让他们在工作中越干越踏实、越干越想干。这便是一个普通的新闻传递者，一个不一样的"火焰蓝"。

青春蓝

团长小夏的故事

2020年4月6日下午,武汉市消防救援支队政治部二级助理员夏艺菡参加了科苑社区为下辖7个小区的志愿者举行的表彰大会。

在全市居民小区实行24小时封控管制,物资采购供应最吃劲的关键时期,武汉市江汉区科技苑小区的居民们或许比其他社区居民更加幸运,因为他们有采购团团长小夏。

8个单元、228户人家,目前开团151个,团购物品合计9700余份,参与人次5200余人次,涉及金额36万元,至今没有一例烂账、错账。

小夏——夏艺菡,女,2011年加入消防救援队伍,2013年成为一名共产党员。

疫情期间,同为消防员的丈夫曾鸣,坚守在消防站灭火救援一线,小夏作为单位"119党员突击队"在外机动抗疫力量,一人独居。

除了完成单位每天下发的站外办公任务外,她还主动与社区干部对接,承担着为小区228名群众采购、送货的任务。

"最开始帮大家团购的时候,小夏就是一个'光杆司令'。"科技苑小区的元春阿姨幽默地说道。

武汉封城，交通限行，全市所有小区采取封闭管制，每户每三天只允许一人外出。

小区里行动不便的老人偏多，每天的蔬菜、生活物资购置成了最难的现实问题。

"我们单位成立了'119党员突击队'，大家都在抗疫一线奋战，作为一名有着7年党龄的党员，我一定得冲锋在前。"

说到就一定要做到。2020年2月5日，小夏主动联系科苑社区和科技苑小区物业公司经理，主动提出接手团购群，为小区群众提供团购、送货"一条龙"服务，并荣幸地当上"团长"。

"最开始的时候正式志愿者就我一个。"小夏说。因为她一个人独居，不用担心万一感染后会传染给家人，所以她在找货源、统计需求、采买的同时，还和物业大哥们一起对着团购清单收货、发放。

"第一次团购成功后，越来越多的群众入团，因为怕交叉感染，我都是排好取货时间表，在群里一户一户叫，提醒他们领取物资。"

2月15日，武汉大雪，小夏在楼下配送了2个小时物资，欣喜的是越来越多的志愿者加入了小夏的团队，和她并肩战斗——从1人到7人，最后扩大到27人，团购物品到货的时候由物业清点签收，志愿者队员按照货物清单发放到每一户的门前。

为了给小区居民提供更加优质周到的服务，小夏定期开展掌上问卷统计，注重关照空巢老人等困难户的特殊需求。

这份特殊的问卷表内容包括：是否独居、是否空巢老人、是否孕期待产、是否医护人员家属等12项，以微信推送的形式发到各单元团购群。

工作中,她也遇到了一些问题,比如一些子女不在身边的老人没有安装或者不会用微信,无法提供需求。

小夏团队千方百计联系上这些老人的子女,把他们拉进群,畅通了信息精准获取渠道。

"不漏一户,不漏一人。"不仅是疫情防控保卫战的工作要求,也是小夏为自己设立的服务标准。

2月25日,根据工作需要,小夏所在单位要求所有机动抗疫力量迅速归建,即将投入病患转送、物资搬运、洗消杀毒等为民服务工作中,小夏也在归建之列。

"昨天,社区的志愿者队长联系我,听说我们团购搞得很好,想让我带上另一片小区团购。"

正在统计方舱医院人员转送情况的小夏,在完成单位工作任务之余,积极协调处理团购群的工作。

新冠肺炎疫情期间,武汉市消防救援支队有650余名党员突击队队员英勇奋战在抗疫一线,他们与驻地医护人员、公安民警、社区群干、各行业职工、志愿者等"最美逆行者"一起,共同守护着这座英雄城市的人民。

愿山河无恙,祝国泰民安!

血是热的，心是烫的

这叫干粉灭火器，使用前摇晃几下，拔下这个像问号形状的保险销，对准着火位置按压手柄……这一幕发生在东西湖区新冠病毒疑似人员转运车辆上，一名消防员正在前行的车辆上讲解干粉灭火器的使用方法。

从 2020 年 3 月 2 日接到任务以来，由武汉消防救援支队派往增援东西湖区的两名"119 党员突击队"队员已连续工作了 21 天，尽管他们满脸疲惫，但心中无比踏实。

突击小分队其中的一员叫向冠宇，他原是武汉消防救援支队应急通信与车辆勤务站站长，主要负责支队机关勤务工作和公务车辆管理，但是在新冠肺炎疫情发生后，他主动向支队递交请战书，然而半个多月过去了，始终没有接到支队任务安排。他开始焦急起来，在 2 月的最后一天，他敲响了支队领导办公室的门，主动表决心要求去防疫一线。他说："我不想待在安全的后勤岗位，作为一名曾经参加过特勤队的队员，不管前线有多危险，只有真正做一些实事我才能安心。"

3 月 2 日，向冠宇同志如愿以偿接到支队分派的任务，立即简单收拾行李前往东西湖区消防救援大队"119 党员突击队"报到。他到达东西湖武汉客厅方舱医院后，便马不停蹄地开始了工作。他被分配到东西湖区"119党员突击队"病人转运组。忙碌的转运工作从中午1点一直持续到晚上8点多，防护服的穿戴使他们无法进食，也无法上厕所，第一天的工作量就让他们疲惫不堪，但他们的内心无比踏实。

由于设置在武汉客厅C区方舱医院的病人已经全部康复出院并转送至隔离点，3月3日上午，向冠宇和他的队友接到东西湖防疫指挥部命令，安排他们下午3点准时进入方舱进行消杀工作，为下一步方舱医院病人清零关舱做好前期准备。虽然方舱医院没有病人住院，但是院方多次提醒我们里面的病毒浓度非常高，方舱内高强度体力下工作的队员作业时间不能超过4小时，为了按规定时间完成任务，向冠宇把进入舱内工作的6名队员分为设备维修、药剂更换和舱内作业三组，各组轮换作业，争分夺秒，经过4个小时的努力，4000余平方米的方舱区全部消杀完毕。

3月5日，党员突击队再次接到区某监狱的消杀任务，有了武汉客厅方舱医院消杀工作的经验，极大地提高了监狱消杀工作的效率。此时忙完消杀，等待他们的还有21名需要转运的病人，脚步一刻也不能停……

在连续几天转运病人期间，很多病人对把他们送去隔离的行为不理解，产生抵触情绪，甚至是谩骂，向冠宇和队友们耐心地讲解当前疫情的状况及利害，安抚病人的情绪。部分康复驿站无法接收病人，很多酒店式临时设置的康复驿站没有专业的医疗设备，因此只能一边等待转运指令，一边安抚病人情绪，最后按防疫指挥部的要求将病人转运到合适的隔离点。

3月3日下午，一对年过七十的夫妇，一个坐着轮椅一个挂着拐杖，行动极其不便，爷爷的老伴需要吸氧才能保持血氧浓度在 90 以上，普通的康复驿站无法接收他们，从白昼到黑夜冒雨辗转三个隔离点后，终于将老人安全送到医院的隔离病房，临走时老人笑着说的"谢谢"极大地鼓舞了他和所有队员。

从 3 月 2 日接到任务开始，成立转运组的 21 天里，向冠宇和队员们转运了雷神山医院、中南医院、东西湖区协和医院、金银潭医院、金银湖卫生院、径河卫生院、太康医院 7 个涉疫医疗机构的病患，共计转运病人 511 人次。他们还深入武汉客厅 C 区方舱医院进行消杀工作 4000 余平方米，同时配合消杀组进行了东西湖区看守所、拘留所的消毒工作等。

明知征途有艰险，越是艰险越向前，这支平凡的党员突击队小分队以人民消防为人民的承诺，以全心全意为人民服务的宗旨，以"赴汤蹈火、竭诚为民"的使命，在这场没有硝烟的战争中，逆风而行，保民平安！

两份炙热的申请书

"老公,跟你说个事儿,你也不用紧张,但是千万别跟爸妈说啊。"此时的肖鹏精神突然一紧,觉得最不想发生的事情可能还是发生了。

回想封城十天来的日子,他内心无时无刻不在担心妻子李熙在抗疫一线的情况。

2020年1月23日,对于肖鹏和妻子而言,是开启一段特殊奋斗经历的日子。婚后一家人的第一次年饭,妻子李熙刚吃了一口婆婆做的她最喜欢的香肠,便在饭桌上接到电话,她所在的武汉市红十字医院被定为第一批发热病人定点接收医院,要求立即返回工作岗位,参与对新冠肺炎病人的救治。

回到医院,李熙主动申请调到发热门诊工作,蜂拥而至的病人和紧裹防护服的医护人员,是她参加医护工作4年来第一次见到。

封城第八天,李熙说她身边的同事一个医生和2名护士被感染了,感觉自己压力很大。她还嗔怪肖鹏:"有个同事的老公从来都不进厨房的,最近开始自学做饭和煲汤,每天给坚守岗位的同事和生病的同事送饭送汤,而你为我也做不了什么,每天下班我还要自己找吃的……"

听到李熙的同事感染了新冠肺炎，回想到这几天妻子不时地说有些不舒服，肖鹏对妻子的担心与日俱增。

1月30日，在肖鹏的多次催促下李熙在医院做了CT检查。2月1日，结果出来，化验单上清晰又刺眼地标注着"磨玻璃小结节"字样，在新冠肺炎疫情期间，这几个字的出现，两人都知道意味着什么。

这时候的肖鹏反倒镇静了下来，没有将焦虑传递给妻子，而是安慰妻子，提醒她按时吃药做好自我防护，让妻子找医院领导汇报看能否撤下来隔离治疗。

李熙坚定地说："同事们都坚守在一线，现在人员又紧缺，我是不会退缩的！"

一股从心底升腾起的勇气

肖鹏无时无刻不担心妻子的安危，也被妻子感动着，他提醒自己要把全部精力投入工作之中，出警、训练、开展防疫各项工作都走在前列，用自己的行动来支持妻子的付出。

省委党校盘龙城新校区作为黄陂区的一个改造医疗点，设计床位1000张，这使得肖鹏所在的消防站保卫任务陡增，他主动请缨参与到消防站对医疗点的实地熟悉、预案制作、微型站人员培训等工作中。

2017年1月，肖鹏入职成为一名专职消防员，担任骨干供水员。在火灾现场时常可以看到他肩扛2盘各长50米重50斤的水带，大步流星地远距离供水的身影。

早在2019年2月，肖鹏和李熙的家人便已选好良辰吉日，计划于金秋十月为他们举行婚礼。后来武汉军运会的举办，肖鹏身处消防执勤安保一线不能请假，李熙二话没说便将婚期推迟了。两人一个长期24小时驻勤消防站，一个经常黑白颠倒地上班，总是聚少离多。

肖鹏看到支队火神山消防救援站选拔消防员那天，战友们纷纷在请战书上签字并摁下红手印，他感受到了一股火热的激情和必胜的信念，于是也加入了请战的队伍。

两份炙热的申请书

2月14日是西方情人节，比收到彼此情人节礼物更让人开心的是，李熙在坚持工作14天后，没有出现异常症状，复查的结果也没有变化，两人这时如释重负。

李熙说，她所护理的病房里，一名重症患者经检测已经符合出院要求，明天即将出院，而自己3名被感染的同事的症状也明显好转，他们约定一旦恢复仍会回来继续并肩战斗。肖鹏也说，辖区的医疗点投用在即，他已向站党支部主动请缨，争取成为第一批消防安全值守人员。

肖鹏跟妻子说："我们两人一起给各自的党组织写入党申请书吧，通过这次疫情我发现每当国家最需要的时候，冲在最前面的总是党员，我最近被网上的视频感动太多次了。"李熙被肖鹏的真诚所鼓舞，两人一拍即合，当天便向各自所在党组织递交了入党申请书。

说到一家人，肖鹏道出了一个更有趣的缘分，李熙的弟弟也是一名消防员，同样也在武汉市消防救援支队工作，目前是水域救援大队的一员，也正战斗在执勤一线。

一场没有硝烟的抗疫之战正在白衣天使与病毒之间展开，而身为消防员的肖鹏，也一直坚守在消防执勤保卫的第一线，保卫这片深受病魔侵蚀的大地不再被火魔袭扰。肖鹏向李熙许诺，等这场战"疫"结束了，一定带她去她最想去的彩云之南。

请一个都别少

"请一个都别少",消防宣传单页上的这6个字是我们对奋战在抗疫一线医务人员的真切希望,更是我们的美好愿景。

日海方舱医院是武汉市目前最大的方舱医院,有4栋楼、3700个床位,为了第一时间给这些床位增添一缕"温暖",武汉市消防救援支队流芳消防救援站的徐震带着突击队队员们从晚上10点到凌晨2点,奔走在每一栋楼、每个舱位、每个床位。

6点30分,清脆的铃声打破了清晨的宁静。日海方舱医院执勤点的突击队队员们迅速起了床,开始整理内务,打扫卫生。吃完早饭后就是每天例行的晨会,总结昨天的工作,部署今天的任务。

"目前日海方舱医院尚未投用,但我们依然要把工作做到前面,同时也必须细致入微,医院建筑面54000平方米,各项施工都在继续,还有医护人员住宿区、生活区、食堂……所以做好隐患排查工作,仍旧时间紧、任务重,我们绝对不能掉以轻心。"

部署完一天的工作后,所有突击队队员根据自己的任务都迅速穿戴好防护装备,开始一天紧张忙碌的巡查任务。

徐震把宿舍规整完毕之后,拿了一沓消防宣传海报就紧急出发了。他边走边说:"方舱医院属于人员密集性场所,消防宣传必须深入人心，虽然前期已经贴了 3000 多张，但昨天巡查发现依然有许多空白地。"

徐震同志是最早进驻日海方舱医院消防执勤点的突击队队员，刚来之时，方舱医院还没完全建成，食宿、防护装备、场地熟悉以及各类隐患排查都是迫切需要解决的问题，经徐震数日协调和每天日行 3 万步坚守，方舱医院的消防执勤点保卫工作渐入正轨。

"所有执勤点人员 C 栋 C 区 16 舱过道集合，所有执勤点人员 C 栋 C 区 16 舱过道集合。"徐震同志拿起对讲机紧急喊道。

原来是承包方的 60 多包床上用品把过道堆得满满当当。徐震同志发现隐患后第一时间向医院负责方汇报情况，但由于各方都处于忙碌状态临时抽不出人，于是徐震和所有突击队队员立刻着手，将所有物资搬运后分类摆放，重新清理出"生命通道"，并在物资上面贴上消防宣传海报。

"虽然说是临时堆放，但这样太危险，万一施工方的一点火星或一个小烟头落在上面，造成的灾难都是毁灭性的。"徐震刚和突击队队员说完，就意识到消防培训工作迫在眉睫。

"大家一会儿巡查的时候要更加细致，还有消火栓维护工作再把进度往前赶一赶，中午吃完饭后大家把消防培训的东西准备一下。"

培训会上，现场所有人员听得格外认真，纷纷参与其中，许多人都说这是一次让自己记忆犹新的消防培训。徐震用简洁的语言把上午发生的"小插曲"可能造成的危害性讲述给现场的人员，并劝诫大家在提升防火意识的同时更要相互提醒监督。

处理完培训的所有事务后，徐震按照计划继续开始隐患排查工作。

C栋的建筑面积为14000平方米，里面共设床位1500个，也是四栋楼里最密集、床位最多的一栋楼。每检查一样消防设施，徐震就在本子上记录一笔，经排查C栋4个壁栓差水带，2个壁栓里面没有水枪，26具灭火器压力不足……每一处隐患下面都备注了具体地点，并写好了整改措施。

"事无巨细，方便他人也是方便自己。"徐震认真说道。

他把今天所有突击队队员发现的隐患和问题归总之后，全部上报给医院相关消防负责人，并规定最后整改期限。

下午6点，天色渐渐暗了下来，日海方舱医院综合群里发出了去食堂领饭的消息，徐震在对讲机里让所有队员回宿舍休整，自己去为大家食堂领饭。

穿越D栋是去食堂最快的路径，途中，他又发现一处通道里堆了许多裸露在外面的被褥和床单。"这很危险，这些物资上面就是带电设备。"徐震刚说完就开始着手将这些物资全部铺在床上。

徐震麻利地将这些被褥全部铺好后说道："应该是这里的工作人员去吃饭了吧，发现隐患立即解决，就是我们现在最重要的事情。我得加快步伐了，兄弟们都等着我呢！"

利用晚上吃完饭的间隙，徐震给妻子打去视频电话："今天这边都挺好，没有什么特殊情况。小雯雯怎么样了，昨天你说她开始挑食了……"放下电话，可以看出来徐震脸上露出的喜悦和不舍。

"兄弟们，今晚我们得加班再开展一次夜查了！今天连续发现两处胡乱堆放情况，我们一会出去要及时告诫工作人员，如果发现需要协助的我们也要及时帮忙……"分派好任务后，大家整装再出发，提上小手电开始夜查工作。

夜晚，北风夹杂小雨吹得树叶沙沙作响，突击队队员们穿梭于每个舱位之间，只要看到有人员在工作，我们的队员们便快速上前询问是否需要帮忙，同时嘱咐注意消防安全，给这个孤寂的夜晚带去点点微光。

在网上，网友纷纷留言：愿所有方舱医院早日关门。徐震说道："我们也真心希望我们的辛苦是白忙一场，愿所有医院不再有病人。但作为方舱医院消防突击队的一员，我会坚守岗位，守护好医院，守护好我们要守护的人。同时，也请他们一个都别少！"

让她做最美的新娘

突如其来的新冠肺炎疫情，使许多恋人被迫推迟了婚期，武汉市消防救援支队消防员徐珺梁和他的未婚妻陈倩倩也是如此。

徐珺梁是武汉市消防救援支队泛海消防救援站特勤分队战斗一班班长，1990年2月出生，参加消防工作已经10年了。2020年2月9日，原本是徐珺梁和陈倩倩的大喜之日，却因突如其来的疫情不得不推迟婚期。

1月29日，徐珺梁写下请战书，成为江汉区"119党员突击队"的一员。作为一名党员，徐珺梁没有因婚期延迟而影响工作，他把对家人的爱全部投入防疫工作中。队里的消杀、给战友们量体温、发放口罩、帮厨帮灶，随处可见他忙碌的身影。

50多天来，徐珺梁天天奋战在一线。面对危险，他从未退缩，先后三次到武汉华南海鲜市场开展涉疫勤务。他携带电动剪扩器、板斧、铁铤、照明灯具进入市场核心区域，实施登高破拆和无死角搜索疑似物，他登高破拆4个多小时，破拆卷帘门200余个、搜索动物尸体近100公斤。

2月29日，接江汉区防疫指挥部调度指令，在经开区有700张行军床、2吨棉被和生活物资，急需搬运到隔离点。接到任务后，徐珺梁和其他"119党员突击队"立即赶赴现场，经过4个小时的战斗，圆满完成了搬运任务。

徐珺梁是一名地道的"武汉伢"，每次看到电视上播放医护人员救治患者的忙碌画面，他总说，比起那些为武汉拼命的白衣天使，我们受的这点苦、这点累，根本算不了什么。

春暖花开，阳光明媚。连日来，援汉的医护工作者陆续返回，徐珺梁坚信，胜利的号角指日可待。

徐珺梁告诉陈倩倩，疫情结束后，就和她举行婚礼，让她做武汉最美的新娘。

交上一份合格答卷

"逐步解封是为了复工复产,越是这个时候,越不能放松疫情防控。"2020年3月27日下午,武汉市洪山区消防救援大队一级指挥员严玮在重点单位工作群发了一条微信,要求各重点单位场所将疫情防控与复工复产同部署同检查同落实,做到疫情防控到位、消防管理措施到位,切实消除监管盲区、堵塞管理漏洞。

战疫两个多月以来,严玮每天都要在多个微信群里发布类似的信息,连她自己都有些不敢相信,因为大半年前,她作为一名消防"老人",却仍是业务"新兵":2019年6月,为加强和充实武汉军运会消防执勤力量,严玮从湖北消防总队政治部组教处下沉来到武汉市洪山区消防救援大队,从一名政工干部变身为消防监督员。

身份的转变带给严玮巨大挑战,但她没有失落和退缩,而是拿出她曾经作为一名军人的果敢刚毅,向书本学、向群众学、向实践学,把各类防火业务知识学精学透,并迅速运用到实际工作中。疫情发生后,严玮再次主动出击,将疫情防控知识融入消防宣传工作,通过参与疫情防控知识普及、帮助大队制作宣传图画、撰写工作简报信息、在重点单位工作群等网络群中发送官方疫情动态、防疫消防知识、复工复产消防注意事项、防火措施等工作信息，引导身边的人信科学、听官宣，不聚会、不扎堆，不造谣、不传谣，切实树立信心。在得知省公安厅社区疫情较重时，严玮主动加入为社区进行消防安全宣传，张贴防火告示，提醒居民防疫莫忘防火。

疫情最严重时，严玮居住的小区出现了数名确诊病例，但都没有吓退她前进的脚步。为了不耽误整体工作的推进，她每天采取线上+线下、网络+实地的方式主动为重点单位服务，为春节期间营业场所提供服务。截止到2020年3月18日，严玮线上指导服务重点单位场所155家，实地服务指导30家，其中养老院2家、援鄂医疗队住所2家、社区9家、保障民生企业8家、其他单位9家，指导消防火灾隐患和安全隐患64处，实实在在交出了一本"硬"账。

"每到一个单位社区，她都会认真查看消防通道、消防水源、固定消防设施，进行实地检测，并力所能及地进行培训和提示，反复叮嘱相关物业公司加强消防主体责任、加强巡检巡查，对那些无法解决的历史遗留问题积极上报，协调解决。"严玮同事介绍，考虑到有的单位离得较远，她每天提前两个小时准备、查看导航、加强防护、自驾前往，将服务时间与重点单位工作时间有效衔接，尽可能地多沟通、多提示。在做好服务的同时，严玮还会主动询问需求，为重点单位提供必要的生活必需品和精神慰藉，做到有管有爱。

洪山区消防救援大队党委书记、教导员蒋红毅透露，疫情期间消防站实行封闭式管理，初期各类保障物资困难。当得知大队需要帮助时，严玮主动为大队捐赠300斤辣椒，积极筹措200套防护用品和用具，赠送给了执行防疫勤务工作任务的同事。在得知福泰养老院、东山亭养老院的老人因疫情管控无法外出购买指甲剪后，她又主动对接送去 100 个指甲剪。

据了解，严玮的爱人在湖北省消防总队作训处，平常工作忙回不了家，她就把照顾家庭的责任"一肩挑"，从不让爱人分心，疫情期间夫妻二人已经一个多月没有见过面。他们的女儿在读四年级，白天就跟着严玮的父母生活。两位老人年龄较大，身体也不太好，只能给外孙女做做饭。每天下班回家，无论多疲惫，严玮都要检查孩子白天上网课的情况，并做好学习辅导。"疫情期间每个家庭都有难处，我们从事消防救援工作，就是要为人民群众解难题。自己的困难努力克服一下就过去了。"严玮如是说。

"疫情是一面镜子，是一次考验，作为一名党员，要多做点儿实事善事。"严玮不仅认识深刻，而且行动自觉。正如蒋红毅所说，作为一名女消防监督员，严玮认真落实上级指示要求，努力克服转岗时间短、家庭责任重等实际困难，加强学习，不惧危险，努力做好重点单位场所的消防安全指导服务，为疫情防控大局贡献了积极力量。

用行动践行消防誓言

"在别人放假的时候,我们是最忙碌的时候,必须严阵以待保障人民群众的生命财产安全。"武汉市消防救援支队硚口中队副中队长(副站长)杨玉奇说。2019年是新中国成立70周年,也是他从事消防行业的第12年。军运会期间,他每天都坚守在岗位上执行任务,他说:"履职敬业就是对祖国最好的祝福。"

军运会开幕第二天,杨玉奇像往常一样,7点左右到了工作地点,开始繁忙的一天。前一天早上,他还因为腰椎间盘突出而疼痛难忍,经过队友擦药按摩后才得到有效缓解。杨玉奇是驻守在军运会场馆武汉体育馆的一名消防员,负责守卫军运场馆酒店及风控圈200米内的消防安全。

从军运会召开的前一周开始,为确保军运场馆的安全,杨玉奇和队友几乎每天都要深入场馆排查安全隐患、宣传消防安全知识、开展消防演练,同时开展消防培训等。自开展军运会消防安保工作以来,他带队熟悉军运会涉赛场所酒店50余次,组织培训辖区义务消防力量1000余人。"武汉体育馆是军运会场馆之一,亚洲大酒店也是军运会酒店,消防工作责任重大,我们一刻都不能放松。"杨玉奇说。军运会期间,武汉市消防救援支队硚口中队全员坚守岗位,实行24小时值班制度,确保消防工作落到实处。

在杨玉奇心中，还有一件事放不下。不久前，杨玉奇的父亲罹患肝癌晚期，在武汉同济医院先后住院两次化疗，同时开始服用肝癌靶向药以及中药辅助治疗，但因家庭经济原因，无法长期住院化疗。父亲被接回老家后，身体情况越发恶劣，多次入院抢救，数次病危，至今一直在老家医院重症治疗，无自理能力，仅有母亲一人在医院长期照料。他请假回去探望，看着病床上的父亲和年迈的母亲，面对千难不曾畏惧、面对万险从未后退的他畏惧了。他害怕父亲突然离开，害怕自己作为家中唯一的孩子无法尽孝。但在内心挣扎一番后，他还是选择回武汉尽职，临走时，他嘱托家人好好照顾父亲。"我觉得很对不起父亲和家人，但是作为一名消防员，有义务以人民群众为先，所以在这重要的关头只能舍弃'小家'，成全'大家'。"杨玉奇说。

为武汉"加鱼"的消防员来了

2020年3月13日上午8时,武汉市硚口区消防救援大队接到区防疫指挥部指令,首批100吨调配自湖北省咸宁市的活鱼将运抵武汉市硚口区11个街道下辖社区,需要大队对其中的46.5吨鲜鱼进行分装,并配合社区送鱼入户。大队立即组织"119党员突击队"和所属站部分消防员共120人,分为四个小组奔赴各个社区。

姚健是武汉市硚口区长丰消防救援站政府专职站长助理,13日11时,他所在组的30人率先赶到了华生汉口城市广场小区路旁等候,准备领受任务。这个辖区比较大,有8000余户居民。

11时30分许,两辆悬挂着"咸宁为武汉'加鱼'鼓劲""武汉为国家奉献牺牲"横幅的水产运输车停在了小区门口。

"捞鱼是技术活,我有经验,你们其他人赶紧分装!"姚健发现分拣人员不够,便主动请缨,迅速爬上水箱拿起渔网进行分拣,下网、捞鱼、控网整套动作一气呵成。

底下的突击队员有的用筐子接鱼,还有的拿袋子装鱼,大家分工协作,按分装、运送、上门流线作业,马不停蹄、争分夺秒,将鲜鱼送到每户居民家中。

在近4个小时的活鱼卸货任务中,他全程顾不上休息,作训服被水浸湿,鞋子一直泡在水里,手掌也磨起了两个水泡,整个人浑身都散发着强烈的鱼腥味，仍然没有影响他的干劲儿，他与货车司机一起完成了1万多斤鱼的卸货工作，周边的社区工作人员都对这位蓝色"渔夫"竖起了大拇指。

新闻报道一经推出后，就引来万千网友赞叹，有网友评论道："为武汉'加鱼'，20万斤活鱼来了，消防员也来了。"

披上"火焰蓝"整装再出发，5年武警军旅生涯，把姚健锻炼得非常果敢和坚毅，2016年他加入武汉消防这个大集体，光荣地成为一名政府专职消防员。

2020年2月14日晚，硚口区一名女子不幸患上新冠肺炎，导致思想情绪极其不稳定，产生跳楼轻生的念头。武汉市硚口区长丰消防救援站接到出警命令后，迅速赶到现场。由于是疫区警情，姚健同志身先士卒，穿戴好防护装备后，立即到达房间内部，与女子面对面沟通交流。他利用在抗击疫情期间学到的相关知识，深入细致地讲解新冠肺炎治疗知识和成功案例，边鼓励边接近轻生女子，冒着可能被感染的风险做好随时强制劝阻的准备。经过半个小时的努力，女子渐渐打消了轻生的念头，表示一定会积极乐观地面对疫情接受相关治疗，相信国家，相信政府，相信消防员，决定做好个人防护，以免殃及他人。她哭着说："疫情结束之后，一定要当面感谢你，拥抱你！""我是一名党员，当人民有需要的时候我一定会冲锋在前。"姚健说。

在抗击疫情期间，姚健还多次参与物资转运任务，在2月29日、3月6日两次物资转运中，姚健与9名队友化身装卸工、搬运员，和队友们连夜搬运面粉、生活物资20余吨，他不喊苦、不叫累，只想在这个特殊时期多尽自己的一份力量，更好地服务人民群众。

再烫,我也不会放弃

面对危险,趋吉避凶是我们每一个人的本能。而有这样一群人,他们的工作就是去克服这种本能,为我们去平息这些危险。迎火而上是他们的使命,危难时刻是他们替我们负重前行。他们是最美逆行身影——消防员。

在"中国网事·感动2019"年度颁奖典礼上,主持人说的这位舍己为人的消防员大家一定不陌生,他就是湖北省消防救援总队武汉支队青山站特勤班班长,"抱火哥"张晓明。

2020年1月16日,"中国网事·感动2019"年度网络人物在北京颁奖,"抱火哥"张晓明光荣入选,成为全国应急管理系统中唯一获奖人。

2019年3月25日上午,武汉市青山区钢城华荣市场突发大火,武汉消防调集110多名消防指战员,奋战一个多小时将明火扑灭。火灾中,消防员张晓明抱着正在燃烧的煤气罐,在火场四进四出,震撼人心。

1个、2个、3个、4个……"再烫,我也不会放弃!"张晓明说。

张晓明不顾烧得通红的液化气钢瓶,直接抱着或拎着就往外跑,烫手了,赶紧沾一沾地上的水降降温继续跑。就是这样一种不屈的坚持，4个液化气钢瓶被全部转移到安全区域，张晓明灭火时戴着的手套已被大火烧得漆黑发焦。摘下手套，他的双手被烫得通红。

张晓明说："火场里的液化气钢瓶是个巨大的安全隐患，随时会发生爆炸，这对救援人员的安全是一种威胁，我必须第一时间把它转移到安全的地方，只有这样我们才能更好更安全地战斗。"

"很怕父母看到视频后替我担心。"张晓明回忆说。为此，他特别叮嘱中队的战友，千万不要把这件事告诉家人。平时与家人打电话，他也是报喜不报忧。最常说的就是一句"一切都好"。事后，"抱火哥"张晓明的英勇事迹迅速发酵，央视财经频道《第一时间》栏目、人民网、新华社纷纷跟进报道。"紫光阁""共青团中央""人民网""中国消防""国家应急广播"等官方微博相继推送视频新闻，传播"抱火哥"张晓明的英勇事迹。据不完全统计，微博相关话题讨论、转发评论人次达500多万，读者纷纷留言点赞"最美逆行者"。

"网聚美好，温暖绽放。"由新华社发起，新华网、新华社"中国网事"栏目承办的"中国网事·网络感动人物评选活动"，"中国网事·感动2019"人物评选于2019年4月2日启动，采取季度初评、年度终评相结合的方式，前三季度每季度评选10位季度网络人物，综合第四季度及专家评委提名的30位左右网络感动人物，年终评选出10位年度网络人物。其中，公众线上投票占比45%，专家线下评审占比55%。

"抱火哥"张晓明是全国8.54亿网民评选出来的逆火英雄，更是全国应急管理系统践行"不忘初心牢记使命"主题教育的杰出代表。

张晓明说:"很高兴能获得这项荣誉,这个荣誉属于每一位消防员。面对危险,为了保卫群众和战友的安全,每一位消防员都会挺身而出。我和战友们会继续努力,随时出击,为人民群众排忧解难。"

他们总是出现在最危急的时刻、最危险的地方,他们总是不知疲惫地时刻保卫着我们的家园,他们总是不停地走在生死边缘。他们从"橄榄绿"到"火焰蓝",使命不改,初心不变。他们有一个平凡的名字——消防员。"抱火哥"张晓明就是其中一员,让我们大家为他点赞!

享受帮助群众的快乐

小寒过后,武汉的街头变得更为湿冷,失踪数日的暖阳也似乎是急着买票准备返乡过年。零零碎碎的小雨不打一点儿招呼地从天而降,街边棕黄的梧桐叶也跟着绵绵细雨一同回旋雀跃,不知是想为来年沃肥,还是想着在生命最后的尽头肆意一飞。

武汉下雪了。期待已久的雪花并没有辜负大家耐心的等待,即便比预想中晚了一些,但它终究还是来了。

气温的持续降低,让各色迥异的羽绒服交错在黑白相间的斑马线之间。红绿灯交替之隙的数秒间,沉寂的电台音频缓缓传来赵雷唱的《成都》:"让我掉下眼泪的,不只昨夜的酒……"

从出生的那一刻起,人最先学会的不是睁开褶皱的双眸去凝视这个世界,而是啼哭。哭是人类表达情感最原始的方式,没有之一。

有人因为失去挚爱而伤心欲绝;有人因为不得不承受城市的巨大压力而委屈得哽咽;还有人会为一个小生命的呱呱坠地而喜极而泣。在经历了数次来自成长的鞭挞后,更多的人选择笑着和这个世界博弈。你可曾想过会在某一天因为碰巧遇见某个消防员从火场里出来的那一刹那而热泪盈眶吗?答案肯定是:有。

2019 年 12 月 19 日早晨,武汉堤角一高层住户家突发火灾,小区一位居民目睹了一名年轻消防员在救人灭火过程中被熏黑的样子后当场流下眼泪……

居民拍下的这名消防员名叫赵亚楠。当日早晨，他和战友们赶到事发现场时，楼道内浓烟弥漫，热浪翻涌，身着全套防护服的赵亚楠第一个朝现场冲去。在楼道内，赵亚楠和同伴先后救出两名女子，随后成功将火扑灭。

后来，赵亚楠从火场出来时被居民拍下的照片很快便在网络上流传开来，受到不少网友的祝福与点赞，其中更不乏热泪盈眶者。对于赵亚楠而言，他只是武汉市消防救援支队中一名普通的消防员，在一场出警过程中碰巧被热心路过的居民拍下自己救火的样子，能得到社会大众的祝福和点赞，让他感动不已。他说："这是我们应该做的，没什么。"借这个机会，赵亚楠也想向关心和支持消防事业的广大网友们一一致谢。

在武汉二环外的北边，矗立着一座极具消防特色的现代建筑——消防瞭望塔。早期监视辖区火情时，全靠瞭望手在塔顶守望火情，确保第一时间发现火情并出警，从而守护周边辖区居民安居乐业。

北接丹水池，南抵堤角公园，从地铁1号线新荣站迂回而行，不到百余米就能看到赵亚楠所在的岔马路消防救援站。

7年前的初秋，一脸稚嫩的赵亚楠从家乡襄阳应征入伍，从此便告别了与家人生活的"避风港"，也算正式和曾经青涩的自己挥手作别，开启了属于他的"逆行之旅"。

"从新消防员入职开始到现在，我就一直待在特勤班，能和战友们第一时间出警，我很享受那种帮助人民群众所带来的快乐。"赵亚楠说。

2000 多个日夜,那个曾经稚嫩的少年褪去了以往白皙的肌肤,略微黝黑的脸颊上更多了一份从容和坚定,在他心里男人就应该是这个样子。

从战斗员、特勤班副班长到如今的特勤班班长,岁月沉淀所带来的馈赠从来都不只是年岁的增加,更多的是通过努力后变成对自己梦想的滋养。

休息日的室外操场上,昨夜疏雨所留下的"泪痕"依稀斑驳可见,背上空呼驰骋在训练场上,是赵亚楠周末给自己不一样的"加餐"。

"体能就像是冒险的本钱,我想把负重 5 公里跑的成绩提高点儿,不勤快点儿是当不好班长的。"给自己加码或许只是为了在火场救援时能更多一分胜券,但更多的是他对自我改变向上的一种自律。

在特勤班的这 7 年里,赵亚楠记不清自己到底出过多少次火场、参与过多少救援,但让他难忘的一次,是在朱家河河滩的淤泥里和死神擦肩而过的"探险"经历。

2016 年夏秋交替的某一天,当时还是特勤班战士的赵亚楠和战友接到救援任务,前往朱家河河滩救助一位因划船捕鱼不慎掉入河内被河滩淤泥困住的 80 多岁的爹爹。

"我记得那个爹爹掉进河里时会游泳,他自己游到河滩,但没想到还是陷进了离岸边不到 100 米河滩的淤泥中。"

当时赵亚楠携带救生绳,在战友的保护下一个人走向岸边的淤泥地里,将绳子套在老人腰间,然后扶着老人和战友们一起将老人拉上了岸。

即便是在像沼泽一样的泥地里,赵亚楠还是坚定地一步一步颠簸到老人的身边，和战友一起将老人平安带回。"当时从泥地里蹚过去之后体力消耗有点儿大，接到老人返回岸边时我差点儿陷进去，多亏了同行的战友。"

后来从河滩管理人员口中得知，当时朱家河河滩正是血吸虫高发的季节……

翻开赵亚楠的主题教育读本，能瞧见水性笔用力画过版心而留下的痕迹，勾落的句子旁有着他自己独特的理解，在一处前口处标注着一句斜体字——"国家存亡，匹夫有责。"

对于自己"95后"的儿子，赵亚楠的父母也曾为他的安全担心过，因为四川木里火灾牺牲的消防员让全家和周围的朋友对消防员这个职业有了重新的认识。

"家里人也和我提过我们这个职业很危险，但是如果大家都不去从事消防员的工作，那谁来保护他们呢？和平年代，总要有人做出选择，我想成为一个让父母骄傲的孩子。"

父母们把自己孩子送进消防工作，让自己的孩子去保护更多的人，这本是一种难能可贵的初心。不忘父母恩情，用守护人民群众生命财产安全的使命去回报父母对自己的期望，这便如同履行使命。

前路漫漫，赵亚楠，愿你归来仍是少年。

青年担当，五四力量

在五四青年节来临之际，来自武汉市蔡甸区火神山消防救援站的政治指导员周晋杰，荣获2020年"湖北青年五四奖章"。

参加工作10年来，他一直战斗在消防救援任务的最前沿，指挥处置警情3000余次，营救被困人员300人次，保护人民生命财产1.5亿元，他始终秉持着自己的初心与使命圆满地完成了一次又一次的急难险重任务，先后参与了国家领导人来汉、第七届世界军人运动会等重大消防安保工作。

2020年1月31日，武汉市消防救援支队从全市抽调8名政治可靠、业务过硬的指战员成立火神山消防救援站，同时组建临时党支部，由周晋杰同志担任政治指导员、临时党支部书记，担负起守护火神山医院消防安保等工作任务。

入驻后，周晋杰同志主动上门服务医院，与院方及指挥部沟通22余次，建立了由消防部门主导的4G对讲机24小时直报直连秒级响应机制，以及火神山医院消防直报直连群，确保应急突发状况快速反应、快速处置，随时"拉得出，打得赢"。

他带领突击队队员们一边进驻一边熟悉火神山医院，短时间内迅速为火神山医院转运1000余具重达8吨的灭火器、协助安装火灾报警烟感探头1300余个；开展消防巡查270余次，采集有关火神山医院的数据 5700 个，制作应急处置预案 115 份，张贴消防宣传海报 600 余份，对轮休的医护人员进行消防安全培训 35 次共计 1000 余人，筑牢疫情期间火灾防控工作桥头堡，全面发挥"快速控火、服务保障"的尖刀作用。

他以高度的政治责任感和过硬的工作作风，带领队员积极投身到火神山医院建设运行工作中，为医院消防安全等工作提供了坚强的保障，圆满完成了火神山医院消防安保工作，其事迹在中央、省市媒体得到广泛报道。

少年阿琛在消防

下午 6 点，阿琛在微信群里说，有点儿事情，不去食堂吃饭了。不是别的事，而是他在和记者聊天。他说这种报备是部队常规，早操加晚点名，还有三顿饭，一天 5 次点名。

"相对于在前线的指战员，我算是消防队列里的幕后工作者。"每说一句话，阿琛都会先顿一下，再不疾不徐地讲出来。消防局、宣传科、宣传员，三个坐标合在一起，就是我面前这个长着浓眉、鼻梁微挺的平头少年。

"累不适合我这个宣传员说，跟前线的指战员一比，我觉得我不值一提。"

搜集并制作不同的视频发到抖音上，是阿琛每天要做的工作，也是让他最来劲的事儿。大多数时候，他都盯着电脑，默默地、娴熟地用鼠标在 AE、LR 和 PS 上来回操作。从不会到熟练，他把这个自学的过程归结为爱好的力量。

出身军人世家的阿琛顺理成章地在大学入了伍，而后被分配到基层战斗中队，如今借调到机关，23 岁的他是科里年纪最小的宣传员。

"下午发的视频有一百来万的播放量了！"手指在屏幕上快速滑动，声音中带着兴奋和揣摩。他一面兴奋地观察数据，一面阅读瀑布般涌来的粉丝留言。

阿琛常在粉丝群和大家互动，也因此被亲切地唤作弟弟。从他接手开始，武汉消防抖音号的粉丝从 6000 发展到 50 万，前后只用了大半年的时间。

"每天就是看我的作品，盯着看。这个号是我一手带大的，到现在一共两亿多的播放量了。那天 4 点钟巴黎圣母院失火，我早上 6 点多醒来看到，饭都没吃上，就把视频给做了，结果比人民日报还早发了半小时，拿了抖音热搜第一，7000 多万的阅读量，吸引了快 10 万的粉丝，很有成就感。"

就像阿琛自己说的，他并不是直接参与灭火的战士，作为一名记录者，他是消防与大众之间的那双眼睛。在见证了无数次火灾现场后，阿琛的性格有着超出同龄人的淡定。

回想第一次出警的场景，他在脑子里搜寻了很久，这种本该印象深刻的事情，都容易被阿琛忽略或者淡忘。"记忆力不好，其实是因为我没有把很多事情看得很重。"阿琛说。

2018 年春的一个深夜，科长一个电话叫醒了熟睡的阿琛，江汉路一处居民楼失火，需要他一起出警。接到电话后，他像弹簧般一跃而起——对这个 20 岁出头工作不久的小伙子来说，第一次出警的激动就像初恋。

"要出警了！"阿琛立刻穿上衣服，拿上器材和同事一道出发。

火不算太大，但场面很乱，因为煤气罐爆炸，冰箱和微波炉被炸得遍地开花，起火的房屋也基本被烧没了。街道的两条岔路，停满了水罐车和高喷车，地上铺满了水带，房顶上站满了人。但让阿琛诧异的是，大家异常平静。

"没有惊慌失措，大家都很淡定，没有我想得那么激烈，也不像电影里那样惊慌逃窜,只是一片黑。回来之后就整理拍摄素材,建档记录。作为宣传员,我是流动的,战士们是固定的。"

在消防,你无法预估将会面对什么,除了火灾,还有抢险救援、社会救助类的事故,面对生死是这里的家常便饭。见过这么多的火,阿琛内心意识到,人的力量在不可控的因素里太弱小了,不值一提——这是他第二次用这个词。

"有一次是一面围墙倒了,施工工人直接被卡在缝里,当场去世。那天我去了之后,就觉得他太无辜了,工地没有做好安全工作,别人的疏忽让他把命丢了,很无奈。所以每个人都是一样的,没必要把自己看得很重。"

阿琛的生活几乎全都在消防局的大院里,三点一线,从宿舍到科室,再到食堂,是他每天的全部路线。这让我想起我那和阿琛同年出生的表弟,一个听着嘻哈,隔天撸串,挤时间打游戏的男生,和他比起来,阿琛的生活似乎过于清冷。

"我不觉得孤独,小学我就自己坐车回老家了,30公里的路,一个人,从明白自立的那一刻起,就不知道孤独这个东西了,再说了,我们都是孤独的。"

这话从他嘴里说出,让人觉得有些许的故作深沉,或者少年老成,但慢慢地会发现这不是阿琛的面具或者表演。

部队相对宁静、纯粹的氛围,使他做每一件事都非常专注,总在说话前先思考一下。这让阿琛养成了喜欢给事物下定义的习惯。你从他桌上摆放的书籍中就能感知出来。阿琛尤其喜欢社会心理学,他说这些书很有意思,同时也能引起反思,逐渐认识自己和消防这个群体。

在借调到机关之前,阿琛一直在基层中队,那段除了搞训练就是搞卫生的日子,他称之为苦行僧。"一天做两遍卫生,我也觉得很烦啊。但也因此才让心静下来,就跟少林寺门前扫地的一样。"

那些日子,阿琛和小柳一起度过。中队同批新兵基本都是本科毕业,只有小柳是高专毕业,这让小柳时常感到与大家格格不入,甚至有些自卑。"五个人当中,我和阿镭是支队机关借调的,知道的消息相对多点儿,小柳每次都会问我有什么动态,因为大家都很关心个人前途。"阿琛说。

但是,这也成了阿琛最近的焦虑点。原本今年就可以参加提干考试,受到消防体制改革的影响,他必须先套改三级消防士,等待政策文件下发,才能参加考试,考试内容和时间也因此迟迟未定。这个问题每天都会出现在他的脑海里,随时都能跳出来。

"这下我连军官都考不了了,到底还要不要留在部队?"在这个需要抉择的人生关口,阿琛再一次表现出了他的冷静与理智。"我本来想考华师的心理学硕士,但后来在机关工作久了,发现能力和人际关系更重要,所以我还是选择留下来。那种研究类的工作对我来说,并没有现在的有意思或者说有意义。"

他一直都很清楚自己想要什么。武警消防部队全部退出现役,随之而来的则是很多具体的变化,比如更换制服。

"在武汉会议中心举行的换装授衔仪式那天下着雪,我挺激动的。大家统一换好衣服,领导宣布的时候,我们齐刷刷地站在下面,一些同事因为脱下军装感到很难过。"

"消防员是万能的,除了不会生孩子。"这是网上对消防员的褒赞。之所以有这个说法,是源于千奇百怪的社会救助案例,让119成了"无所不能"的一支队伍。捅马蜂窝、牛羊被困、猫狗上房顶诸如此类的麻烦,都是消防战士们需要解决的问题,"有警必出"是他们的原则。

"很多人没带钥匙,宁愿打 119 让我们去开锁也不愿意让锁匠去,但事实是,我们开锁从来都是破拆,但他们为了省笔小钱动用公共资源,我觉得很不合理,但这也没办法。"阿琛说这样的事情数不胜数,不能拒绝也不能报道,否则只会加大消防员无意义的工作量。

工作之外的空闲时间,阿琛会在纸上抄抄单词,出于喜欢,也为了提高自己,他在 App 上已经坚持打卡 300 多天。

在他看来,研究生也是要读的。"学东西我也渴望,即使我们体制内的晋升渠道没有打通,也要给自己找一个可以蓄能的渠道。还想出国呢,想去看看外面什么样子。"

阿琛对自己的要求总是很高,对生活的要求却总是很低,低到可以去岛上做鲁滨孙。"我也有很多天天消费发朋友圈的同学,不会觉得这样不好,但也不会因为自己没有而失落。"

至于老家襄阳,阿琛并不留恋,他觉得现在的生活挺好的。"更希望在武汉有一个落脚的地方,等我提干了,就让女朋友也过来。"阿琛的女朋友在荆州的一家银行工作,每隔一段时间来武汉。相比阿琛,她行动上更自由。

只有在谈到令他兴奋的事情时,阿琛的孩子气才会显现出来。9 月以后就能休假了,阿琛打算出去玩儿,到几个大学同学那儿走一圈,如福建、泉州、深圳、上海。"有个室友是泉州人,他住在山上,经常采茶,想去泉州看看。"

阿琛也会在发呆的时候想些不着边际的东西,想未来,想世界格局,想该成为什么样的人。他每天都会看国际新闻:"要说它们和我最直接的关联的话，那就是我的基金又涨了。"最近的香港问题，也刷新了阿琛对香港的认识，看到了香港年轻人的状态和处境。

分别时候已是晚上，他换上了宽松的短裤打算去跑步。"我觉得我不可能一直待在机关，任何时候都要保持体能训练不落后，随时准备灭火打仗。"

月光下的阿琛，像一只原野上的小鹿，安静、轻快，又充满活力。

敬畏生命，敬畏职责

2020年庚子新年，对武汉这座城市的每个人而言，都是极其特殊的春节，对杨欣和他的家庭而言，本应是一个充满欢喜的春节，因为他的孩子降临了。突然间，腊月二十九那天早上醒来，武汉宣布封城了，这所城市忽然间充满了疑惑和恐慌。

除夕之夜，没有团圆饭，他独自一人忐忑地按着电视遥控器的换台键彻夜未眠。晚上9点，杨欣的父亲抵抗不住发烧乏力的症状去了医院。大年初一上午9点，协和医院给予了感染新冠肺炎的诊断单。医院当时没能力收治，只能回家隔离。那时候的武汉远远没能力接收诊治所有的感染者，整个城市、各个小区以及每个人的社交网络上充满了求助信息。当时谁也不知道这个病毒到底有多厉害，心中的恐慌不安和胡思乱想充斥着整个大脑。

支队了解到火神山医院没有设计报警系统、没有准备灭火器，连消火栓系统都是简易的卷盘。支队党委快速反应、主动担当，决定组织消防企业为医院建设捐赠消防器材，还在到处询问治疗方案的杨欣接到了支队党委的命令，代表组织完成此项捐赠任务。杨欣明白，医院建好了就意味着像他父亲这样成千上万的感染者能够得到有效治疗。然而，形势是严峻的，困难比想象中更大。省市内各消防企业均处于停工状态，各类消防器材装备处于极度匮乏的状态，特别是在武汉市实行戒严的背景下，外地的货车进不来，本地的车辆出不去。1月31日，终于费尽心思说服了一个拥有通行证的冷链车队义务将十余吨物资从300公里外托运回来，并由火神山小型站的战友们予以分发。

抗疫期间，支队为火神山、雷神山医院捐赠1000具灭火器、1500个物联网独立烟感探测器、一整套火灾自动报警系统，同时为全市100余家方舱医院和隔离点配送灭火器10000具，被人民网、应急管理部官网等媒体报道。这些物资能为消防部门抗击新冠肺炎保卫战发挥应有的作用。

在中央明确要求火神山医院必须2月2日晚交付的紧急时刻，因火神山医院施工单位时间紧、任务重，现场各个施工单位均无法派员安装火灾探测器，一旦交付入住病人后火灾报警设备将无法安装，火神山医院的火灾预防和监控功能将无法实现，支队党委交给杨欣的任务就无法完成。面对此景，束手无策却又不能坐以待毙，进则单刀赴会，退则功亏一篑。2月2日15时，经多方协调仍然无果，杨欣抱着破釜沉舟的决心，果断地把自己当作7000余名建设工人的一员，不顾感染的风险，孤身一人深入明早进驻病人的1至4号楼进行安装。当杨欣身着消防救援作训服被其他工人投来异样眼光时，他感受到的是戎装的骄傲；当他拖着箱子找工友借工具，别人慷慨解囊时，他感受到的是团结一心；当晚上工友们领了盒饭他却得饿肚子的时候，杨欣感受到的是党员奉献的精神。顶板的铝塑板都有一层塑料膜，知道把烟感探测器直接粘在铝塑板上很容易掉，并且如果后期院方要撕掉塑料膜，所有的烟感都会掉下来。做一件事就要做到尽善尽美，心中一个"韧"字，杨欣每安装一个，就要用指甲把塑料膜一点点地抠破撕开，就这样连续奋战10多个小时终于将即将交付场所的物联网独立感烟探测器安装完毕。第二天看到了央视展现火神山医院投用的画面，崭新的病房顶部安装着洁白的烟感探测器，杨欣倍感欣慰。

杨欣的父亲病情稳定恢复，在经过隔离并确保自我健康后，2月25日，杨欣收到加入党员先锋突击队的命令。他立刻收拾行囊，舍弃对家的依恋，放弃照顾家中刚出生两个月的新生儿，积极投身于方舱医院消防保卫最前线的工作中。3月1日，杨欣的外公因肺部功能衰竭与世长辞，他的母亲独自办完后事三天后才沉重地告知他这个消息。尽管在大战大难面前，每天都充斥着生离死别，可真发生在自己身上依然难免难过，杨欣在深夜里不禁痛哭流涕。他怪他的母亲，但也理解母亲的深明大义。杨欣的外公也是一名老党员，在特殊时期党员在第一线就不应被家中之事影响，只有化悲痛为力量在第一线竭尽全力才是对党和外公最大的回报。杨欣在深夜给母亲发了一条信息："您从此没有了爸爸，可孙子的出生也是您生命的延续，万物繁衍生息，正是生命伟大之处，请您保重身体，做我的好妈妈，做孙子的好奶奶。我也会好好照顾自己，待武汉抗疫取得全面胜利后再回来好好孝敬您。"

每一次进方舱医院都意味着面临随时可能被感染的风险，特别是穿上里外三层全套防护装备后行动极其不便利，不一会儿就会出现呼吸不畅、鼻梁眼眶疼痛不已、护目镜淌水等现象，而且会吸入充满高密度病毒的空气，心里担忧、害怕感染的压力时刻存在，特别是动作幅度不能大。有一次，在舱内面对众多医护和病患讲解灭火器的使用方法时，因精神过于投入头部扭动幅度过大，出现了面部暴露的险情。可是，杨欣他们每一次进入方舱和医院内部，对于病患而言，就是代表着党、代表着政府、代表着国家综合性消防救援队伍在抗疫的最前沿关心着他们的安全。对于医护人员而言，他们不是一个人在战斗，武汉消防和他们并肩作战，还有各行各业的党员都在恪尽职守。大灾大难显真情，每一次在开展消防培训的时候，他们感受到的不再是平常的冷漠，而是真真切切从眼睛里流露出的感恩真情。在火神山医院里面，一名病患对杨欣他们说："我知道这里的安全出口在哪儿，平常也会互相提醒注意防火，我们得了病，党没有抛弃我们。感谢你们在这种时候还能进来关心我们，你们代表的就是党和政府对我们的关心，在这样的党领导下必然会很快取得抗疫的胜利。"这就是群众朴实而真切的话语。当时杨欣内心激动之情不可言喻，他觉得让群众在这样的执政党领导下有安全感和幸福感，这就是他们党员的价值，这就是他们无与伦比的成就感。

从1月25日到5月10日归队，杨欣全程感受和参与武汉抗击疫情。如果你问他，害怕吗？杨欣说，他害怕过，害怕失去亲人、失去生命。如果你问他，庆幸吗？他说，庆幸，他庆幸在这样伟大的党领导下，他身边的亲人、战友、朋友都还在。如果你问他，骄傲吗？他说，骄傲，他为所有为武汉、为职责拼过命的人骄傲！